GARMISCHER MORDSTAGE

Geboren und aufgewachsen ist Roland Krause in Lindau am Bodensee. Nach einigen Jahren in Nürnberg lebt und arbeitet er heute in München. Die düsteren Winkel der Großstadt bilden auch den Hintergrund seiner Krimis. Roland Krauses Romane und Erzählungen sind atmosphärisch dichte Milieustudien, in denen er das Dasein von Außenseitern und schrägen Charakteren beleuchtet.

ROLAND KRAUSE

GARMISCHER MORDSTAGE

Kriminalroman

emons:

Bibliografische Information der Deutschen Nationalbibliothek
Die Deutsche Nationalbibliothek verzeichnet diese Publikation
in der Deutschen Nationalbibliografie; detaillierte bibliografische
Daten sind im Internet über http://dnb.d-nb.de abrufbar.

© Emons Verlag GmbH
Alle Rechte vorbehalten
Umschlagmotiv: Marek Kijevsky/Arcangel.com
Umschlaggestaltung: Nina Schäfer, nach einem Konzept
von Leonardo Magrelli und Nina Schäfer
Umsetzung: Tobias Doetsch
Gestaltung Innenteil: DÜDE Satz und Grafik, Odenthal
Lektorat: Dr. Marion Heister
Druck und Bindung: CPI – Clausen & Bosse, Leck
Printed in Germany 2022
ISBN 978-3-7408-1450-2
Originalausgabe

Unser Newsletter informiert Sie
regelmäßig über Neues von emons:
Kostenlos bestellen unter
www.emons-verlag.de

Dieser Roman wurde vermittelt durch
die Medienagentur Gerald Drews, Augsburg.

So ordne für immer dein Streben
Und du führst ein glückliches Leben

Auf einer Garmischer Häuserwand

1

Der Mann lag ausgestreckt auf dem Rücken, die Beine zum leichten V gespreizt, die Lider geschlossen. Laura ließ die morgenmüden Augen über die Gestalt neben ihr gleiten. Sehniger, braun gebrannter Leib, kein Härchen zu viel, keines zu wenig. An seiner Brust zeichneten sich, rund um den Christophorus-Anhänger, der an einer Silberkette hing, die geröteten Male ihrer Fingernägel ab. Selbst im Schlaf verkörperte er die Unbekümmertheit eines jungen Burschen, ohne die Verkrampfung und aufgeplusterte Selbstdarstellung, die manchen Mannsbildern das fortgeschrittene Alter aufzwingt. Wie Gott ihn geschaffen hatte, und es ward eins a, stellte Laura fest. Sie ertastete das Smartphone und seufzte auf. Fünf Uhr dreißig. Die Zeit hatte nie Erbarmen mit den Unvernünftigen.

Als sie sich am Bettrand aufsetzte, knurrte der Bursche neben ihr wie eine Raubkatze. Ja, die Nacht über waren sie beide durch den Dschungel getobt und bis zur Erschöpfung übereinander hergefallen. Seine Gesellschaft war befeuernd gewesen, Laura hatte sich, gegen ihre Gewohnheit, nicht dagegen gesträubt, als er bis zum Morgen bleiben wollte.

Er war mit dem Betonsockel ihres maroden Gartentürchens längst nicht fertig geworden. Seine Firma war in Murnau angesiedelt, und er hatte am Freitag den Auftrag mit »Inaugenscheinnahme« gestartet. Langatmig hatte er ihr auseinandergesetzt, dass »gescheite« Arbeit nicht hopplahopp vonstattenging. Eine Gartentür für die Ewigkeit. Von ihr aus musste sie keinen Atomkrieg überstehen, aber das schätzte sie an den Betrieben der Umgegend – die schluderten nicht, alles hatte Hand und Fuß. Bis dato hatte der Murnauer Bursch zu ihrer äußersten Zufriedenheit gehandwerkt.

Als sich dessen flinke Finger an ihren schmalen Schultern ans Werk machten, stand sie abrupt auf. Den Moment am Morgen beabsichtigte sie mit niemandem zu teilen. Es gehörte zu ihren Ritualen, mit einem Espresso den anstehenden Berg an Aufgaben zu durchdenken, um ihn erkraxeln zu können. Als Tierärztin für Nutztiere hatte ein Arbeitstag kaum Entspannungsmomente im Gepäck. Viecher erkundigten sich weder, wie die Nacht gewesen, noch, ob sie ausgeglichen und erfüllt war. Sie witterten es.

»Der Drachen ist erwacht«, brummte der Bursche in Anspielung auf den farbenfrohen chinesischen Drachen, der ihr linkes Schulterblatt zierte. Die Nacht über hatte er sich den Tribals, verschlungenen Mustern und Fantasyfragmenten, die ihre Haut bebilderten, ausführlich gewidmet. Jedes Tattoo war für sie bedeutungsschwer, sie standen für Ereignisse und Träume – die Laura für sich behielt. Sie betrachtete sie, wie das Muttermal über ihrem Schlüsselbein, den braunen Fleck in ihrer blauen Iris oder die gezackte Narbe auf dem Handrücken, als zu ihrem Körper gehörend. Ebenso den breiten Nasenrücken, für den der harte Schädel eines Ziegenbocks verantwortlich zeichnete, sowie die wuschelige blonde Mähne, durch die Laura gerade ihre Finger gleiten ließ.

Sie wandte dem Mannsbild den Kopf zu. »Ich muss gleich einige Bullen kastrieren.«

Seine Gesichtsmuskeln zuckten, als hätte eine Zahnwurzel aufgemuckt. Zeichen männlicher Solidarität oder freudsche Kastrationsangst?

Laura schlappte in die Küche, um Espresso aufzusetzen. Er tigerte ihr schweigend hinterher. An den Türrahmen gelehnt, beobachtete er sie. Von ihm abgewandt, holte sie zwei Tassen aus dem Schränkchen und bückte sich nach der Milch aus dem Kühlschrank. Dass sie nichts als blanke Haut trug, war ihr gleich, er durfte seinen hungrigen Blick gerne an ihrem Leib brotzeiten lassen. Sie gönnte ihm jeden Anblick – letztlich hatte sie sich ihn auch gegönnt. Diese Formulierung war ihr am allerliebsten. Sie hatte sich ihn gegönnt, ohne Wenn und Aber, kein Zaudern, kein Gedanke an ein »Danach«.

Immerhin gab es »den üblichen Verdächtigen« aus der Gemeinde Futter für Tratsch, wenn morgens ein knuspriger Bursch aus ihrem Haus trat. Nicht zum ersten und hoffentlich nicht zum letzten Mal. Satt und zufrieden erlebst du Schwätzer eh nie. Falls der Tisch nicht gedeckt war, zerrissen sie sich das Maul und konnten sich etwas vorstellen, ausmalen oder vogelwild herumphantasieren. Wenn sich eine Frau um die vierzig mit jüngeren Kerlen vergnügte, waren schräge Blicke eh inkludiert wie die Hostie bei der Sonntagsmesse. Da sie sich für ihre Kundschaft in ihrem Job als gründlich und fähig erwiesen hatte, wurde aber jedwedes Getuschel von der Anerkennung übertönt.

»Macht dir das Freud?«, riss sie die Bassstimme des Burschen aus der Morgentrance.

»Kastrieren?«, fragte sie, indem sie das Wort dehnte und hart von der Zunge fallen ließ. Sie zuckte mit den Schultern und wandte sich zu ihm. »Gehört dazu, nix Besonderes. Ich kann dabei über meinen Ex-Mann philosophieren.«

Sie reichte ihrem stirnrunzelnden Nachtabenteuer eine dampfende Kaffeetasse in Leopardendesign. Ihr abwesender Blick an ihm vorbei beantwortete jede seiner Fragen. Es hat Vergnügen bereitet, trink deinen Espresso und tummel dich mit meinem Gartenzaun, konnte der Bursche darin lesen. Missverständnisse und Erwartungen wurden abrasiert, ehe sie ihre zarten Köpfchen in die Höhe recken konnten. Nie mehr würde sie das willige Mäuschen spielen, nie mehr würde sie sich von anderen abhängig machen, dafür hatte sie in der Vergangenheit einen zu hohen Preis bezahlt. Einer Vergangenheit, von der sie hoffte und betete, dass diese sie nie mehr einholen würde.

Der bejahrte Allrad-Subaru parkte vor dem Haus auf der Straße; Laura machte sich so gut wie nie die Mühe, ihn in den Carport zu fahren. Kurz nachdem ihr Gspusi das Nest verlassen hatte, brach sie auf. Außer um zu duschen, hatte sie wenig Zeit aufgewandt, sich mit Äußerlichkeiten zu beschäftigen. Bei ihrer Tätigkeit standen die Tiere im Vordergrund. Attraktivität maß sich an glänzendem Fell plus klaren Augen. Keine Schminke, kein Schmuck.

Laura liebte den frühen Morgen im Werdenfelser Land. Wenn Garmisch-Partenkirchen allmählich aus dem Schlaf fand, die Straßen annähernd leer, die Luft klar und kühl. Sie fuhr an den eng stehenden Häusern vorbei, solide gebaut und gezimmert, mit eichenbeplankten Balkonen, die danach strebten, so lange zu bestehen wie die sie umringende Felslandschaft. Heraus aus dem Ort in Richtung Grainau kam ihr nicht zum ersten Mal der Gedanke, dass sie noch nirgendwo so eine lebendige, die Sinne anregende Landschaft gefunden hatte wie hier. Ringsherum die Bergmassive, als beschützten sie gleich gewaltigen Trutzburgen das Land. Den Inuit wurde nachgesagt, unzählige Wörter für Schnee zu benutzen. Im Werdenfelser Land sollte es dieselbe Anzahl Wörter fürs Grün geben. Es zeigte sich in so vielen Facetten der Natur, dass es unbefriedigend schien, es nur mit »Moos«, »lind«, »dunkel« oder »hell« benennen zu können.

Der schmale, rumpelige Verkehrsweg, dem sie folgte, teilte die fetten Wiesen und Äcker, die gespickt waren mit Holzschobern und Bretterverschlägen, bis sie die ersten Kuhweiden erreichte.

Ihr war klar, dass diese Idylle eine Seite der Medaille war. Die Höfe waren nicht mehr so zahlreich wie früher. Viele Bauersleute betrieben die Viecherei im Nebenerwerb. Die Jungen verließen den Ort, um lukrativerer Arbeit nachzugehen. Manche zogen ab in die Großstädte, zum Studieren oder wie der Hans aus dem Märchen auf der Suche nach dem Glück.

Besänftigt durch die sonnenbeschienene Morgenstunde, ließ sie ein verklärtes Trugbild bäuerlicher Überlieferung ihr Hirn fluten, genoss den idyllischen Moment und …

Abrupt trat sie auf die Bremse. Hoffentlich war das, was sie aus den Augenwinkeln auf der Weide des Ökobauern Ferstl gesehen hatte, eine Illusion. Wenn, dann war es keine erbauliche.

Laura stieg stirnrunzelnd aus dem Wagen, umrundete die Motorhaube und stapfte auf die eingezäunte Wiese zu.

Die Werdenfelser Rinder rupften an Halmen oder lagen träge im Gras, Viehbusiness as usual – wenn da nicht jemand das lauschige Plätzchen mit ihnen teilen würde, der da nicht hingehörte.

Der Mann lag ausgestreckt auf dem Rücken, die Beine zum leichten V gespreizt. Laura verharrte und linste zu ihm hinüber. Außer der unverkrampften Haltung, die die Gestalt eingenommen hatte, besaß sie keinerlei Gemeinsamkeit mit ihrem Handwerksburschen. Sie trug einen schwarzen Anzug, der vor Dreck starrte, fesche Ledertreter und hatte höchstwahrscheinlich das Zeitliche gesegnet. Zumindest deuteten diverse Anzeichen darauf hin, dass die Gestalt nicht nur ein Nickerchen inmitten der Kuhherde hielt.

Laura wollte es nicht in den Kopf, dass sie hier zwischen den üppig begrünten Weiden und friedlich grasenden Tieren auf einen Toten gestoßen sein könnte. In ihr keimte Hoffnung, dass es sich um das esoterische Ritual eines exzentrischen Touristen handelte, um »eins mit der Natur zu werden«. An rituellem und spirituellem Firlefanz herrschte kein Mangel in der Region. Hexen, Schamanen und Heiler standen hab acht, um die Urlauber zu entertainen, zurück zu sich zu führen und seelische Schlaglöcher aufzufüllen. War der Kerl bekifft oder besoffen? Jedenfalls hatte sich sein Bewusstsein verabschiedet. Ein Heer munterer Fliegen umschwärmte ihn.

»Hallo«, rief sie. »Hey, Sie da!«

Es rührte sich nichts, bis auf ein paar neugierige Rindviecher, die ihre gehörnten Schädel in ihre Richtung drehten. Laura löste sich aus ihrer Erstarrung und schlängelte sich durch den zweireihigen Elektrozaun. Beim Näherkommen bemerkte sie die klaffende Wunde auf der Stirn des Liegenden. Er war von Kopf bis Fuß mit Dreck und dem Kot von Rindern bedeckt. Seine Augen starrten in den wolkenlosen Himmel, als wollte er ein letztes Geheimnis lösen, das dort zu finden wäre.

Großer Gott, sie stand vor einer Leiche! Nicht ihre erste, aber diese hier war weder aufgebrezelt noch aufgebahrt. Warum nicht ins Auto steigen und verschwinden? Sie biss sich auf die Lippen. Nein, das würde sie nicht. Es war zu spät. Durchschnaufen half. Wegschauen weniger.

Als sie sich bückte, stapfte Ferstls Stier Attila mit gesenktem Kopf heran. Er starrte sie an. Ihre Köpfe waren auf gleicher Höhe. Schnaubend streckte er ihr die feuchte Nase entgegen. Sabber mich nicht voll! Leiche und Stier hautnah waren einer zu viel. Bomm-bomm! Jemand schlug mit dem Hammer gegen eine Wand, es war ihr klopfendes Herz. Beruhig dich, Laura, als Nervenbündel bist du nicht zu gebrauchen. Sie wandte sich Attila zu.

»Schon gut, Alter«, murmelte sie. »Wir wollen beide keinen Stress, oder?«

Dass Bauer Ferstl den massigen Stier bei den Kühen weiden ließ, entsprach seiner ökologischen Philosophie. An sich war Attila ein bedächtiger Zeitgenosse. »An sich« war aber nicht das, was auf Laura jetzt beruhigend wirkte.

Die meisten Bullenzüchter konnten von einem friedvollen Tier berichten, das urplötzlich zum Berserker geworden war. Testosteron war in der Lage, männliche Wesen in unberechenbare Narren zu verwandeln. Bullen waren da keine Ausnahme.

Laura betrachtete die leblose Gestalt zu ihren Füßen. Die Fingernägel erschienen ihr maniküt, die Haut war gebräunt. Ein gepflegter Mittvierziger, trotz des Zustandes seines Anzugs.

»Gewesen«, definitiv tot, obendrein sah es nicht nach friedlichem Abschied von dieser Welt aus. Ein Fall für die Polizei. Sie überwand sich, griff hinunter zur rechten Hand der Leiche und versuchte die Finger zu bewegen. Wenn sie ihr anatomisches Wissen, bezogen auf die Tierwelt, nicht trog, war dieses Exemplar der Gattung Homo sapiens in der Nacht verblichen. Sie musste sich also nicht mit dem Gedanken herumschlagen, was gewesen wäre, falls sie den Kerl fünf Minuten früher entdeckt hätte. Auf weitere Erkenntnisse war sie nicht erpicht, dafür gab es Fachleute. An menschlichen Leichen herumzuschnippeln, bereitete nur einer Minderheit Vergnügen.

Sie richtete sich auf und fixierte Attila. Sollte der den Mann angegriffen haben? Er wäre in der Lage, einen Menschen zackig ins Jenseits zu befördern. Gegen eine Tonne rasenden Muskelfleisches bist du ein Blatt im Wind.

Das Tier schüttelte den Quadratschädel.

Langsam bewegte sich Laura rückwärts, Schritt für Schritt, ohne es aus den Augen zu lassen. Ihre Sneaker sanken in den matschigen Untergrund. Ihre Gummistiefel lagen im Kofferraum, tolle Aktion! Sie spürte Schweißtropfen ihre Schläfen hinunterrinnen. Nicht ausrutschen!

Mach dir nicht ins Hemd, dachte sie, hundertmal hast du einem Stier gegenübergestanden – immer war das Risiko kalkuliert. Doch diese Weide war sein Spielfeld, er bestimmte die Regeln.

»Tüchtiger Junge«, sagte sie, »bewachst sie gut, deine Madln.« Er stand so dicht vor ihr, dass sie seine strengen Ausdünstungen wittern konnte. Der Elektrodraht war hinter ihrem Rücken. Sie war genötigt, sich umzudrehen. Wie würde Attila reagieren? In Zeitlupe bückte sie sich. Der Stier legte den Kopf schief. Zwei Schritte, dann hätte sie es geschafft.

»Was ist hier los?«, hörte sie eine Stimme. »Frau Schmerlinger? Was treiben Sie da?«

Das Geschrei ließ sie zusammenfahren. Sie drehte sich um, ein Schlag fuhr ihr in die Schulter. Scheißdreck! Der Zaun hatte ordentlich ausgeteilt. Jetzt war sie richtig wach und in Fahrt.

»Herrgott, Ferstl! Keine Augen im Kopf? Da liegt ein Toter auf Ihrem Weidegrund«, schnauzte sie den Mann an. »Verdammt noch mal!«

»Was hat der da zu suchen?«, stammelte der Bauer.

2

»Von dort wird er kommen zu richten die Lebenden und die Toten.«

Die Lippen der alten Frau bewegten sich tonlos, doch Ben Wiesegger las von ihnen mühelos den Rosenkranztext ab. Gelernt war gelernt. Er stand vor dem Garmischer Bahnhofsgebäude, hatte den Rollkoffer abgestellt, die Basecap abgenommen und strich sich über den schütteren blonden Schopf. In Texas waren ihm Klapperschlangen mit glatterer Haut über den Weg gekrochen, dachte er beim Blick ins verknitterte Antlitz der Greisin. Die verharrte, keine zehn Meter von ihm entfernt, auf einen Knotenstock gestützt, vor dem plätschernden Brunnen. Ihre Augen sandten Blitze, dreimal bekreuzigte sie sich.

Ihn beschlich das Gefühl, die Alte wäre mit diesem Fleck verwurzelt. Vielleicht hatte sie vor zwanzig Jahren dort gestanden, als er mit dem Zug aus Garmisch entschwunden war. Jetzt war er zurückgekehrt und wurde offenbar für den Antichrist gehalten? Ging es nicht eine Nummer kleiner? Ben wandte den Kopf. Da stand niemand sonst, auf den die Alte es abgesehen haben könnte. Weder Pferdefuß noch Hörner, kein apokalyptischer Reiter, nur er, ein unscheinbarer, mittelgroßer Kerl um die vierzig, weich an den Rändern, in Jeans und einem verblichenen T-Shirt vom letzten Motörhead-Konzert. Kein Grund für Exorzismus oder die Anrufung der Heiligen Jungfrau.

Er beschloss, der gottesfürchtigen Fuchtl keine Beachtung mehr zu schenken, und schlenderte auf eins der wartenden Taxis zu. Es war nicht seine Erwartung, dass jemand aus der Familie ihn am Bahnhof empfangen würde. Der verlorene Sohn, dessen Ankunft herbeigesehnt wurde, war er nicht. Ja, was war er sonst? Von den Toten auferstanden, grob betrachtet. Zwanzig Jahre Abwesenheit müssten genügen, um die Erinnerung der Leute verblassen zu lassen, obgleich Ben ahnte, dass sein

Auftauchen im Ort für böses Blut sorgen könnte. Es war kein Reboot, keine zweite Chance auf ein neues Leben. Er war der gleiche dickschädelige Kerl geblieben, der er vor seiner Odyssee gewesen war, ausgewandert nach Amerika wie einst die verzweifelten Habenichtse, in der Hoffnung auf ein zufriedeneres Dasein. Nur vor dir selbst kannst du nie davonrennen, dachte er, dich triffst du im letzten Loch, auch wenn's keine freudige Begegnung ist. Trotzig begann er die Melodie von »My Way« zu summen.

Neben dem Taxi blieb er stehen und machte sich durch Winken bemerkbar.

Ein Rauschebart mit Nickelbrille, die auf einem gewaltigen Zinken thronte, schaute zu ihm auf. Er legte die angebissene Leberkässemmel auf die Ablage. Die Seitenscheibe glitt nach unten. »Grüß Gott, wohin soll's denn gehen?«

Ben öffnete die Beifahrertür und ließ sich in den Sitz fallen. Er schob düstere Gedanken in eine entlegene Hirnkammer und beschrieb dem Taxler den Weg zum elterlichen Anwesen.

»Ah, zu den Wieseggers. Machen Sie Urlaub?«

»Schauen wir, wie es sich anfühlt.«

Im hybriden Toyota sog er die Düfte in die Nase. An seinen letzten Leberkäs hatte er keine Erinnerung mehr. Was für eine Verlockung! Von wegen Land der unbegrenzten Möglichkeiten. Einen vernünftigen krustigen Schweinsbraten oder Leberkäs hatte er in den Staaten zwanzig Jahre lang nicht gesehen, geschweige denn zwischen den Lefzen gehabt. Dabei gab es da in jedem Winkel ein schenkelklatschendes »Bavarian Oktoberfest«. Beinahe hätte er zugeschnappt.

Der Bärtige schien seine Gier zu erspüren und kam ihm mit geschwindem Griff zuvor. Die Zähne rissen einen gewaltigen Brocken aus der Semmel und mahlten ihn genüsslich zu Brei.

»Waren Sie schon einmal in Garmisch-Partenkirchen?«, wollte er, mit vollen Backen kauend, wissen. Standardfrage Nummer eins bei der amtlichen Touristenkonversation.

Ben schüttelte den Kopf, überlegte es sich dann anders. »In

einem früheren Leben«, meinte er, die vorbeistreichenden Fußgänger betrachtend.

»Die Berge lassen einen nie los, hm? Das hat was Gewaltiges.«
Ben blieb der Seitenblick auf sein Bäuchlein nicht verborgen. Er sah erbarmungswürdig nach Seilbahn aus.

»Je höher, je besser«, knurrte er.

»Einer meiner Vorfahren war ja gut mit dem Johann Tauschl bekannt.«

»Da schau her.«

»Der war bei der Erstbesteigung der Zugspitze dabei. Bergführer – die vergisst man gern, wie den Sherpa vom Everest.«

Ben war sich sicher, dass sein Fahrer diese Geschichte nicht zum ersten Mal wiederkäute.

»Heutzutage zockelst du mit der Bahn ruckizucki zum Gipfel, aber damals war es eine haarige Sache.«

»Ja, früher war überhaupt mehr Haar.«

Der Taxler runzelte die Stirn. Sein Schädel ruckte zustimmend, und er gönnte sich den nächsten Bissen. Ungerührt kauend, plauderte er weiter.

»Wenn Sie schnuppern wollen an der Garmischer Geschichte, das Werdenfelser Museum ist sehenswert.«

Ben nickte ergeben. »Bestimmt interessant«, sagte er artig.

»Ich hab einmal den Österreicher gefahren, den mit dem Bart.«

»Für Adolf sind Sie aber zu jung.«

»Geh Schmarrn – den berühmten Bergsteiger.«

»Was wollt der hier? War noch eine Erstbesteigung zu ergattern?«

»Das war eine Tagung – es ging um die Verschandlung der Werdenfelser Natur.«

»Und wie ist es ausgegangen?«

»Unentschieden.«

»Na ja, wenn Geld mitspielt ...«

»Sie sagen es. Den Profit sacken am Ende immer die Gleichen ein. Geld legt sich am liebsten zu noch mehr Geld. Hast du nix, wird's nix.«

Was willst du da draufsetzen? Ben schwieg. Vom Nixhaben könnte er ein Gstanzl singen. Aber das war niemandem zuzumuten.

»Wissen Sie, wann ich zum letzten Mal einen Alpenbock gesehen hab?«, erkundigte sich der Fahrer.

»Sie reden vom Steinbock?«

»Na, den Käfer. Vor sieben Jahren! Wir pfuschen bloß rum in der Natur. Das wird kein gutes Ende nehmen.«

»Apropos Ende – da vorn links steig ich aus.«

Ben ließ sich nicht lumpen und drückte dem Taxler ein großzügiges Trinkgeld in die Pfote. Er fühlte, wie diese banale Unterhaltung mit dem Bärtigen die schwarze Wolke aus Vorahnungen auseinandergeblasen hatte.

»Eine schöne Zeit in Garmisch« wurde ihm gewünscht.

Kein Unheil war über ihn hereingebrochen, als er Garmischen Boden betreten hatte, niemand hatte mit dem Finger auf ihn gezeigt, abgesehen von der bibeltreuen Alten. Der Alpenbock war in misslicherer Lage.

Vielleicht nahm er sich und seine Befindlichkeiten zu wichtig. Garmisch hatte nicht den Atem angehalten bei seiner Rückkehr, er war ein Staubkorn, ein Niemand, zu unbedeutend, um bemerkt zu werden. Ben fühlte sich bereit, sich auf das Kommende einzulassen. Er sah dem Taxi nach, das langsam vom Hof rollte, und schnaufte tief durch. Showtime.

Die Morgensonne tauchte sein Geburtshaus in ein mildes, warmes Licht. Es war eines dieser typischen zweigeschossigen Bauernhäuser mit Schrägdach und lang gezogenem hölzernem Balkon, dessen gedrechseltes Geländer vom Urgroßvater stammte. Die Wände glänzten in frischem Weiß, als ob das Gebäude vor kurzer Zeit einen neuen Anstrich erfahren hätte. Linker Hand befand sich ein ausladender Anbau, an den Ben keine Erinnerung hatte. Zwei schwarzfleckige Katzen balgten sich auf der eichenen Bank neben der Eingangstür und stoben, als er näher kam, davon. Alles war ruhig, keine Menschenseele zu sehen.

Ben verspürte das Bedürfnis, sich geradewegs auf die Bank zu fläzen und abzuwarten. Friedlich schien es hier, so friedlich wie in seinen Kindertagen. Das Wort »Zuhause« tauchte in seinem Schädel auf. Es erschien ihm zu sperrig, stieß überall an und passte nirgendwohin. Er sortierte es in ein verstaubtes Regal, gleich neben »Heimat«.

Der »Einwanderer« musste sich zwingen, den grob gekiesten Weg bis zur massiven Eingangstür weiterzugehen. »Pension Wiesegger« stand auf dem blau emaillierten Klingelschild, »Willkommen« verhieß ein weiteres. Er läutete und räusperte sich zweimal. Das war kein Frosch im Hals, sondern eine rausgefressene Kröte.

Ben wusste nicht, was er erwartet hatte, vielleicht etwas mehr als dieses »Da bist du also«, das seine Schwester ihm hinwarf wie einen Brocken hartes Brot für den abgehalfterten Esel. Mehr als vier Worte hatte er sich wahrscheinlich nicht verdient.

Sie machte den Eingang frei und war wieder im Inneren verschwunden, als er eintrat.

»Ja, da bin ich«, bestätigte er und versuchte das Gefühl abzustreifen, ins Kindesalter einzutauchen.

Seine Schwester Lissy war drei Jahre älter als er. Als Kind hatte er die Empfindung gehabt, es wären dreißig. Während ihre Eltern den Spagat zwischen Bauernhof und Fremdenzimmer bewältigten, war es an Lissy gewesen, sich um ihren Bruder zu kümmern. Jede Super Nanny hätte sich eine Scheibe von ihren rigiden Erziehungsmethoden abschneiden können. Erst in der Pubertät hatte er sich gewehrt.

Lissys Statur hatte sich – im Gegensatz zu seiner – kaum verändert. Ihr dunkelblondes Haar, das sie früher lang getragen hatte, wies keine grauen Strähnen auf. Er schämte sich dafür, sich ausgemalt zu haben, wie ausgemergelt sie inzwischen aussähe. Überheblichkeit des »weit gereisten Journalisten«. Warum sollte man an diesem wunderschönen Flecken Erde nicht entspannt und kommod leben können? Was wusste er schon? Welchen Anteil an ihrem Leben hatte er nehmen wollen, die letzten zwanzig Jahre? Alles, was er wusste, war, dass er Verantwortung dafür trug, wenn das Schicksal nicht zimperlich mit den Wieseggers in Garmisch umgegangen war. Nein, nicht nur Verantwortung, mehr noch, es war Schuld. Er war bereit, sich dieser Schuld zu stellen.

»Hallo?«, wollte er rufen, es entfuhr ihm ein Krächzen. Wieder räusperte er sich. Er wollte nicht durch die Räume schleichen, gleich einem Gespenst.

»Seids da?«

Er machte sich auf den Weg zur »guten Stube« und fand dort seine Mutter auf der Eckbank sitzend.

Sie war damit beschäftigt, ein Kissen zu stopfen, und sah auf. Er sog den vertrauten Geruch nach getrockneten Wiesenkräutern und gestärkter Wäsche auf und seufzte.

Die Mutter sagte nichts, ihre Augen waren feucht. Er zog sich einen Stuhl heran und setzte sich ihr gegenüber. Plump kam er sich vor. Wie wäre es mit einer Umarmung? Würde sie es zulassen? Er suchte nach Übereinstimmung mit der Erinnerung, die er sich bewahrt hatte. Weich und ausladend wirkte ihr Körper, aus den vormals brünetten, langen Haaren war ein grauer Kurzhaarschnitt geworden. Eine rot geränderte Brille veränderte ihren Gesichtsausdruck, sodass er auf Ben fremdartig wirkte.

»Hast du eine gute Reise gehabt?«, fragte sie. Es war ihre vertraute Stimme, die ihn anrührte.

Er schluckte und nickte schweigend.

»Ich …«, setzte er an.

Seine Mutter legte das Nähzeug zur Seite und erhob sich. Ihre Bewegungen wirkten bedachtsam. Das Knochengerüst schien nicht recht mitzuspielen.

Der schmerzliche Ausdruck ihres Gesichts war Beweis genug.

»Du wirst Hunger haben«, sagte sie, als sie stand.

So, als wär er erst heut Morgen aufgebrochen und just von einer Wanderung auf die Alpspitz zurückgekommen.

»Passt schon, setz dich nur hin«, murmelte er. »Habt ihr viele Gäste zurzeit?«

»Ach, weißt du, es geht wieder.« Die Mutter blieb neben ihm

stehen und stützte sich an der Tischplatte ab. »Als wegen des depperten Coronavirus alles verboten war, da haben wir geschluckt. Bleibt ja nix übrig, und überleben musst du ja.«

»Viecher habt ihr keine mehr, oder?«

»Hennen und Gänse, zwecks der Eier. Unsere Gäste mögen es, wenn der Gockel plärrt. Den Gruber Hannes, den kennst du ja, der wurde von Zugezogenen verklagt, wegen des Geschreis. Den hat's arg gewurmt, dass er, anstatt der Neubürger, seinen Hahn krageln musste.«

Seine Mutter faltete die Hände, als würde sie beten wollen, dann brach es aus ihr heraus. »Ich hab nie verstanden, warum du einfach weg bist. Du hast ja nix Böses getan, auch wenn manche das behaupten.«

»Nein, ich hab nix Böses getan. Und jetzt bin ich da.« Und ich bleib da, wollte er anfügen, die Worte blieben ihm im Schlund stecken. Konnte er sich sicher sein?

»Ich zeig dir, wo du deinen Koffer hinbringen kannst. Deine alten Sachen haben wir im Stadel, falls du was brauchst. Du kriegst ein Gästezimmer«, sagte seine Mutter.

»Und der Vater?«

»Kannst nachher zu ihm schauen.«

»Wie geht's ihm?«

»Mei, er hat abgebaut, nach seinem Schlag. Mit dem Laufen ist es ungut. Wir haben ihm ein Zimmer im Dachgeschoss eingerichtet. Den Himmel hat er ja immer gern angeschaut, das macht ihm Freud.«

»Wo ist denn Lissy hin?«

»Lass ihr Zeit. Im Grunde genommen freut sie sich, dass du wieder da bist.«

Davon hat sie selbst keinen Schimmer, dachte Ben. Zeit hatte er mehr als genug mitgebracht. Was mit ihr anzufangen wäre, müsste er herausfinden.

Schweigend nickte er und griff nach seinem Rollkoffer. Ein Gästezimmer. Auf was hätte er sonst Anspruch?

Die Kammer war schlicht und heimelig. Ein Bett, ein Schrank, ein Tisch, zwei Stühle. Es roch nach Fichtenholz und dem Veilchenaroma der weich gespülten Bettwäsche. Das Fenster, das beidseitig von rot-weiß karierten Vorhängen gerahmt wurde, ließ den Blick frei auf den altersschwachen Stadel, der einst den beiden Fendt-Traktoren und diversen Gerätschaften Platz geboten hatte. Ein Pflug stand davor, um den gefleckte Sperberhühner staksten, die nach Würmern pickten. Ein rostiges Relikt aus verstrichenen Zeiten, Reminiszenz an den Wunsch der Pensionsgäste, bäuerliches Ambiente zu inhalieren.

Ben ließ sich probehalber aufs Bett plumpsen und war zufrieden. Nachdem er seinen Rollkoffer in einem Winkel verstaut hatte, machte er sich auf den Weg zum Vater. Die Stiege zum Dachgeschoss knarzte wie eh und je. Als Kinder waren sie an den Wochenenden nachts nach oben gestiegen, um mit dem alten Fünfziger-Jahre-Teleskop die Sternbilder zu betrachten.

Ben klopfte an die Kammertür. Als keine Reaktion erfolgte, trat er ein.

Sein Vater saß in einem Lehnstuhl, eingehüllt in eine Decke, und ließ sich von Bayern 1 beschallen. In seiner Erinnerung war er ein stattlicher Kerl mit vollem dunkelblondem Schopf und Muskeln, die es gewohnt waren, anzupacken. Davon schien nichts mehr übrig zu sein. Er kannte die Diagnosen nicht, vor ihm saß ein hohlwangiger Greis mit Bartstoppeln, rissigen Mundwinkeln und pergamentener Haut. Er trug eine Lesebrille und hielt in der linken Hand einen Kugelschreiber. Die Finger zitterten leicht.

»Grüß dich, Vater«, sagte er.

Der Kopf des Angesprochenen bewegte sich langsam in seine Richtung. Wässrig blaue Augen wurden auf ihn gerichtet.

»Das ist zu früh dran«, knurrte der Mann. »Kommst später wieder, da kannst du den Ochsentreiber sehen, der ist im Frühlingssternbild.«

»Brauchst du was? Papier für einen Brief?«

»Ich brauch nix. Hab's dir gesagt, wenn's dunkel ist, kommst du wieder hoch, und dann schauen wir zwei.«

»Ist recht.« Ben schloss von außen die Tür hinter sich.

»Jetzt hast du ihn gesehen«, hörte er eine Stimme und wandte sich um. Lissy sah ihm direkt in die Augen.

»Was hat er genau?«

»Er baut halt ab, nach seinem Schlag. Ich glaub, das Schlimmste ist, er fühlt sich nutzlos, das grämt ihn arg. Aber er hat auch gute Tage.«

»Nimmt er Medikamente, da kann man doch …«

Lissy unterbrach ihn mit einer Handbewegung. »Du kommst nach zwanzig Jahren daher und erzählst uns, was für den Vater gut ist? Ja genau – darauf haben wir gewartet.«

Ben setzte an zu sprechen, schwieg dann lieber. Was hatte er für ein Recht, überhaupt etwas in Frage zu stellen?

»Du kannst dich nützlich machen«, sagte Lissy.

»Wieso?«

»Die Mutter muss morgen in die Klinik. Hüft-OP. Da kannst du mit anpacken. Wenn du hierbleiben willst, hilfst du mit, sonst kannst du dich wieder zupfen.«

»Lissy, ich … tut mir leid.«

»Nein, mir tut's leid. Weißt du, wie das war hier? Als du abgehauen bist? Wie die Leut mit den Fingern auf uns gezeigt haben? Am Anfang, ja, da haben wir uns zerrissen für dich und jedem die Meinung gesagt, der dich verurteilt hat. Irgendwann wird dir das gleichgültig. Du hast dich verzupft, und ich musst hier leben, mit den Leuten. Mit dem Vater, den nix mehr interessiert hat außer dem Sternenhimmel, und der schwermütigen Mutter. Verstehst du, so schaut mein Leben aus! Nein, das begreifst du nicht.«

»Warum bist du nicht …«

»Weg? Und ich lass die beiden im Stich, wie du?«

»Du hast ein Recht darauf, ein eigenes Leben zu führen.«

»Hab ich das? Hörst du dir selbst eigentlich zu? Zeig du erst einmal, dass du was anderes kannst als Schmarrn verzapfen, Herr Journalist.«

Ben seufzte und schüttelte den Kopf.

»Und weißt du, was das Krasseste ist?«, setzte seine Schwester fort. »Du rackerst dich ab, und deine Eltern entschuldigen den grandiosen Sohn auch noch. Der wär ein gefeierter Journalist in Amerika und hat viel Arbeit und trallala – und deshalb keine Zeit, sich zu melden, außer mit der beschissenen Weihnachtskarte, die immer erst im Januar kommt. Und immer der gleiche beschissene Text. Frohe Scheißweihnachten!«

Lissy holte tief Luft. »Ehrlich, es ist mir so was von egal, warum du grad jetzt aufgetaucht bist. Du bist eh ein Problem auf zwei Beinen. Und hier in Garmisch leben Leut, die wünschen dir Pest und Cholera, mach dir nix vor. Das wirst du spüren.«

Sie drehte sich um und stapfte die Stiegen wieder hinunter.

Ben wartete einen Moment, dann trollte er sich in sein Zimmer. Aus dem Rollkoffer zog er eine Flasche Jack Daniel's und gönnte sich einen gewaltigen Schluck aus dem Zahnputzglas. Wenn du keine Freunde hast, auf Jack war Verlass. Er hatte nicht nur eine Weihnachtskarte verschickt, sondern ein Bild, das ihn gemeinsam mit einem US-Präsidenten zeigte. Unten in der Stube hing es im Goldrahmen. Um die Scham und die Traurigkeit hinunterzuspülen, die ihn drosselten wie eine Würgeschlange, würde die Flasche nicht ausreichen.

3

»Ferstl, hör auf damit!«

Der Bauer war für Ratschläge nicht empfänglich. Er hatte die Leiche an den Sakkoschultern gepackt und Richtung Zaun geschleift. Sein rasselnder Atem war bestimmt in ganz Grainau zu hören. Er zerrte, zog und fluchte. Seine Stiefel schmatzten im Matsch. Attila glotzte ihn an und käute wieder.

»Den leg ich drüben in den Graben und gut«, ächzte Ferstl. »Dann kann die Polizei treiben, was sie mag. Meine Tiere sind unschuldig.«

»Was soll er im Graben, Ferstl, so wird das nix«, versuchte Laura auf ihn einzuwirken. Ihr Puls beschleunigte auf Highspeed, als sie sich wieder zwischen den Drähten hindurch auf die Weide lavierte.

»Schalt dein Hirn ein. Die Schleifspuren, die Spuren am Toten, jetzt noch deine DNA. Die Leut sind nicht verblödet! Du bringst die auf die Idee, du hast den auf dem Gewissen.«

Ferstl sah auf und wischte sich den Schweiß von der Stirn. Er war jenseits von Gut und Böse, ausgewandert ins Wahnwitz-Tal.

Laura stapfte in Reichweite. Sie bekam ihn bei der Schulter zu fassen.

Er riss sich los, und ein Arm der Leiche schlenkerte gegen ihren Schenkel, als würde sie sich festklammern wollen. Ohne nachzudenken, griff sie zu. Sie zerrten beide am Toten. Es erinnerte sie an den Kampf mit ihrer Schwester um die heiß geliebte Puppe, wobei ein Arm abgerissen wurde. Größtmögliches Drama, während das Aufziehpupperl im Stakkato »Mama, ich hab dich lieb« quäkte. Hier sollte sie sich nicht mit Gliedmaßen zufriedengeben, und lieb hatte die Mama den Bauern Ferstl schon gar nicht!

»Lass los!«, schrie der. Seine Stimme überschlug sich. Er versprühte Speicheltropfen auf ihren Wangen.

»Leg ihn hin«, fauchte Laura zurück. Ein beherzter Griff ans Bein, ein Ruck, und Ferstl verlor mit seiner Last das Gleichgewicht.

Er stürzte rücklings in den Schnodder – und der Tote auf ihn. Ein Geräusch, das an einen herzhaften Rülpser erinnerte, war zu vernehmen.

Grundgütiger! Laura erschauerte.

Mit einem Gurgeln stieß der Bauer den Körper beidhändig von sich und rollte zur Seite.

Laura stemmte, vornübergebeugt, die Arme in die Hüften und schnappte nach Luft. Ob tierärztliche Geduld eine Schneise der Vernunft durch Ferstls unkrautigen Schädel pflügen könnte? Was immer dort heranwuchs, Verstand war es nicht.

»Also was?«, knarzte er, den Blick nicht vom Toten nehmend. Er hechelte wie ein übergewichtiger Mops. Das Aufstoßen des Toten musste er mitbekommen haben. Sein linkes Lid zwinkerte nervös. Lauras Verstand bot zwar eine wissenschaftliche Erklärung für das Geräusch an, die half aber nicht gegen ihr Erschaudern.

»Bessere Idee? Soll ich ihn eingraben?«, wollte Ferstl wissen.

Laura versuchte, ihren Atem fließen zu lassen. Spür ihm nach, und Ruhe überkommt dich.

»Leg ihn wieder genauso hin, wie er vorhin lag – und zwar hopphopp«, befahl sie rau. Ruhe wurde überschätzt.

»Scheißdreck! Was soll das bringen?«

»Vielleicht kann man die Geschichte dann besser rekonstruieren. Capice?« Harter Mann, weicher Keks.

Ferstl kapitulierte. Er zog den Toten am Schlafittchen zu seinem ursprünglichen Liegeplatz. Das Hemd hing aus der Hose, Knöpfe waren abgerissen, einen Schuh hatte er verloren. Er zeigte ihnen seine flockig behaarte, fleckenübersäte Brust, über die sich ein dünnes goldenes Kettchen zog.

»Auf den Rücken, die Beine breiter, die Arme nach oben«, wies Laura den Bauern an, »und zieh ihm den Schuh an.«

»Soll ich den Kerl noch rasieren und kämmen?«

Es wirkte lieblos und grobkörnig, wie Ferstl den Mann in die richtige Position zerrte. Sein Mitgefühl galt den Rindern. Situativ verständlich. Er schien überzeugt davon, auf seine Schutzbefohlenen wartete ein Erschießungskommando. Der Bauer richtete sich auf und hob die dreckverkrusteten Pranken gen Himmel. Beistand kam von dort nicht.

»Zufrieden? Und jetzt?«

»Polizei natürlich.«

»Hast du Attilas Reaktion beobachtet? Er ist die Ruhe selbst. Meine Kinder würd ich mit ihm spielen lassen.«

»Du hast keine Kinder, Ferstl.«

Laura hatte den Stier über die Aktion »Tanz mit der Leiche« ganz vergessen und machte, dass sie auf die sichere Seite kam. Der Bauer dagegen kletterte gemächlich durch den Drahtzaun. Nahe vor ihr baute er sich auf. Sein brackiger Morgenatem, gemischt mit einer Prise schweißigem Hemd und zünftiger Stallarbeit, zog ihr in die Nase. Knallrotes Gesicht unter dem schwarzen Lockenkranz, der hagere Leib zitterte vor Erregung.

»Das kann man doch rausfinden, wenn keines meiner Rinder beteiligt war?«, fragte er, wobei er sie mit schräg gelegtem Kopf beäugte wie ein Bartgeier das Aas.

Laura wich einen Schritt zurück. Weder für Attila noch für Ferstl würde sie die Hand ins Feuer legen.

»Du kannst das, als Tierärztin.«

»Ich wüsste nicht, wie ich …«

»Spuren, Fell, Schweiß?«

»Das macht die Polizei, die haben Spezialisten.«

Ferstl ballte die Fäuste. »Schmarrn, Polizei. Glaubst du, die sind gründlich? Ist ein klarer Fall. Aggressiver Stier zertrampelt Wanderer. Und Punkt.«

»Wenn das ein gewöhnlicher Wanderer war, fress ich zwei Wochen aus dem Schweinetrog. Jedenfalls ruf ich sie, dann sehen wir weiter.«

»Du hast mir empfohlen, Attila auf die Weide zu lassen. Das war ein Rat der Tierärztin. Sehr fahrlässig.«

Laura sah ihr Smartphone unschlüssig an, ihre Hand verkrampfte sich. Sie steckte es in die Tasche und beobachtete einen aufsteigenden Habicht, der am wolkenlosen Himmel Spiralen flog. Er war ein entfernter Punkt, als sie die Sprache wiederfand.

»Was willst du damit sagen?«, fragte sie in arglosem Ton, innerlich vibrierten ihre Nerven. Mit schmalen Augen fixierte sie seine stoppelige, von roten Äderchen durchzogene Visage. Sein Kiefer mahlte, der Adamsapfel hüpfte ein-, zweimal.

»Ich – ich werd erzählen, dass ich tierärztlichen Rat befolgt habe. Und dass Attila auf der Weide ist, weil ...«

»Der steht hier, weil du künstliche Besamung ablehnst. Ich hab dir nur bestätigt, dass du den Stier auf der Weide brauchst, zum Natursprung.«

»Ja, aber wenn auf deine Einschätzung hin jemand zertrampelt wird? Das spricht sich rum, und was ist mit der Haftung? Ich will, dass du meinen Rindern hilfst – scheißegal, wie du das machst, Frau Schmerlinger.«

Laura nickte in Zeitlupe.

»Ferstl, du bist ein Vollidiot. Na gut, ich schau mir den Toten an. Danach such dir jemand anderen, der deine Viecher behandelt. Mich kannst du vergessen.«

Nachsehen, was der Anzug des Toten an tierischen Spuren hergab, war leicht. Falls etwas zu finden wäre, nachdem sie mit dem Leichnam einen Walzer über die verschlammte Viehkoppel hingelegt hatten.

Der Bauer trat von einem Bein aufs andere und rieb die Handflächen aneinander.

»So hab ich es nicht gemeint«, murmelte er.

»Aber gesagt, Ferstl.« Laura wandte sich von ihm ab.

»Und falls sich herausstellt, dass Attila ... ich meine, könnte Maca was damit zu tun haben?«, schnurrte er.

»Du meinst die Pflanze?«, versicherte sich Laura und lachte spöttisch auf.

»Ich hab ihm das Pulver regelmäßig gegeben, damit er mehr Lust entwickelt. Er ist nicht in Form gekommen diesen Frühling.«

Die Kühe hab ich gemessen und beobachtet. Da wäre alles klar, die sind bereit.«

»Macapulver. Für Attila? Aha. Und – hat dir das auch jemand empfohlen, dem du die Schuld geben kannst? Nein, damit wird der nicht zur Kanone. Frag meine Kollegen nach Stierpotenzmittel, da wird Attila seine Damen bespringen, als gäb es kein Morgen.«

»Nein, nein. Maca ist pflanzlich, für meine Tiere gibt es keine Chemie. Und jetzt sei so gut, untersuch bittschön die Leiche, Frau Doktor, bevor noch wer auftaucht.«

»Das heißt ›Doktorin‹«, zischte Laura ihn an. »Und du bezahlst mir jede Minute, die ich mich hier abtue mit dem Schmarrn.«

Sie wusste nicht, ob Ferstl Manns genug war, sie an die Wand zu nageln, falls sie sich weigerte, hier herumzuschnüffeln wie die Sau nach Trüffeln. Attilas Besitzer hatte keinen Schimmer davon, wie Laura kämpfen konnte. Da reichte es nicht, sich warm anzuziehen, sondern er könnte gleich in der Sauna einziehen.

»Pass auf, dass mir dein Bulle vom Leib bleibt, Maca hin oder her«, rief sie ihm zu. »Und ich versprech dir nix.«

Sie holte Probenröhrchen nebst Tupfern, Wattestäbchen und Latexhandschuhen aus dem Wagen und machte sich an die ungewohnte Arbeit an einer menschlichen Spezies. Letztendlich waren sie alle Viecher auf zwei Beinen. Sie hätte ja auch kein Problem damit, einem verendeten Schafbock das Gedärm zu durchwühlen.

»Was ist das?«, wollte Ben wissen. Er stand vor einem schwarzen Gefährt »Made in Germany«, das unmöglich als Fahrrad durchging.

»E-Bike vom Vater. Es fährt tadellos. Dahinten ist die Luftpumpe.« Seine Schwester zeigte in einen finstern Winkel der windschiefen Scheune. »Der Akku ist aufgeladen«, sagte sie beiläufig.

Aha, immerhin ein Zeichen, dass sich Lissy mit seiner Ankunft beschäftigt hatte, dachte Ben.

»›O'Connor‹«, entzifferte er. »Hat da Edison mitgebastelt?«, wollte er wissen.

»Was erwartest du? Einen Rolls-Royce?« Seine Schwester versteifte ihre Schultern und machte sich davon. Er blieb allein mit dem schwarzen Ungetüm.

»Na gut«, er nickte ihm zu, »wir freunden uns schon an, wir zwei, hm, was meinst du?«

Sie waren beide nicht das neueste Modell. Das Rad schwieg, als er es probehalber hin- und herrollte. Das stimmte ihn positiver. Kein protestierendes Quietschen, kein Knarren, einzig Spinnweben umhüllten Rahmen und Lenker. Seine Begrüßungsgirlanden – schön, dass du wieder da bist, Benjamin Wiesegger. Er setzte sich auf den Sattel und wippte. Die Höhe schien zu passen.

Als Nächstes umschlich er die schwarze Holztruhe, die seine Sachen enthielt. Er betrachtete sie eine Weile mit zusammengekniffenen Augen, öffnete den Deckel. Das war alles, was von ihm in Garmisch zurückgeblieben war. Obenauf lag seine Bergausrüstung, oder was vor zwanzig Jahren dafür gehalten wurde. Der zerkratzte rote Helm, der modrig riechende Rucksack, ein Konvolut aus Haken, Karabinern und Seilen, ineinander verschlungen, rostig und schundig. Reif fürs Werdenfelser Museum, der Plunder. Er zögerte einen Moment, bevor er zugriff, um das ganze Geraffel zur Seite zu legen. Damit war es vorbei – auf ewig. Immer wenn einer der zackigen Felsgrate vor seinem inneren Auge auftauchte, sah er den Seelenschnitter höhnisch winken. »Komm, du bist mir schon begegnet.«

Ben griff nach dem Truhendeckel. Er strich über das lasierte Holz, spürte gedankenverloren der Maserung mit den Fingern nach und beruhigte seinen Atem. Piano, alter Mann. Sein Blick sog sich erneut am Inneren der Truhe fest.

Bücher, deren Inhalt er spärlich rekapitulieren konnte. Stephen King hatte er gemocht, daneben seine Lieblinge Bukowski, Miller, Kerouac, Selby. Sie hatten ihm die USA der Ausgespuckten und Loser gezeigt, und er hatte ihre Texte fasziniert verschlungen. Nie hätte er sich vorstellen können, dem Schicksal ihrer Figuren nahe zu kommen, wie sie zu empfinden und wie sie an der Verzweiflung zu schnuppern. Neben dem Bücherstapel zog er die Hirschlederne aus der Truhe. Die Flecken darauf bildeten eine Landkarte seiner Erinnerungen, falls die nicht vom Weißbier getrübt waren. Drei Nummern zu klein mittlerweile, ebenso der verschlissene moosgrüne Janker. Lissy hätte die Klamotten weggeben sollen – er würde sie verschenken, falls die Caritas dafür Verwendung hatte. Er klappte den Deckel wieder zu. Genug Vergangenheitssouvenirs für heute. Mit einem Kopfschütteln richtete er sich auf und tappte blinzelnd aus der Scheune. Es musste das plötzliche Sonnenlicht sein, das seinen Blick mit Tränen verschleierte, er rieb sich die Feuchtigkeit aus den Augenwinkeln.

Zeit, der Stadt einen Besuch abzustatten. Worauf sollte er warten? Früher oder später musste er sich sehen lassen, er konnte es gleich hinter sich bringen. Immerhin konnte er auf einen Sattel unter dem Hintern vertrauen, made in Germany. Bereit für den Ausritt, Cowboy?

4

Wenn jemand den Archetypus eines polizeilichen Ermittlers darbot, war es Poschinger. Die schwarze Lederjacke gab sich alle Mühe, seinen Leib zu umspannen, während ein unverwüstlicher grauer Filzhut seine gerötete Stirn beschattete. Dazu eine Prise Unergründlichkeit, die ihm eine Ray-Ban-Sonnenbrille verlieh. Wohlmeinende nannten solch eine Statur »stattlich«, Laura tendierte eher zu »adipös«. Der Ermittler hatte die Unterlippe vorgeschoben, und sein Oberlippenbärtchen zitterte vor Anspannung. Dass Leichen nicht gerade seinen Weg pflasterten, war offensichtlich. Aber einen Unfall mit Kuh betrachtete er bestimmt als ermittlungstechnische Lappalie. Routine. Allerdings machte so eine Geschichte die Leute nervös. »Bad News« aus der Region waren Gift fürs Geschäft.

Laura stand, die Arme verschränkt, etwas abseits und beobachtete, wie Poschinger einen Untergebenen herbeipfiff. In Poschingers Rücken trat sie näher heran. Wenn sie sich schon für Attila ins Zeug legen sollte, könnte es nicht schaden, zuzuhören. »Scheiß Montagmorgen. Also, was haben wir?«, kam es von Poschinger.

Klassische Ermittlerfrage. Erst vorgestern hatte Laura denselben Wortlaut in einem Lokalkrimi gelesen.

»Männliche Leiche, um die vierzig, stark, äh, in Mitleidenschaft gezogen, sieht nach Unfall mit Rinderbeteiligung aus«, leierte der Polizist seinen Text herunter. Seine Hände umklammerten ein Diktiergerät. Breitbeinig, fest verankert, stand der schlaksige Sheriff im Matsch, als wäre er um Halt bemüht wie auf einem schwankenden Segler. Seine Stirn unter dem blonden Schopf war in äußerster Konzentration gefaltet.

Der Bursche tat Laura leid. Poschingers Blick war der eines alten Leitbullen, der seine Herde unter der Knute hielt. »Rinderbeteiligung?«, knurrte er. »Was ist denn das für ein

Wort? Ich möcht nicht wissen, was du bei einem Ertrunkenen sagst. Kruzifix, Hehnle!«

»Entschuldigung.«

»Deine Phantasie lässt du dir einpacken, zum Mitnehmen. Die Spusi wird rausfinden, wer und was beteiligt war. Papiere, Handy?«

»Ja und nein.«

»Geht's auch genauer?«

»Der Mann heißt Georgius Urban. Kein Smartphone, aber Brieftasche.«

»Komisch, oder? Wo kommt der her, der George?«

»Wohnort München.«

»Sonst was?«

»Führerschein, Gold Card, Payback-Karte, Zehnerstempelkarte vom Friseur ›Querschnitt‹ und von der Bäckerei Ohlmeier in München. Ich würde sagen, das Übliche. Keine Familienbilder, keine Quittungen. Ein Kärtchen der Pension Wiesegger. Vielleicht hat er in Garmisch geurlaubt.«

»Aha. Vielleicht – vielleicht nicht. Da fühlen wir nachher den Wieseggers gründlich auf den Zahn. Wer hat uns verständigt?«

»Die Frau Schmerlinger.«

Hehnle deutete an seinem Vorgesetzten vorbei. Poschinger fuhr herum. Er sah sich Aug in Aug mit Laura.

Eine Stirnfurche verdüsterte sein Gesicht.

»Meinst du nicht, Hehnle, die Zivilisten sollten Abstand halten? Wozu spannen wir die bunten Bändchen? Cocktailparty?«

Diese Frage könnte er auch Ferstl stellen, der just mit einem entrüsteten »Was ist jetzt, Herr Hauptkommissar?« über den Weg auf sie zumarschierte.

Er war Kopf einer Polonaise, Wandertouristen hatten sich ihm angehängt, in der Hoffnung, ausgefallene Urlaubsvideos zu ergattern. Handys wurden in die Höhe gereckt. In der Masse fielen die Hemmungen.

Ein hupender Leichenwagen rumpelte über den Weg, trieb sie auseinander.

Laura winkte Poschinger beidhändig und knipste ein ermunterndes Lächeln an.

Der drehte sich mit aufgerissenem Mund um die eigene Achse. Mit tiefem Körperschwerpunkt eine einfache Übung. Seiner wutverzerrten Visage sah man an, dass es ihm wohl am liebsten gewesen wäre, die »Goaslschnalzer« vom Garmischer Volkstrachtenverein würden mit den Peitschen unters Volk fahren.

»Raus mit den Leuten, Kruzifix!«, tobte er los. »Wer den polizeilichen Anweisungen nicht Folge leistet, wird unter körperlichem Zwang abgeführt! Keine Handys!«

Sein ausgestreckter Zeigefinger stoppte Ferstl, als wär's die Dienstpistole.

»Sie Kasperl als Allererster!«, brüllte er ihn an.

Uniformierte stürmten umher und jagten das filmende Völkchen durch die Pampa. Laura dachte an Hütehunde, die mit Schafherden komplexe Manöver vollführten. Bei Schaulustigen würde sie auf Border Collies setzen. Gewiefter und schneller als ein tumber Gaffer und zur Not mit überzeugendem Gebiss. Sie wunderte sich, wo die am frühen Morgen alle hergekommen waren. Sag noch einer, Wandern wäre öde.

Poschinger wandte sich seinem Befehlsempfänger zu. Seine Stimme war gefährlich leise.

»Du nimmst von Frau Schmerlinger, unserer geschätzten Zeugin, hinter der Absperrung ihre Aussage entgegen, verstanden? Und jemand soll dem Bauern klarmachen, dass die Rinderbeteiligung ein End hat. Der soll die Viecher im Stall wegsperren, nicht dass sie die Spusileute zertrampeln. Sie sind potenziell gefährlich, sonst müssten wir sie …«

»Erschießen?«

Poschinger seufzte. »Na, Hehnle. Zuvor nimmst du ihre Fingerabdrücke. Vielleicht ist eine vorbestraft.«

Sein Hemdkragen schien ihm die pochenden Halsvenen abzuschnüren. Laura war versucht, ihm den Knopf zu öffnen. Erste Diagnose: zu hoher Blutdruck.

Seinem jungen Untergebenen färbten sich die Wangen zartrosa. Über der Schulter seines Chefs verlor sich sein Blick in der Weite der Werdenfelser Wiesengründe.

»Schleich dich!«, bekam er von Poschinger mit auf den Weg. Der Angesprochene drehte eine halbe Pirouette und wandte sich der wartenden Tierärztin zu.

»Er kommt aus Stuttgart«, raunte Poschinger Laura zu und zuckte mit den Schultern. »Schwabe«, ergänzte er.

Sie nahm die Information zur Kenntnis, ohne ihre Bedeutung zu eruieren.

Poschinger baute sich, die Arme in die Hüften gestemmt, am Stacheldraht auf und beäugte den Mediziner, der an der Leiche hantierte. Eine Gestalt in weißem Overall rief ihm zu, dass die Kühe alle Spuren zermatscht hätten und die Zeugin sich Mühe gegeben hätte, den Rest an Spuren zusammenzutrampeln. Die wär wohl als Rindvieh unterwegs gewesen. »Wüst schaut's aus. Wird äußerst schwierig. Nachts hat's geregnet.«

Laura hätte zum Thema »Rindvieh« die passende Erwiderung parat, wollte aber eine Beleidigungsklage vermeiden.

Sie beobachtete Poschinger, der gedankenverloren mit einer Visitenkarte spielte. Falls es sich nicht um spontane Gesichtszuckungen handelte, war das ein Grinsen in seinem Gesicht.

Sein Helferlein bat sie höflichst, mit ihm gemeinsam ein paar Schritte hinter die Absperrung zu tun.

Er war fesch auf eine naive Weise. Wahrscheinlich hatte er selbst keine Vorstellung davon. Ihn umgab diese Mischung aus Unbeholfenheit und Erstaunen. Er kultivierte keine gespielt forsche Männlichkeitsattitüde wie sein Chef. Ein maskulines Dornröschen, noch nicht wach geküsst.

Seine Augen eilten über ihre Gestalt, ohne anzuhalten, bevor er tief Luft holte, um sich zu besinnen.

»Oberkommissar Hehnle«, stellte er sich vor.

»Wie der kleine Gockel?«, fragte Laura nach.

Er seufzte auf. »Nein, mit einem e. Und was haben Sie gesehen?«, wollte er wissen.

Laura musterte sein schmales, kantiges Gesicht.

»Das, was Sie sehen. Einen Toten.«

»Sonst nix?«

»Was da wäre?«

»Irgendwas Ungewöhnliches halt. Sie sind doch Tierärztin, also Expertin. Haben sich die Viecher auffällig benommen?«

»Meinen Sie verdächtig?«

»Was weiß ich!«, brach es aus ihm heraus.

»Wieso sind Sie so aggressiv unterwegs?«

»Weil das kompliziert ist. Da jubelt niemand, wenn ein, äh – Tourist zertrampelt wird. Fragen vom Bürgermeister, die sogenannten kritischen Stimmen, Tierschützer, Tourismusverband – hab ich was vergessen?«

»Wenn ihn wer erschlagen hätte, wär's auch kein Kindergeburtstag«, meinte Laura. »Ist doch komisch, dass einer im schicken Anzug …«

»Es kann halt nicht jedermann als Landmann herumspazieren. Also weiter im Text. Dann haben Sie fleißig alle Spuren zertrampelt und sind zu dem Toten hin. Etwas angefasst oder aus seinem Besitz an sich genommen?«

»Logisch, die Brieftasche und die Rolex.«

»Soll ich das notieren?«

»Schmarrn, ich hab mich vergewissert, dass der Mann tot war. Ich war halt aufgeregt, da bin ich ein paarmal ausgerutscht. Es hat die Nacht durchgeregnet, aber wenn Sie mich fragen, da hat der längst ins Gras gebissen.«

»Das frag ich bestimmt keine Veterinärin. Dafür haben wir Sachverständige. War sonst irgendein Mensch in der Nähe?«

»Ich hab niemanden gesehen, was aber nicht heißt, dass niemand in der Nähe war. Es könnte sich wer versteckt haben.«

Der Polizist seufzte wiederum. »Ja, schon klar.«

Laura schüttelte ihre Mähne und versuchte seine Augen mit ihrem Blick einzufangen.

»Ich frag Sie, warum sollte der mitten in der Nacht durch den Elektrozaun kraxeln und auf der Weide spazieren gehen?«, wollte sie wissen.

»Das werden wir ermitteln, seien Sie beruhigt. Da wird es Theorien geben, die wir verifizieren müssen. Vielleicht ein Kuhripper, oder wie wär's mit Schlafwandeln oder versuchtem Viehdiebstahl?«

»Gab es nicht mal einen Fall hier, wo jemand weidende Tiere mit Cannabis gefüttert hat, um zu sehen, was passiert?«

»Das waren Ziegen. Und den haben wir erwischt, den Kriminellen.«

»Fehlt noch abnormer Animal-Lover und Unfall beim Cow-Tipping – wobei, um eine Kuh umzuschmeißen, brauchst du Minimum fünf Verrückte, und sie sollte sich nicht wehren.«

»All das kranke Zeug will ich mir gar nicht vorstellen – jedenfalls darf es das nicht geben, dass ein Stier ...«

»Aha, Problemstier.«

»Wenn der Bulle eine Gefährdung darstellt, braucht es Entscheidungen. Falls später eine andere Todesursache ermittelt werden sollte, bekommt der Bauer eine Entschädigung für den entstandenen Schaden. Aber das hat nix mit Ihrer Zeugenaussage zu tun. Wo waren wir stehen geblieben? Wollen Sie etwas ergänzen?«

»Ich kann Ihnen Details über den Tatverdächtigen erzählen.«

»Wenn's hilft.«

»Er heißt Attila, ist ein Murnau-Werdenfelser, wiegt um die neunhundert Kilo und hatte bisher nichts auf dem Kerbholz – der ist gewiss kein Killer.«

»Nicht ungewöhnlich. Die meisten Mörder sind nur bei der Tat ausgetickt, selbst bei ultrabrutalen Geschichten. Das sind oft sympathische Leute, wie du und ich – vielleicht ist das bei den Viechern genauso.«

»Leut wie du und ich, aha. Wenn dir noch was einfällt, rufst du mich einfach an. Ich bin die Laura.«

»Das ist eigentlich mein Text.«

Sie zogen synchron ihre Kärtchen. Von Hehnle kam ein verlegenes Hüsteln, bevor er zugriff.

»Ich mein ja nur, zum Thema wilder Stier und überhaupt ...«, sagte Laura.

»Ja, ähm, Wiederschauen … und ich bin der Stefan.«

»Bestimmt.«

»Was?«

»Das Wiederschauen.«

»Ach so, ja.«

Sie nahm die Hand zum Ohr und formte die Finger zum Telefonsymbol. Dass er sich auf die Lippen biss, blieb nicht unbemerkt.

Laura stellte fest, dass die Geschichte ihr Jagdfieber geweckt hatte. Ferstls Erpressungsversuch für Arme mit ihrer angeblichen Verantwortung war das eine. Zum anderen war es Neugier, gerade was die »Rinderbeteiligung« anging, Einzelheiten über das Ableben des Mannes herauszufinden.

In ihrem Rucksack warteten die Proben auf die Analyse, und sie hatte vor, den Kontakt zu Stefan Hehnle aufrechtzuerhalten, um auf dem Laufenden zu bleiben. Hoffentlich war das alles gar nicht nötig, Spurenermittler und Gerichtsmediziner kamen auch nicht »auf der Brennsuppn dahergeschwommen«, die konnten Attila entlasten – oder als Täter markieren –, falls sie sich Mühe gaben. Laura hatte das unbestimmte Gefühl, dass es jedem am liebsten wäre, um die Leiche wenig Aufhebens zu machen und schnell die Akte zu schließen.

5

Bens Mutter hatte es sich nicht nehmen lassen, ihm frische Pfann-
kuchen aufzutischen. Mein Gott, wie hatte er das vermisst! Allein
der Geruch der brutzelnden Fladen hatte ihn umgehauen. Rein-
beißen, und du bist daheim. Vollgefressen bis zum Platzen war
er in sein Zimmer gewankt. Auf dem Bett fläzend hatte er seine
Ankunft Revue passieren lassen. Er hoffte, sein Verhältnis zu
Lissy ließe sich einrenken. Als er ihr vorhin vor dem Nachbar-
zimmer begegnet war, sie wollte wohl Handtücher wechseln, war
ihre Miene finster wie die mondlose Nacht gewesen. Vielleicht
wenn sie sehen würde, dass er bereit und Manns genug war, in
der Pension mitzuhelfen. Wer von ihnen beiden schätzte ihn
richtig ein? Das war die Frage.

Der warme Wasserstrahl der Dusche half ihm gegen die Grü-
belei. Sauber und rein würde die Welt wieder anders aussehen. Er
spülte sich das Shampoo aus den Haaren, als er seine Schwester
mit jemandem diskutieren hörte. Sie schienen sich im Zimmer
nebenan aufzuhalten. Gast war das keiner. Schubladen wurden
auf- und zugezogen, Möbel verrückt. Die Stimme kam ihm bekannt vor. Ben schnappte sich das hellblaue Gästehandtuch und
rubbelte sich ab. In Jeans und Shirt trat er auf den Gang.

»Das kann ich doch nicht sagen«, hörte er seine Schwester
maunzen. Ihre Stimme zitterte und wirkte kläglich.

»Was hat er gesagt, was er hier wollte?« Jetzt konnte er den
Klang zuordnen. Das war Poschingers polterndes Organ. Was
suchte der hier? Ging es um ihn?

»Was sollt besonders an dem sein? Er war ein normaler Gast.«

Ben trat barfuß aus seinem Zimmer. Auf dem Flur stand ein
Schönling in Jeansjacke, den er nicht kannte. Dessen Aufmerksamkeit galt dem Fremdenzimmer neben Bens Domizil. Ehe der
Mann reagieren und ihn ansprechen konnte, war Ben an ihm
vorbeigehuscht und lehnte sich an den Türrahmen des Nachbar-

zimmers. Ja, es war tatsächlich Poschinger, der sich da breitbeinig vor Lissy aufgebaut hatte.

»Servus, Poschinger«, sagte Ben.

Der Angesprochene fuhr herum. Seine Augen weiteten sich. Er schien nicht mit ihm gerechnet zu haben. Warum das Gedöns?

»Du?«, fragte er, als könne er seinen Schweinsäuglein nicht trauen. »Bist also wieder hier«, stellte er fest und maß ihn von Kopf bis Fuß.

»Schaut ganz danach aus«, bestätigte Ben und deutete in den Raum. »Und du bist Wachtmeister geworden. Brauchst du ein Zimmer? Kann es nur empfehlen.«

»Hauptkommissar heißt das. Noch reißt du Witze, Wiesegger.«

»Wer kann, der kann.« Ben warf einen Blick auf seine Schwester. Die saß zusammengesunken auf dem Stuhl und hatte die Augen auf den Boden gerichtet. Ihre Hände formten unsichtbare Knödel. Mit welcher Botschaft hatte Poschinger sie in diesen Zustand versetzen können? In Ben begann es zu brodeln.

»Seit wann bist du wieder da?«, wollte Poschinger von ihm wissen.

»Warum interessiert dich das?«

»Euer Gast ist heut Nacht gestorben.«

»Hier aber nicht, oder? An was denn?«

»Den Torero gespielt und verloren, wird sich eh rumsprechen. Wir ermitteln. Das war sein Zimmer. Hast du ihn getroffen?«

Ben schüttelte den Kopf. »Ich bin gerade erst angekommen. Heut Morgen.«

Poschinger nickte seinem Begleiter zu. »Schreib die Daten auf und überprüf das, Hehnle.«

»Bin ich verdächtig?«, wollte Ben wissen. »Zwecks was?«

»Freilich«, meinte Poschinger. Er trat ganz nahe an ihn heran. Ein billiges Tabacco-Wässerchen stach Ben in der Nase, dieselbe Geruchsbelästigung wie vor zwanzig Jahren.

»Mord verjährt nicht, Wiesegger, und einmal Täter …«

»Mich kannst du damit nicht meinen, das sollte dir in den Schädel gehen«, brach es aus Ben heraus. Zeitgleich wie sein

Gegenüber ließ er die Arme fallen und ballte die Fäuste. Er war bereit, es auszutragen. Ready to rumble! Gib mir einen Grund, Wachtmeister!

Sie starrten sich in die Augen. Keiner verzog einen Gesichtsmuskel. Zwei Statuen. Er hätte die Härchen seines Gegenübers zählen können, die ihm aus dem Zinken sprossen wie Schnittlauchhalme. Der Drang wurde überwältigend, ohne Skrupel reinzuhauen in die Schweinchenvisage.

»Wir sollten Frau Wiesegger senior jetzt befragen, oder?«, meldete sich die Gestalt auf dem Flur und schob sich einen halben Schritt auf die Kampfhähne zu.

Ben rührte sich nicht. Er würde keinen Millimeter weichen. Nicht vor Poschinger. Die halbe Schulzeit über hatte er den depperten Kerl ertragen müssen, der überall Rivalen vermutete und sich ständig messen wollte, um zu beweisen, dass er der Beste war. Und was für ein Theater, weil »seine« Josefa sich partout eingebildet hatte, Ben wäre ihr Herzblatt. Dabei hatte Poschinger das Madl als Besitz reklamiert und war ihm mit unbegründeter Eifersucht auf den Wecker gegangen. Was hatte Ben für Josefas Schwärmerei gekonnt? Es hatte ihn nie zu ihr hingezogen, nie hatte er sie ermutigt. Was immer sie heutzutage trieb, er wünschte ihr von Herzen, dass sie einen anderen Burschen gefunden hatte als den trüben Langweiler Poschinger. Aber dieser Jagdhund hatte nicht aufgegeben, sie zu hetzen, und sie waren bestimmt verehelicht. Vermutlich trug sie sein Brandzeichen. Die Liebe ist nicht immer eine Himmelsmacht.

Was könnte der Hauptkommissar ihm schon anhängen? Er wusste weder, dass jemand, noch, wer das Zimmer neben ihm bewohnt hatte. Seine Schwester schien ihm jedoch arg mitgenommen zu sein. Sie hatte nicht aufgeschaut, selbst als der Dialog zwischen den Männern an Härte zugenommen hatte.

Poschinger wandte sich ab. »Wenn es eine Verbindung zwischen dir und dem Toten gibt, Wiesegger, dann find ich sie, sei dir sicher. Und ich sag dir eins: Es war ein Fehler, wieder nach Garmisch zu kommen. Ich hab dich im Auge.«

»Muss wehtun. Richte der Josefa liebe Grüße von mir aus.«

»Lass meine Frau aus dem Spiel! Die geht dich nichts an.« Poschingers Schädel färbte sich tomatenrot.

Touchdown. Nur ein schäbiger Triumph. Für den Hauptkommissar war es alles andere als ein Spiel, und er sollte ihn nicht unterschätzen.

Ohne sich noch einmal umzudrehen, schritt der, gefolgt von seinem Begleiter, den Gang entlang Richtung Treppe. Ben hörte die Stufen empört knarren, als die beiden nach unten trampelten, um seine Mutter zu vernehmen.

Er zog sich den zweiten Stuhl heran und setzte sich neben die Schwester. In einem plötzlichen Impuls wollte er ihr den Arm um die Schultern legen, besann sich aber rechtzeitig eines Besseren. Sie spreizte die Hände ab, um ihm zu verdeutlichen, nichts zu tun oder zu sagen. Er schwieg brav und ließ seinen Blick durchs Zimmer schweifen. Es war der Zwilling seines eigenen. Der Fichtenschrank stand offen, und eine dunkle, elegante Jacke war zu entdecken, ebenso drei perfekte Hemden-Origami auf dem Zwischenbrett. Dem Toten waren Stil und Ordnungssinn gegeben gewesen. An der Wand lehnte ein Rollkoffer. Hinter seinem halb geöffneten Reißverschluss konnte man Socken und Unterwäsche erahnen. Ben wunderte sich, dass die Polizisten die Sachen nicht an sich genommen hatten. War das nicht üblich? Oder würden Angehörige kommen? Seine Unterarmhärchen stellten sich auf, als er daran dachte, dass er die Zahnbürste, den Rasierer oder Nagelschneider des Toten eintüten müsste. Von Freizeitkleidung war kein Fetzen zu entdecken. In seiner Erinnerung waren die Urlauber in schreiend bunte Funktionswäsche gewandet durch die Garmischer Fußgängerzone gezogen. Da kamen ihm Hemd und gedeckter Zweireiher overdressed vor – aber in zwanzig Jahren kann sich viel wandeln. In Modebelangen war er seit jeher bekennender Dilettant. Für die gehobene Gastronomie sowie kulturelle Highlights im Garmischer Kongresshaus war Bens Kofferinhalt nicht ausgelegt.

6

Laura stieß die Nadel tief in den Hoden des jungen Fleckvieh-bullen. An drei Stellen injizierte sie das lokale Betäubungsmittel. Sie hatten die Tiere im Fressgitter fixiert, und Bauer Lehner stand mit einem Helfer dabei, um ihr, wenn nötig, zur Hand zu gehen. In ihrem blauen Overall streckte sie sich kurz durch, während sie auf das Einsetzen der Wirkung des Mittels wartete. Es fiel ihr nicht leicht, sich zu konzentrieren, bei der Sache zu bleiben. Nein, ihr Ex-Mann spukte ihr nicht im Kopf herum. Obwohl es der passende Anlass wäre.

Etwas anderes machte ihr zu schaffen. Die Ereignisse der letz-ten Stunde konnte sie nicht einfach abstreifen.

Mit routiniertem Skalpellschnitt legte sie die Hoden frei. Das Tier stand unbeweglich. Es war auf halbem Weg zum Ochsen. Der Fleischliebhaber wollte es so, Ochsenfleisch vom Feinsten sollte es sein. Allein auf dem Münchner Oktoberfest hatte das hungrige Feiervolk um die hundertzwanzig Ochsen verputzt. Und weil jedwede männliche Kreatur hodenlos weniger auf-brausend ist, war die Haltung problemloser für die Bauersleute.

Mit der Zange abklemmen, um die Blutzufuhr zu verhindern, und hasta la vista, die Hoden waren Geschichte. Das Gröbste war erledigt. Fertig. Der Nächste bitte, nicht drängeln.

Sie war froh um die Routine, die ihre Hände führte. War sie gerade aus dem Kino gekommen? Der Kampf mit Ferstl um die Leiche, der seltsame Aufzug des Toten und die Proben, die sie entnommen hatte, all das war komplett irreal.

»Jetzt haben wir bald alle durch«, freute sich Lehner. Laura griff mechanisch zur Jodflasche.

»Und Ferstls Stier hat wirklich einen aufgespießt?«, wollte er wissen. »Sappradi, wahrscheinlich muss er aufrüsten mit dem Zaun, der Stier wird nicht mehr rauskommen, oder gleich ab auf den Schlachthof.«

»Noch ist nicht klar, was passiert ist«, antwortete Laura und nahm den letzten Jungbullen in Angriff.

»Aber da muss ich nicht lange grübeln, wenn einer blutüberströmt auf der Weide liegt.«

Laura warf ihm einen Seitenblick zu. »Lenk mich nicht ab, sonst ist dein Rind gleich blutüberströmt.« Das hatte ihr noch gefehlt, dass in ihr Bilder heraufbeschworen wurden.

»So«, sagte sie. »Frisches Stroh wäre nicht schlecht, das hier sieht nicht mehr so prickelnd aus. Ruf mich an, sollte was sein, ich komm eh zur Kontrolle. Und du schaust, dass nicht zu viele Fliegen rumschwirren.«

Der Bauer begleitete sie zum Wagen. Sie stieg aus ihrem Overall und knäulte ihn in einen Plastiksack.

»Kein Wunder«, meinte er. »Ferstl tut ja immer so, als wäre er was Besseres, und wir wären die Tierschinder. Seit hundertachtzig Jahren betreibt unsere Familie Viehzucht, seit hundertachtzig Jahren! Da erklärt mir niemand, was es geschlagen hat. Jetzt hat er den Scheißdreck, das Gscheithaferl mit seinem Methusalem von Stier. Natursprung, dass ich nicht lach! Der Ferstl bekommt ja nicht einmal in seinem Bett eine gescheite Besamung hin.« Das Grinsen des Bauern zog sich bis hinter die Ohren.

Laura hatte keinerlei Bedürfnis, sich über Ferstls Kinderlosigkeit das Maul zu zerreißen. Sie wusste, dass Lehners ganzer Stolz sein Sohn war. Der, so war zu hören, hatte keinen »Bock«, sich die Gummistiefel überzustreifen. Es hieß, er war zum Medizinstudium in München. Statt auf dem Hof würde der Filius sich als Assistenzarzt in irgendeinem Klinikum abrackern. Die Arbeitszeiten waren identisch.

»Ich mach keinen Freudentanz«, erwiderte Laura nachdenklich, »das würd ich auch nicht, wenn einer deiner Bullen jemanden zamgetrampelt hätte.«

»Stell dir vor, Frau Tierärztin – ich hab mir gleich einen Obstler eingeschenkt, dass der Depp …«

Den Rest hörte Laura nicht mehr, weil der Motor des Subaru

unter ihrem resoluten Tritt aufs Gaspedal aufjaulte, als sie vom Hof ritt. Sie winkte zum Gruß noch einmal nach hinten. Ja, Ferstl blies sich auf, was die konventionelle Landwirtschaft anging, und sein missionarischer Eifer trug nicht zu einem entspannten Verhältnis mit seinem Nachbarn bei. Laura war unparteiisch, wünschte sich, dass die Tiere artgerecht gehalten wurden, aber Pragmatismus gehörte zu ihrem Tagesgeschäft. Das Werdenfelser war unter den Viehrassen allerdings ihr regionaler Liebling – und das nicht nur auf dem Teller.

In der Stube war es still. Die Mutter saß auf der Bank und schüttelte den Kopf, Lissy hockte gekrümmt auf einem Stuhl und starrte ins Leere. Bens Blick wanderte von einer zur anderen. Er stand im Türrahmen und wusste nicht recht, was er sagen, geschweige denn, was er tun sollte.

»So was, na so was«, murmelte seine Mutter zum wiederholten Mal und »Gut, dass die Gäste alle noch unterwegs sind, bei dem schönen Wetter. Ich weiß gar nicht, wie wir das sagen sollen.«

»Die werden es irgendwo hören«, sagte Lissy leise, »wenn wer fragt, sagen wir, stimmt, der ist gestorben, und Schluss.«

»Passiert«, meinte Ben, um etwas beizutragen, »kann man nix ändern.«

»Natürlich kann man nix ändern«, fauchte seine Schwester ihn an. Ihre Augen waren gerötet. Der Tod des Gastes schien ihr nahegegangen zu sein.

»Wie hat der Mann denn geheißen?«, wollte er wissen.

»Warum sollt dich das interessieren? Hat dich doch sonst nix interessiert«, kam Lissys Angriff.

Er griff sich an die Stirn und sah zu Boden. Das schien nicht der passende Moment für ein Gespräch zu sein.

»Wird schon«, meinte er Richtung Mutter, »wenn ich was tun kann …«

Schulterzuckend verließ er die stickige Stube. Draußen schnaufte er durch. Im Zimmer war er sich vorgekommen wie in einem Käfig. Wie damals. Er konnte sich gut an die letzten

Diskussionen erinnern, er auf der Bank, eingerahmt von den Eltern, und Lissy ihm gegenüber. Schreien hätte er können, aufspringen, etwas kaputt schlagen, aber er war hocken geblieben, und sie hatten geredet und geredet, wo doch jedes Wort sinnlos und vergeudet gewesen war. Bis er seine Tasche gepackt hatte.

Die Ruhelosigkeit zerrte ihn ins Freie. Raus hier! Er marschierte los zum Schuppen und schob das E-Bike nach draußen.

7

Das »O'Connors« lief ordentlich. So leicht hätte Ben sich das Radeln nicht vorgestellt. Es war seine erste Erfahrung mit einem E-Bike. Er konnte sich nicht erinnern, in San Antonio je auf einem Fahrrad gestrampelt zu haben. Zu heiß, zu staubig, zu viele Trucks. In Texas reichten Pick-ups und Pferde. That's all you need. Wenn du zu tattrig warst, um ein Lenkrad zu halten, bist du besser gestorben.

Das Bike schnurrte, die Sonne schien, Ben entschied, nicht in die Garmischer Innenstadt zu radeln, sondern genoss einfach den Wind, der ihm die Haare zerzauste. Sein Weg führte ihn in Richtung der Schanzanlagen bei Farchant. In der Schule hatten sie gelernt, dass die Werdenfelser Schützen, die im Dreißigjährigen Krieg zur Bewachung der alten Schanze abkommandiert waren, keinen Schuss hatten abgeben müssen. Das Gemetzel hatte sich andere Schauplätze gesucht und war kurz nach Fertigstellung der Schanze zu Ende gegangen. In Freising und dem Oberland hatten sie weniger Glück gehabt. Da waren die Schweden zünftig beim Brandschatzen und Guldeneintreiben gewesen. Ja, damals haben dir die Schweden das Graffel angezündet, heutzutage holst du es dir von ihnen ab, samt Inbusschlüssel.

Die neuere Schanze war für Ben als Kind attraktiver gewesen. Hier konnte er sich vorstellen, die Schlacht am Steinernen Brückl mitgekämpft zu haben. Ha, mit ihm als tapferem Recken hätten die kurbayrischen Truppen den Österreichern den Arsch versohlt.

Ben musste schmunzeln, als ihm einfiel, wie er und Lissy mit Stecken gefochten hatten, rund um den Gedenkstein der Schlacht. Damals war das Leben unbeschwert gewesen, auch wenn seine Schwester ihm immer absichtlich mit der Haselnussrute die Finger grün und blau gehauen hatte.

Ben trat fester in die Pedale. Ein Ziel hatte sich für ihn herauskristallisiert. Der Gedenkstein. Er wollte etwas finden, berühren, andocken an die kindlichen Erinnerungen, wollte sich nicht einfach treiben lassen wie ein Stock in der Loisach. Mit dem E-Bike wäre das locker unter einer halben Stunde zu schaffen. Von hinten hörte er ein Motorrad näher kommen. Das wäre eine Möglichkeit. Er könnte sich ein gebrauchtes Bike ...

Aaah, was zum Henker?

Der Schlag auf die Schulter traf ihn unvermittelt. Er verlor das Gleichgewicht und kippte seitlich mit dem Rad in die Böschung ab. Ein Schrei hallte ihm in den Ohren. Es war sein eigener. Er überschlug sich, prallte auf und landete mit den Rippen auf der Querstange des Rades.

Das Motorrad beschleunigte.

Etwas hatte sich in seine Hand gebohrt. Scheiße, verfluchte! Er wusste, dass es Absicht gewesen war. Der Motorradfahrer hatte ihn von der Straße geräumt. Gründlich! Er stützte sich im matschigen Boden ab und kam in die Höhe. Das Aufstehen funktionierte leidlich. An seinem Ellenbogen klebte eine ketchupverschmierte Papiertüte vom Burger King. Durchstrecken war hart. Das Adrenalin half ihm, das E-Bike aufzurichten und die Böschung hochzuzerren. Ihm war klar, dass sich der Schmerz vervielfachen würde. Mit der dreckverschmierten Hand wischte er sich über die Stirn und besah sie sich. Das war Blut.

»Ist dir was passiert, Ben?«

Ein roter Mini hatte neben ihm gebremst, und das Seitenfenster war heruntergelassen. Wer immer ihn ansprach, musste sich gut an seine Physiognomie erinnert haben. So wie er gerade aussehen musste, hätte er sich nicht erkannt. Er blinzelte in die Sonne und warf einen Blick ins Wageninnere. Wenn er sich nicht täuschte, war das Josefa. Die Tür sprang auf, und sie spritzte aus dem Wagen, als ginge es um Leben und Tod.

Im Unterschied zum Göttergatten erinnerte ihre Kontur nicht an eine Dampfnudel. In hautenger Kunstlederhose samt knallrotem T-Shirt mit Paillettenmuster eilte sie auf ihn zu. Ihr brünetter französischer Zopf schien der gleiche wie vor zwanzig

Jahren zu sein, nur die Züge wirkten verhärmt. Kein Wunder, bei dieser Verpaarung. Zuletzt hatte sie bei der Stadtverwaltung gearbeitet, vermutlich hütete sie mittlerweile vier Sprösslinge und die Meerschweinchen.

»Hast du was gesehen?«, wollte er wissen.

»Nicht viel«, stieß sie atemlos hervor, »ich war ja weiter weg. Der Motorradfahrer war arg rücksichtslos, gell? Viel zu nah überholt. Aber warum fährst du auch nicht auf den Radwegen. Das ist leichtsinnig!«

»Herrgott noch mal, wer denkt denn an so einen Scheißdreck! So bin ich früher immer geradelt! War einer auf der Maschine oder zwei?«

»Jetzt wo du mich fragst ... ich weiß nicht, vielleicht zwei. Warum willst du das wissen? Willst du eine Anzeige machen?«

»Bei deinem Mann? Besser nicht.«

»Aber Hammer, dass wir uns hier treffen«, stellte Josefa fest, und das Lächeln ließ ihr Gesicht weicher erscheinen. »Mitten in der Pampa, nach zwanzig Jahren. Wart, ich hole den Verbandskasten. Du brauchst Jod und ein Pflaster auf die Stirn. Wolltest du nach Farchant, jemanden besuchen?«

Ben nickte verwirrt. Der Wortschwall schwappte über ihn hinweg. Er schloss die Augen, um sich zu konzentrieren. Das Geräusch. Keine schwere Maschine, eher das Knattern einer leichten Enduro. Oder er täuschte sich. Eine dröhnende Harley war es jedenfalls nicht gewesen.

Er spürte Finger an seiner Stirn. Es brannte.

Reflexartig zog er den Kopf zurück und riss die Augen auf.

»Das musst du jetzt aushalten«, beschied ihm Josefa. »Komm, halt still, damit ich das Pflaster kleben kann.«

Nachdem sie ihn versorgt hatte, schob Ben das Fahrrad zurück auf die Straße. Der Motor war defekt. Er hatte keine Ahnung von E-Bikes. Das schwere Teil war ohne Antrieb nicht zu radeln.

Josefa stand vor ihm, die Hände auf dem Rücken, das Kreuz durchgebogen. Sie wirkte erwartungsvoll. Ihre Wangen hatten sich gerötet.

»Jetzt bist du wieder da«, stellte sie fest.

»Das hab ich grad zu spüren bekommen«, ächzte er.

»Wie meinst du das?«

»Ach nix.«

»Zwanzig Jahre sind eine lange Zeit.«

Ob sie wusste, wie lange sich zwanzig Jahre anfühlen können? Ben hatte keinerlei Bedürfnis, in den Small-Talk-Modus zu wechseln. Josefa offenbar schon.

»Weißt du, ich hab oft gedacht …«

»Kennst du wen, der Fahrräder repariert?«, unterbrach er sie grob.

»Freilich«, meinte sie, und ihr Gesichtsausdruck zeigte Verwirrung, »der Richie, den kennst du doch. Der hat einen E-Bike-Verleih. Aber das Ding passt nicht in mein Auto. Wenn du es hier stehen lässt …«

»Ich schieb es, kein Problem. Dank dir für die Hilfe.«

Er ließ sich von ihr den Weg zu Richies Geschäft beschreiben, während er sich vorsichtig über das schwarze Ungetüm beugte. Seine Finger brannten, als er sich den Lenker griff.

»Wir könnten uns doch mal …?« Josefa ließ den Satz in der Luft hängen. Ben war mit dem Fahrrad vorangestapft.

»Schauen wir mal«, sagte er über die Schulter, »grüß mir deinen Wachtmeister recht schön.«

Er hörte, wie die Wagentür sich schloss, und pustete durch. Nicht dass er Josefa ablehnte, eher empfand er Gleichgültigkeit. Offenbar hatte sie noch immer eine Schwäche für ihn und einen Polizisten zum Gatten, der ihn lieber heute als morgen zum Frühstück verputzen würde. Die Frau wäre in der Lage, seine Probleme zu potenzieren.

Der Mini rollte im Schritttempo an ihm vorbei. Eine winkende Hand schob sich nach draußen. »Bis bald, ja?«, flötete Josefa.

»Jaja«, brummte Ben und krümmte seinen Rücken über das Gefährt.

Sein Bike war nicht mehr elektrisch, und jemand hatte ihn absichtlich von der Straße geräumt. Das waren die Fakten. Dass es so schnell ging mit Freundschaftsbezeugungen, hätte er nicht erwartet. Vor allem war ihm nicht klar, wer so weit gehen und ihn attackieren würde. Ignorieren, böse Blicke, Gemurmel und Geraune, all das hatte er vorhergesehen, aber Angriffe? Er spürte seine Rippen mehr und mehr. Das Atmen fiel ihm schwer. Die Frühlingssonne hatte ihre freundliche Maske abgelegt, boshaft stach sie auf ihn ein. Der Schweiß hatte ihm das dreckige T-Shirt durchnässt, aber so leicht gab er nicht auf.

»Wohin des Wegs, Wanderer?«

Die Frau, die sich aus dem Seitenfenster des Subaru gebeugt hatte, kannte Ben nicht. Er empfand das nicht als Nachteil. Die Garmischer Damenwelt schien arg hilfreich unterwegs zu sein. War er eine Attraktion wie Goliath oder die Dame ohne Unterleib bei den Wanderausstellungen? Schaut ihn euch an, den texanischen Deppen, der nicht einmal zum Radfahren taugt.

»Richies E-Bike-Verleih, ich hab einen Unfall gehabt«, meinte er und versuchte dabei harmlos auszusehen wie ein Lamm an den Zitzen der Mutter.

Sie besah stirnrunzelnd ihn und sein Gefährt. »Scheint, als bräuchten Sie beide eine Reparatur. Aber Sport ist ein Anfang.«

»Ich brauch nur einen Schnaps, dann ist alles gut.«

»Wohnen Sie im Ort?«

»Pension Wiesegger.«

Eine kurze Stille entstand. Die Frau schien nachzudenken. Sagte ihr der Name etwas? Gut oder schlecht? Ben versuchte, sie in eine Schublade einzusortieren.

Beinahe sein Alter, aber eine neiderweckende Mischung aus grazil und trainiert. Zu viele Tattoos für die Raiffeisenbank. Sie war keine hübsche Larve, sondern wirkte mit ihren aufgeworfenen Lippen und dem etwas breiten Nasenrücken auf eine rohe, animalische Weise verdammt attraktiv. Bestimmt kein unbeschriebenes Blatt, und Onlinedates hatte sie nicht nötig.

Sie könnte Ferienwohnungen vermieten oder bei der Gemeinde angestellt sein. Allerdings ging vom Fahrzeug ein Hauch von Kuhstall aus. Er erinnerte sich an attraktive Garmischer

Landfrauen, die ihm als jungem Bursch die Phantasie zum Kochen gebracht hatten, aber nein, das passte nicht. Lehrerin? Er gab es auf. Frauen halbwegs einzuschätzen war eine Kunstform, in der er es nie weit gebracht hatte. Meistens hatten sie noch eine Surprise auf Lager, die ihn umhaute. Nie hätte er zum Beispiel geahnt, dass seine Caroline bereits zwei Wochen nach dem schweineteuren Fettabsaugen in der Beautyklinik von San Antonio mit diesem halbwüchsigen College-Footballspieler abziehen würde. Klar, sie hatte den abgefuckten Trailerpark satt, in dem es sich anfühlte, als hätte man die Endstation des Daseins erreicht. Keine Rückfahrkarte. Der Typ mit seinem Sixpack und dem dümmlichen Zahnpastagrinsen war besser in Form gewesen als Ben, dem Tortillachips mit Cheesedip den Leib verklumpten. Man konnte der Frau höchstens ankreiden, dass sie seinen noch nicht abbezahlten Buick genommen und den Hund entführt hatte. An Rusty hatte er gehangen. Die verdammten Scheidungspapiere hatte er nie unterschrieben, zum Teufel mit dem Ganzen. Ohne Greencard hätte er einpacken können, das hatte sie gewusst – und er war einfach zum nächsten Trailerpark weitergezogen. No address, no stress. Das hatte Caroline nun davon. Married, bis zum bitteren Ende.

»Also gut«, holte die Blonde ihn ins Garmischer Hier und Jetzt zurück. »Wir schauen, ob Ihr Radl hinten reinpasst. Der Bike-Laden liegt auf meinem Weg.«

Ben stutzte einen Moment. Die Frau bestimmte mir nichts, dir nichts, was zu tun war. Sie stellte keinerlei Fragen. Grund zum Widerspruch hatte er nicht. Er war heilfroh um die Möglichkeit. Das E-Bike zu schieben war eine Tortur. Dann lieber salutieren, die Hacken zusammen und dem Befehl gehorchen.

Seine Rippen machten ihm die Hölle heiß. Er versuchte, sich nichts anmerken zu lassen, als er das E-Bike über den Rand der Heckklappe wuchtete. Sie sah ihm mit zusammengekniffenen Augen zu, ohne Anstalten zu machen, ihm zu helfen.

»Machen Sie so weiter, und ich muss den Wagen neu lackieren lassen«, war ihre einzige Bemerkung.

»Ganz schlechte Idee«, keuchte Ben. »Das würde den Vintage-Eindruck zerstören.« Er ließ die Klappe erschöpft zufallen.

»Ihr Radl und Sie – die Kombi ist Vintage«, kam die Replik.

»Lange daran designed, bis die Details stimmig waren«, brachte Ben heraus und schlurfte gekrümmt zur Beifahrerseite.

Beim Einsteigen probierte er es mit einem artigen Lächeln, das aber in ein haiartiges Zähneblecken überging, als der Schmerz über ihn herfiel, als wär er im Wrestling-Ring unter Damian Priest gelandet.

8

Fremde am Straßenrand aufzugabeln war keines von Lauras Hobbys. Sie hatte den Wagen angehalten in dem Bewusstsein, jederzeit aufs Gaspedal drücken zu können, falls ihr etwas dubios vorgekommen wäre. Aber der Mann sah dermaßen erbarmungswürdig aus, wie er da mit seinem Radl vorankroch, schmerzverkrümmt und blutend, dass eins das andere ergab. Sie hatte noch zwei Zicklein und diverse Schweine versorgt und beschlossen, es für heute gut sein zu lassen. Notfälle waren keine angesagt. Um die vierzig, schätzte sie ihren Beifahrer ein. Die Grübchen fand sie sympathisch, den Rettungsring um die Hüfte weniger. Klassisches Hendlgrab, wie der Bayer gern sagt, höchstwahrscheinlich ersoffen, das Federvieh, im Weißbiersee. Unter dem erdigen, schweißigen Geruch, den er verströmte, konnte sie ein halbwegs passables Eau de Toilette wahrnehmen. Auch wenn sein T-Shirt verdreckt war, der Mann selbst schien in gutem Pflegezustand, die Fingernägel geschnitten und seine zusammengebissenen Zähne gerade und regelmäßig. Etwas blass um die Nase, aber kein Wunder nach dem Crash. Sie unterdrückte das Schmunzeln, als sie feststellte, dass ihre Beobachtung sich nicht so weit entfernt hatte von der Begutachtung der Muttersauen in Bauer Haslingers Stall vor einer Viertelstunde.

Jetzt wandte sich der Mann ihr zu und sah sie mit großen braunen Augen an. Offenbar, weil sie keine Anstalten machte, weiterzufahren.

»Anschauen lassen«, sagte sie.

»Was?«

»Ihre Rippen. Ich bin Tierärztin.«

»Seh ich aus wie ein Hamster?«

»Nutztiere.«

»Ach so – dann ist das was anderes.«

»Zier dich ned, Zenzi.«

»Ben, aber zur Not geht Zenzi auch.«

»Und ich heiß Frau Ärztin, das langt.«

»Warum sind Sie so streng mit mir?«

»Das ist Psychologie für Dummies. Wenn man einen heruntergekommenen Fremden mitnimmt, muss man Distanz vermitteln – und jetzt runter mit dem T-Shirt.«

»Verstehe.«

Er brauchte ihre Hilfe, um sich das Teil über den Kopf zu streifen.

»Im Prinzip ist es wurscht, falls sie gebrochen sind«, meinte sie und tastete den Brustkorb ab. »Von Krepitationen spür und hör ich nix. Ich vermute, die Rippchen sind geprellt. Tut weh, aber ein Guter hält es aus. Ihr äh ... Airbag hat geholfen. Da heißt es schonen, bis es besser wird. Leckerlis hab ich leider keine.« Sie grinste. »Aber Ibos im Handschuhfach, sonst wirkt Arnikasalbe.«

»Krepitationen, aha. Thanks, Frau Ärztin«, sagte Ben. Mit gekräuselter Stirn wanderte sein Blick zur Körpermitte. Er schien über seinen »Airbag« zu sinnieren.

»Das heißt, da knirscht und knistert es nicht im Wanst«, klärte sie ihn auf.

»Knistern ist nie verkehrt, Frau Ärztin«, sagte er.

Laura griff nach hinten und zog eine blaue Arbeitsjacke aus grobem Baumwollstoff hervor.

»Sie haben Glück. Die ist XX-Large, manchmal brauch ich einen weiten Kittel bei der Arbeit, worin ich mich gut bewegen kann.«

Ben schaffte es allein, sich die Jacke überzustreifen und sogar die Knöpfe zu schließen.

»Was sind das für Flecken?«, wollte er wissen.

»Blut von der Sau, aber das geht raus beim Waschen – sechzig Grad genügt.«

Er nickte ergeben.

Die Fahrt gestaltete sich schweigend. Laura hing ihren Gedanken nach, bemerkte aber, wie ihr Beifahrer sie mit Blicken beäugte, die er wohl für unauffällig hielt. Immerhin wollte er ihr keine eindeutig zweideutigen Botschaften vermitteln. Laura dachte an Ferstl. Den Stier Attila und dessen achtzehn Versprochene hatte er in den Stall bugsiert, dort würden sie verbleiben müssen. Zu Hause würde sie sich über die Proben hermachen, das Glas Rotwein und die Lasagne mussten warten.

Richie war gerade in ein Gespräch mit zwei Touristen vertieft und erklärte ihnen die Funktionen violetter E-Mountainbikes. Ben erkannte ihn sofort, weil sich der Hundling überhaupt nicht verändert hatte. Dieselbe sehnige Gestalt, derselbe ungezähmte blonde Schopf, wahrscheinlich selbst das gleiche Cord-Karohemd, als wär das Alter zu faul gewesen, ihm bei seinen Bergtouren immer hinterherzuhetzen, um ihn einzuholen. Er war ihm schlicht davongefahren.

Das Männerduo schwang sich in die Sättel und zeigte Richie zwei erhobene Daumen. Beide bildeten mit dem Rad eine sportlich-fitte Einheit. Stramme Waden, muskulöse Unterarme und braun gebrannte Gesichter unter blau glänzenden Helmen. Sie trugen Radlerhosen und Trikots der gleichen Marke und schienen nach Symbiose zu streben. Synchron schaukelten die Oberkörper.

Ben wandte sich Richie zu. Der hatte nur Augen für seine Samariterin.

»Mensch, Schmerlingerin, wann biken wir endlich mal zusammen?«, schnurrte er.

»Ich schau mal, wann ich dich dazwischenschieben kann«, sagte die.

»Klingt vielversprechend.«

»Ciao Bello. Und immer schön weiterträumen.«

Während des Dialogs hatte Ben ächzend sein Fahrrad aus dem Heck des Wagens gezerrt. Er schlug die Klappe zu. Sein Schädel glühte.

Mit einem Nicken gab die Tierärztin Gummi und preschte vom Hof, als müsste Superwoman den nächsten Mitmenschen erretten.

»Dankschön«, murmelte er. Nur für den Fall, dass sie in den Rückspiegel schaute und Lippenlesen beherrschte.

»Ich hab ein Déjà-vu«, begrüßte ihn Richie mit einem strahlenden Grinsen. »Zuerst ist es mir eingefahren, da kommt dein Vater daher, frisch von der Stallarbeit, mit seinem Aldi-Radl. Aber – zehn Jahr her. Mensch, Alter, wie kaputt schaust denn du aus?«

»Das ist Vintage-Look, hab ich aus heißer Quelle.«

Richie schaute ihm einen Moment lang schweigend ins Gesicht, dann streckte er die Arme aus. »Mensch, komm schon her!«

Es fühlte sich für Ben durch das Pandemie-Geschiss merkwürdig an, zu kuscheln, aber dann herzte und umarmte er den großen Blonden. Schwerer Fehler – falls die Rippen noch nicht gebrochen waren, jetzt unter Garantie. Mit einem Schmerzensschrei befreite sich Ben aus der gorillamäßigen Umklammerung.

»Hoho, dich hat's ja bös erwischt«, meinte Richie und sprang mit erhobenen Armen einen Schritt zurück. Vielleicht hatte er die Befürchtung, selbst sein Atemhauch könnte Verletzungen hervorrufen. Mit ihrer Puste gingen die Leut ja per se defensiver um, seit der Begriff »Aerosole« den aktiven Wortschatz bereicherte.

Ben brauchte zehn Sekunden Regeneration. Es ist nicht wie Blumenpflücken, wenn du beim Luftschnappen das Gefühl hast, jemand rammt dir einen Hirschfänger in den Leib und dreht ihn hin und her. Er wand seinen Oberkörper, um eine Position zu finden, in welcher der Schmerz erträglich wurde.

»Halb so wild«, flunkerte er, »erzähl ich dir alles später.«

»Okay, und was sagt man da jetzt?«, wollte Richie wissen. »Wie ist es dir so ergangen, die letzten zwei Jahrzehnte?«

»Und die Antwort ist: mal so, mal so.«

»Was hast du vor?«

»Das Kruzifixrad zum Laufen bringen und dann duschen – fürs Erste. Ansonsten smooth einsteigen.«

»Jetzt bringst du mal smooth deinen Blechhaufen in den Schuppen, das ist sonst geschäftsschädigend, dann hocken wir uns zam. Soll ich dir helfen, alter Mann?«

Ben winkte ab.

Tapfer schob er das Fahrrad zum offenen Holzschuppen, über dem das schreiend bunte Schild mit der Aufschrift »Richies Bike-Verleih« festgenagelt war. Aus den Augenwinkeln nahm er ein rotes Blitzen wahr, das hinter der Straßenecke verschwand. Ein Mini? Kurz keimte in ihm der Verdacht auf, dass Josefa ihn auf der Straße nicht zufällig getroffen hatte. Aber warum sollte sie ihn stalken? Schließlich war sie mit dem Garmischer Oberbullen verheiratet, und zwanzig Jahre sollten ein Leben umpflügen können.

Richie war ihm nachgeschlendert, griff sich aus einem verstaubten Kühlschrank in der Ecke zwei Flaschen Hausbier. Sie setzten sich auf ein abgeschabtes Ledersofa, besser gesagt, Richie ließ sich hineinplumpsen, während Ben unter geräuschvollem Aufstöhnen seinen Hintern zeitlupenhaft in die Vertikale versetzte. Er bekam sein trostspendendes Bayerisch Ale in die Hand gedrückt. Sie ließen die Bügel aufschnappen und prosteten sich zu. Ben betrachtete das Etikett der Flasche vom Garmischer Hof und nickte anerkennend.

»Fein, gell? Hier gebraut. Connections«, meinte Richie und zwinkerte ihm zu. Mutmaßlich Rabattaktion einer ihm zugeneigten Restaurantfachfrau. Richie eben.

Der ehemalige Kuhstall verströmte lässig groovende Jamaika-Atmosphäre. Aus einem Bluetooth-Lautsprecher klang dezent Peter Tosh, und an die Wände hatte jemand in kindlich-naivem Stil Palmen so wie ein Äffchen mit Banane gepinselt.

»Hast du auch Surfbretter?«, wollte Ben wissen. »Für die Loisachwelle.«

»Hey, wenn du ein SUP willst, kein Problem.«

»Wo will ich stand-up-paddeln?«

»Ich mach's am Walchensee. Eibsee ist auch megacool. Du musst mit der Zeit gehen, Alter. SUP ist Meditation auf dem Wasser, verstehst du, nah an der Natur, Stille, Körpergefühl – einfach geil.«

»Du musst noch tanzen dabei, wenn du das aufsagst.«

»Am Eibsee ist ein SUP-Verleih, denen schick ich manchmal Kunden und die mir. So schaut's aus. Aber du würdest mein *personal* Brett bekommen, Alter.«

»Walchensee, hä? Ich denk drüber nach. Jemand hat gemeint, ich hätt einen Airbag.«

»War dieser Jemand vielleicht die Doc Schmerlinger? Da kommst du auch ohne Airbag nicht ran. Wir sind traurige, uralte Säcke für die, so schaut's aus.«

Der tröstliche Gedanke war, dass Richie sich inkludiert hatte, obwohl man in der Realität keinen gewamperten Eber mit einem muskulösen Steinbock in einen Topf wirft. Das stehende Paddeln sollte er in Angriff nehmen, sobald er wieder rundlief.

Ben nippte gedankenverloren am Bier.

Das Knattern eines Motorrads war auf dem Hof zu vernehmen. Er setzte die Flasche abrupt ab und lauschte. Zum nächsten Schluck musste er sich zwingen. Seine Hände waren ruhig, aber der Puls klopfte spürbar. Wenn er bei jedem Zweirad Paranoia bekam, konnte er sich gleich einliefern lassen.

Die Gedanken wurden weggepustet, als ein Mädchen im Rahmen der Schuppentür erschien. Allerhöchstens siebzehn. Schwarzes Hemdchen, das die gepiercte Sonne über ihrem Bauchnabel und eine Menge an Dekolleté unbedeckt ließ, dazu Size-Zero-Shorts und weißblonder Pferdeschwanz. Ben warf Richie einen prüfenden Blick zu. Er hielt sich zwar für die Toleranz himself, besonders was Kumpels betraf, aber als über Vierzigjähriger ein minderjähriges Madl anzugraben, da würde sein Verständnis sich grußlos vom Acker machen. Er hoffte, für sie, dass sie nur Mitarbeiterin des Bike-Verleihs war und nicht ein Fall von »persönlicher Assistentin«.

Richie zeigte dem Madl sein bekannt eisschmelzendes X-Large-Grinsen.

»Ich bin dann weg«, flötete die Blondine, wedelte mit der Hand und legte kokett den Kopf schief, sodass ihr Zopf hin und her schlenkerte. Ben schenkte sie einen unverstellten Blick aus kajalumrandeten Augen.

»Okay, Sayonara«, meinte Richie und hob zum Gruß die Flasche.

Mit resolutem Schritt eilte sie davon. Im Freien drehte sie sich noch einmal um. »Der Steff ist da, wir ziehen noch rum.«

»Helm gut festmachen, und Steff soll nicht den Rennfahrer raushängen lassen, sonst zeig ich ihm, wo der Frosch die Locken hat.«

»Jaja, Daddy.«

Dann war sie weg, draußen heulte die Maschine auf, und Ben war das personifizierte Staunen. Ausgerechnet Richie, der immer den Balu gegeben hatte, nie eine Richtung, nie Verantwortung – und jetzt hatte er ein eigenes Geschäft und wartete mit einer Tochter auf.

»Melli«, sagte der, »lebt seit fünf Jahren bei mir und schafft hier mit, wenn die Hütte brennt. Vielleicht kannst du was für sie tun, sie träumt davon, für ein Jahr nach Kalifornien zu gehen – falls sie vom Steff die Finger lassen kann.«

»Ja, sicher.« Mehr fiel ihm dazu nicht ein. Er hätte nach der Mutter fragen können, aber wenn Richie sie nicht erwähnte …
Er trug jedenfalls keinen Ring.

Schweigend tranken sie ihr Bier. So war es Ben am liebsten. Einfach nur sitzen und trinken. Er wusste, die Fragen würden von allein kommen, wenn die Zeit reif war.

Als die Flaschen geleert waren, erhob sich Richie. »Lass den Radl-Kadaver bis morgen da, ich schau ihn mir an. Den bringen wir schon zum Laufen.«

Ben nickte und schlenderte mit Richie nach draußen. Der deutete auf ein graumetallic Scott-E-Bike. Er griff es sich, zog es aus dem Ständer und erklärte Ben die Funktionen.

»Bring's morgen heil wieder«, wurde ihm mit auf den Weg gegeben, als er seinen Hintern sachte über den Sattel schob. Beim angebotenen Helm hatte er abgewinkt. Falls er sich daran gewöhnte, könnte er das Scott natürlich auch länger mieten, zu Sonderkonditionen. Ben schüttelte den müden Kopf. Nicht dass er das O'Connors ins Herz geschlossen hatte, aber es passte zu ihm. Außerdem hatte er das Gefühl, es wäre ein Verbindungsteil zwischen ihm und seinem Vater.

Die beiden Männer verabschiedeten sich winkend voneinander, und Ben trat zähneknirschend in die Pedale.

Er war gerade mit seinem Gefährt auf den elterlichen Hof gerollt, da bremste ein SUV neben ihm. Er bemühte sich, dem Fahrer freundlich zuzunicken, im Wissen, dass er sein verhautes Aussehen damit konterkarierte.

Die Fahrertür schwang auf. »Da schau her, der junge Wiesegger, wie er leibt und lebt, oder täusch ich mich? Wie ein Gast sehen Sie jedenfalls nicht aus. Dann hat sich der alte Schuster nicht geirrt, als er Sie vorbeiradeln sah. Das trifft sich hervorragend.«

Ben kramte in seinem verstaubten Gedächtnisregal, wer der alte Schuster gewesen sein könnte. Vor zwanzig Jahren hatte das Attribut »alt« vielleicht noch nicht auf ihn gepasst. Er fand keine Visage dazu, aber das war egal. Entscheidender war, was der Mann von ihm wollte, der gerade aus seinem Auto flippte, als wär's eine Übung seiner Fitness-App.

»Armin Vogel«, wurde er aufgeklärt. Der Mann reckte ihm die knochige Flosse entgegen. Er hatte etwas Koboldhaftes an sich, mit den wild abstehenden rotblonden Haaren und den Storchenbeinchen, die einen stattlichen Bauch zu tragen hatten. Sein weißes Hemd war lässig aufgeknöpft, auf der Brust baumelte an einem Lederband der Hammer des Thor.

Ben schob das Fahrrad unbeirrt Richtung Schuppen. Vogel sprang neben ihm her und machte seinem Namen alle Ehre, so wie er mit den Armen ruderte, den Albatros vor dem Abheben gab. Ein Wortschwall ergoss sich aus seinem Schnabel.

Ben ließ ihn über sich ergehen und pickte daraus die Informationen auf. Offenbar war der drollige Vogel Chefredakteur des Garmischer Kurier und wollte einen Blick ins Zimmer des Toten werfen, um mit der umgehängten Kamera ein passendes Foto fürs wissbegierige Lesevolk zu schießen.

»Ich glaub nicht, dass meine Mutter damit einverstanden wär«, sagte er und schloss das Radl sorgfältig ab. »Und die ist der Boss. Tut mir leid – umsonst gekommen.«

Sein Gegenüber schwieg einen Moment.

»Vorschlag«, dröhnte er dann. »Ich weiß, dass Sie Journalist waren, drüben in den Staaten, und zwar ein maximal erfolgreicher, hab ich läuten hören. Würd es Sie nicht reizen, quasi als Freelancer über den Fall zu berichten? Sie sitzen ja an der Quelle. Die Fotos könnten Sie machen.«

»So, an der Quelle«, echote Ben. Er wandte sich um und schlenderte Richtung Wohnhaus, wobei er dem Vogel ein »Kein Interesse« hinwarf.

»Natürlich können wir nicht so gut zahlen wie die Süddeutsche Zeitung, aber es würde sich für Sie lohnen.« Er war offensichtlich einer, der sich festbiss. Er überholte Ben im Laufschritt, um sich ihm in den Weg zu stellen.

»Kleine Information meinerseits: Haben Sie geahnt, dass der Tote ein Anwalt war, und zwar einer, der im kriminellen Milieu verkehrt hat?«

Das hatte Ben weder gewusst, noch wollte er es wissen. Vogel hatte sich journalistische Neugier und Jagdinstinkt von ihm erhofft, aber beides war in ihm lange erloschen. Aus diesem Vulkan sprudelte keine Lava mehr.

»Wer weiß, was für eine Gemengelage es da in Garmisch gibt. Organisiertes Verbrechen, prickelt da nichts? Also wir bezahlen pro Zeile.«

»Eine Frage: Wie lang sind Sie schon beim Garmischer Kurier?«

»Seit sieben Jahren.«

»Aha, deshalb.«

Ben konnte zusehen, wie Vogels Gesicht einen verwirrten Ausdruck annahm, und lächelte grimmig.

»Gehen Sie mir bittschön aus der Sonne, Herr Vogel. Ich bin bloß hier, um auszuspannen, sonst nix. Guten Heimflug.«

Sein Gegenüber fand Sprache und Konzept ruckzuck wieder.

»Und ich bin am Abend meistens im Wilden Hirsch, wenn

Sie es sich anders überlegen sollten«, sagte er fix. »Wir wären glücklich, einen ausgebufften Profi wie Sie in unserem Team zu haben.«

Ben wartete stumm, bis der Chefredakteur ihm den Weg frei machte. Als er die Haustür erreicht hatte, hörte er den Motor aufheulen. Der Kies spritzte auf, als der Vogel vom Hof flatterte. Ein letztes Aufplustern.

In Ben prickelte nichts. Warum sollte das Verbrechen ausgerechnet um Garmisch-Partenkirchen einen Bogen schlagen? Vielleicht hat es nur einen Erlebnisurlaub im wunderschönen Werdenfelser Land machen wollen? Ausspannen vom ständigen Totschlagen und Totgeschlagenwerden in der Großstadt. Vielleicht ein wenig Stand-up-Paddeln im Alpsee, die »Bayerische Karibik« genießen oder zünftig auf den Wank? Wer könnte es ihm verübeln? Was immer ihr verblichener Gast für schmutzige Deals hatte abziehen wollen, Ben würde den Teufel tun, darin herumzustochern. Vogel hatte sich unzureichend über ihn informiert. Wer würde ihm was erzählen? Es gab Garmischer, die würden es nicht dabei belassen, ihm die Tür vor der Nase zuzuschlagen. Die hätten kreativere Ideen bezüglich seines Zinkens. Hatte ihn nicht gerade eine fiese Kreatur mir nichts, dir nichts vom Bike gerammelt? »Vogelfrei«, ging es ihm durch den Kopf, wie einst im Mittelalter.

Er hatte den Türgriff zur Stube in der Hand, entschloss sich aber anders und stapfte die Stufen zu seinem Gästezimmer hinauf. Er sollte sich in Form bringen, bevor er seiner Mutter unter die Augen käme. Es gab keinen Grund, ihr noch mehr Sorgen in den Rucksack zu stopfen, sie trug schwer genug.

Er schälte sich möglichst schonend aus seinen Klamotten und warf sie aufs Bett. Dabei fiel ihm ein, dass er sein T-Shirt im Auto der Tierärztin gelassen hatte. Neben Schweiß und Blut war es auch mit Erinnerungen getränkt, es war eines der letzten Konzerte von Lemmy Kilmister gewesen, und er hatte sich das Motörhead-Shirt am Merchandising-Stand erkämpft. Falls die resolute Doktorin das Ding nicht längst in die Tonne geklopft hatte, musste er es wiedererlangen. Die blaue Sauen-Joppe könnte er ihr bei der Gelegenheit zurückgeben. Mit Dank und sechzig Grad gewaschen.

Beim Blick auf seine Brieftasche schlich sich ein Satz des gefiederten Zeitungsmannes in seinen Schädel. »Wir bezahlen pro Zeile.« Was könnte so ein Provinzblatt rausrücken? Mit zwanzig Cent pro Zeile kannst du keine großen Sprünge machen, das wäre eher Kriechen knapp über der Grasnarbe. Falls er hierbliebe, galt es, Geld aufzutreiben. Seine Schwester oder gar seine Mutter anbetteln käme nicht in Frage. Das Dach über dem Kopf war genug. Seine Reserven würden schnell zur Neige gehen, falls er nicht immer nur Bayerisch Ale bei Richie schnorren wollte. Er vertröstete den unbehaglichen Gedanken auf später und widmete sich dem Naheliegenden.

9

Frisch geduscht in Leggings und überlangem rosa Kuschel-shirt, machte Laura es sich auf ihrem Sofa bequem. Sie prüfte die Rechnung für den Gartentürsockel, die sie in ihrem Briefkasten vorgefunden hatte. Ein liniertes Blockblatt mit dunklen Finger-abdrücken an den Rändern war beigelegt, mit einem schlichten »Danke – vielleicht bis bald mal. Der Jo«. Das Projekt schien für alle Beteiligten befriedigend verlaufen zu sein. Die Medizi-nerin in ihr hatte die Option begrüßt, neben der Gartentür ihren Oxytocinspiegel zu optimieren. Zwei Fliegen mit einer Klappe. Sie gähnte und warf einen Blick aufs Display ihres lautlos gestellten Smartphones. Ferstl hatte x-mal versucht, sie zu er-reichen, Oberkommissar Hehnle dito, das Garmischer Veterinär-amt und wusste der Himmel, wer noch. Wenn es nicht um einen tierischen Notfall ging, hasste sie es, bedrängt zu werden. Alle Welt glaubte, sie stünde immer und überall Gewehr bei Fuß.

Das Glas Primitivo besaß magische Anziehungskraft und leerte sich wie von selbst. Neben der Wohnungstür harrte ihrer der Rucksack mit den »Proben«, die sie dem Leichnam gezupft hatte. Wenige Haare, Dreck und Holzspäne. Ambitioniert, aber dilettantisch hoch drei. Das funktionierte höchstens in erbärm-lichen TV-Serien. Ärger stieg in ihr auf, dass sie Ferstl nachge-geben hatte. Gerade wäre sie in der Stimmung für ein gegrilltes Entrecôte mit Pfeffersoße, frisch aus Attilas Rippen geschnitten. Sie schenkte sich Wein nach, streckte die Beine aus und schloss die Augen.

Das Geräusch berstenden Glases ließ sie hochfahren. Ver-dammt! Das war von draußen gekommen. Klaute jemand den altersschwachen Subaru? Barfuß rannte sie zur Tür und joggte den gefliesten Pfad entlang durch ihr Gärtchen. Sie stieß sich die Zehen an einem herausragenden Stein und hüpfte mit einem Auf-schrei weiter. Am Zaun verharrte sie und blickte um sich. Nichts und niemand war zu erblicken. Aber Nichts und Niemand hatten eine Seitenscheibe des Subaru eingeschlagen. Laura stierte fassungslos auf die Scherben. Sie stemmte die Arme in die Hüften und schnaufte tief durch. Wer zum Teufel ...? Die Beifahrertür war einen Spalt weit geöffnet.

Fieberhaft rekapitulierte sie den Nachmittag und wie sie den Wagen abgestellt hatte. Es war nichts von Wert im Inneren zurückgeblieben, da war sie sich sicher. Keine Medikamente, keine ärztlichen Instrumente, niente. Wut köchelte in ihr, die Flammen wurden heißer und heißer.

»Scheiße, verdammte!«, tobte sie los und donnerte ihre Faust auf die Motorhaube. Ein stechender Schmerz in ihrem Handballen ließ sie innehalten, sonst hätte sie ihrer Karre ein paar amtliche Beulen verpasst. Doch der Subaru war ein unschuldiges Opfer. Falls heute Regen zu erwarten wäre, müsste sie sich um eine Folie kümmern. Bescheuerte Vandalen! Jetzt sollte sie die Polizei herbeizitieren, und der Abend wäre gelaufen. Protokoll, Untersuchungen am Fahrzeug und Pipapo – dabei waren es allenfalls Fratzen, die auf einen Spaß oder eine Mutprobe aus gewesen waren. Sie müsste und sie sollte – nein, nichts davon!

Laura schlappte mit hängenden Schultern, ohne sich noch einmal umzudrehen, zurück ins Haus. Ihr linker großer Zeh pochte. Vorsichtig setzte sie Fuß um Fuß, um Wurzelgestrüpp und Steinen auszuweichen. Hansi, der fünfzehnjährige Bursch der Nachbarn, dem sie regelmäßig einen Zehner für Gartenarbeit in die Hand drückte, agierte generell, als wäre er bekifft oder Schlafwandler. Im Zweifelsfall beides, aber ohne ihn wäre das Gärtchen ein wild wucherndes Biotop, und man könnte sie Dornröschen rufen.

Morgen früh würde sie sich dem Schlamassel widmen und entscheiden, ob die Polizei notwendig wäre. Immerhin könnte sie behaupten, sie wäre unter der Dusche gewesen oder hätte laut Musik gehört und deshalb nichts mitbekommen.

Sie streckte sich wieder auf dem Sofa aus, verband das Handy mit ihrer Bluetooth-Box und gab sich ihrer Playlist hin. Depeche

Mode beschallten den Raum. »Enjoy the Silence« – haargenau ihr Motto.

Drei Songs nahm sie sich vor, dann würde sie sich dem widmen, was sie von der Leiche gekratzt hatte. Exzess und Vergnügen kannten heute kein Ende, bemerkte ein sarkastisches Ornament ihres Hirnkastels.

Er musste eingeschlafen sein. Als er die Augen aufschlug, war es halb acht. Er lauschte auf Geräusche, aber die Hausgäste gefielen sich offenbar in stiller Zurückhaltung. So denn welche verblieben waren. Der unvermittelte Tod kann die unbeschwerte Urlaubsstimmung nachhaltig tangieren.

Ben erhob sich und kramte aus seinem Koffer frische Klamotten. Wie hatte die Mama früher immer gemahnt: »Zieh dir frische Unterwäsche an, wenn du rausgehst. Wenn dir was passiert, müsstest du dich sonst schämen.« Das wollte er keinesfalls. Mit Metallica-Shirt und Jeans ausgestattet, machte er sich auf den Weg in die Stube. Seine Mutter saß am gleichen Platz wie heute Vormittag. Ob sie sich überhaupt tagsüber fortbewegt hatte?

Lissy hantierte am Büfett, in dem das »gute« Sonntagsgeschirr verstaut war wie eh und je.

»Ach, der Herr Journalist lässt sich auch sehen«, schnappte sie.

»Ich dachte nicht, dass mich wer vermisst hat«, gab er knurriger zurück, als er vorhatte.

»Hast du dich geprügelt?«, wollte seine Schwester wissen und musterte mit Kennermiene seine mitgenommene Visage. Waren da Häme und Spott in ihrer Frage mitgeschwungen? Mitgefühl jedenfalls nicht.

»Das Radl und ich müssen uns erst eingewöhnen«, wich er aus.

»Mei, so eine Geschichte«, jammerte die Mutter los. »Die Polizisten haben unsere Gäste vernehmen wollen. Alle sollten aussagen, und zwar auf dem Revier. Das hat eine Ewigkeit gedauert. Drei Familien sind danach abgereist.«

»Alles Schikane von deinem speziellen Spezi, dank dir auch dafür«, ergänzte Lissy.

»Du, ich kann nix dafür, wenn so ein Kasperl meint, sich einen Stierkampf gönnen zu müssen, oder?«, brauste Ben auf. »Olé, hombre!«

Rums! Die Tür fiel hinter Lissy ins Schloss.

»Was ist denn jetzt wieder kaputt?«, brummte ihr Bruder.

Die Mutter seufzte auf. »Das war ein sehr feiner Mensch, der Herr Urban, und du brauchst die Lissy nicht so anzupflaumen.«

»Herrgott im Himmel!« Ben schnaufte durch und zählte im Kopf bis zehn. Ein feiner krimineller Mensch! Noch einmal bis zehn.

»Hast ja recht«, lenkte er ein, um der Mutter nicht den Blutdruck hochzutreiben. »Nachher entschuldige ich mich.«

Schließlich sollte sie morgen in die Garmischer Klinik. Er wusste nicht, wie kompliziert so eine Hüft-OP war, aber nach Gaudi sah das definitiv nicht aus. Es würde Zeit und Geduld benötigen, bis die Mutter sich wieder bewegen konnte, wie sie es gewohnt war. Zuerst würde die Reha anstehen. Je weniger Gäste, desto weniger Aufwand – auch für ihn. Seinem schlechten Gewissen verpasste er einen Tritt.

»Ich fahr nach Partenkirchen rein«, verkündete er, »mal schauen, wen ich treffen kann. Gibt's den Luigi noch?«

Seine Mutter sah ihn mit eng gefalteter Stirn an. »Freilich gibt's den noch, den ausgschamten Räuber. Die Pizza Margherita kostet fünfzehn Euro achtzig. Und – pass ja auf dich auf, Bub.«

Sie setzte die Lesebrille auf und griff nach einer Zeitschrift. Irgendeine englische Prinzenrolle war auf dem Cover verewigt und griente rotbackig daher. Das Wort »Geheimnis« sprang ihm in übergroßen Lettern entgegen.

»Immer doch«, murmelte der ewige Bub und machte sich auf den Weg.

Er hatte seine Sinne geschärft, ein Assassine im Feindesland. Bei jedem Gefährt, das ihn überholte, zogen sich instinktiv seine Muskeln zusammen. Als er die St.-Martin-Straße in Richtung Ortsmitte entlangradelte, suchte sein Blick immer wieder nach Vertrautem. Garmisch war nicht unverändert geblieben, aber für die mit bäuerlichen Motiven geschmückten Gebäude, die an ihm vorbeizogen, bedeuteten zwanzig Jahre nur einen Wimpernschlag. Er fühlte sich wohl zwischen ihnen, als wären es alte Freunde. Hatte er sie schon einmal richtig wahrgenommen? Am Rathaus vorbei, weiter durch die belebten Gassen, jeder Meter barg einen Erinnerungsfetzen, der ihm durchs Hirn wirbelte.

Partenkirchen war ihm damals als Ruhepol vorgekommen, im Siesta-Modus, ganz im Gegenteil zum fiebrigen Garmisch, das immer schon die schillernde Diva gegeben hatte. Natürlich durchzog die berühmte Ludwigstraße den Ortsteil, quasi als Pflichtaufgabe für Fremde, sie Hälse reckend abzuflanieren. Die schmucken Lädchen hatten ihre Ursprünglichkeit bewahrt, die lüftlbemalten Fassaden der Gebäude waren keine herausgeputzten, aufgehübschten Schauobjekte, sondern selbstverständliche und selbstbewusste Elemente Werdenfelser Lebensart.

Die Leut hatten ja von jeher an die Wände gepinselt, was sie beeindruckt hatte oder ihr Glaube hergab. Das war in der steinzeitlichen Höhle von Lascaux, über deren Nachbildung der Wiesegger-Knirps im Deutschen Museum gestaunt hatte, nicht anders als im Bayerischen, Tausende Jahre später.

Die religiösen Fresken gaben ihm wenig, auch wenn ihn als Bub die fleischigen, kämpferischen Szenen fasziniert hatten. Von den Malereien in Partenkirchen war der fesche Bursch, der sein Madl antanzt, der Favorit. An den hatte er sich sogar in San Antonio erinnert.

Das Dasein mochte im 18. Jahrhundert zu beiden Seiten des

Atlantiks knüppelhart gewesen sein, da war man morgens mit den Viechern aufgestanden und bei Einbruch der Dunkelheit mit schmerzenden Knochen aufs Lager gefallen. Ohne Musik, Tanz und Vergnügung wär das nicht auszuhalten gewesen. Und bei aller Gaudi, das Bild wirkte auf ihn melancholisch, gleich einem Johnny-Cash-Song.

Ben hatte gar nicht bemerkt, dass er minutenlang mit seinem Radl vor dem Haus stand und zu dem tanzenden Pärchen hinaufstarrte. Als wollte er sich besinnen, was ihm einst durch den Kopf geschwirrt war, als könnte er sich ein Stück von der Leichtigkeit zurückholen, die er früher verspürt hatte. Vergebliche Mühe.

Er musste schmunzeln, als ihm einschoss, wie viel Überlieferungen er mit der Muttermilch aufgesogen hatte, samt Hirschlederner, Haferlschuh und Zithermusi. Vor ihrem schaurigen Geschwür, der frohsinnigen Folklore, hatten ihn seine Eltern und guter Geschmack Gott sei Dank bewahrt.

Ben stieg aufs Mountainbike und strampelte weiter. Von der Prachtstraße bog er ab in die schmalen Nebengassen. Er musste nicht weit fahren, bis er auf sein Ziel traf. Die Fassade war renovierungsbedürftig, der Putz bröckelte unter den Fenstersimsen, und das Mausgrau wirkte einladend wie ein Autotunnel.

Das Schild über der Eingangstür erstrahlte jedoch in frisch poliertem Glanz: »Pizzeria Alberto«.

Mit Albertos Sohn Luigi verband Ben eine enge Freundschaft, oder sollte er besser sagen: hatte verbunden? Er war ahnungslos, wer oder was ihn erwartete. Nachdem er sein Radl geparkt hatte, sprang er die drei steinernen Stufen zur Eingangstür hinauf und riss diese schwungvoll auf. Den Mutigen gehört die Welt.

11

Es handelte sich definitiv um kein Murnau-Werdenfelser Rind!
Mikroskop genügte. Laura lehnte sich in ihrem Sessel zurück und
reckte die Arme Richtung Decke. Yes, sie war sich sicher! Drei
Haare lagen vor ihr unter dem Deckglas des Objektträgers, drei
Haare, die nicht zu Attilas Steckbrief passten. Wahrscheinlich
Fleckvieh, aber das war Spekulation. Es genügte zu wissen, dass
Attila keinerlei weiße Färbung aufwies, das hätte auch eine Vier-
jährige mit Becherlupe bemerkt. Der Stier war schwarzbraun,
vom Horn bis zur Schwanzspitze. Was Laura von der Joppe
des Toten gezupft hatte, war schlohweißes Tierhaar. Natürlich
könnte man das mit präzisen gentechnischen Untersuchungen
verifizieren und Rasse, Geschlecht, Alter und Lieblingsfutter
bestimmen. Das Einzige, worauf sie sich festlegen konnte, war,
dass die Haare vom Rind und nicht von Katze, Hund, Rentnerin
oder sonstigen terrestrischen Lebensformen stammten. Die Erkenntnis wog gering, solange sie nicht jeden Hof im Umkreis
abklapperte, um sämtlichen Rindern Fellbüschel zu Vergleichs-
zwecken auszureißen. Um von den Werdenfelser Bauersleuten als
»Depperte« abgestempelt zu werden, wäre das ein erster Schritt.
Abgesehen davon würde sie Monate dafür benötigen.

Aber wer konnte schon wissen, wo der Tote zuvor gewesen
oder wie das Fell an seinen Anzug geraten war? Dass er mit einem
Fleckvieh-Bullen gekuschelt hatte, war nur eine der vielfältigen
Möglichkeiten. Aber immerhin – der Samen eines Zweifels begann in ihrem Hirn auszutreiben. Sie würde den Teufel tun und
Ferstl informieren. Der brachte es fertig, sich vor den Behörden
und der Presse mit angeblichen Beweisen zu brüsten. Sie müsste
offenlegen, dass sie ebenjene mit der Pinzette von der Leiche ge-
pflückt hatte. Ganz großes Kino! Dieses Wissen würde sie erst
mal für sich behalten. Und für die beiden Strohhalme, die sie
aus dem Haar des Mannes gerupft hatte, mindestens drei waren

noch für die Spurensicherung verblieben, galt dasselbe. Niemand konnte wissen, ob sie mit dem Tod in Verbindung standen. Allerdings sprach die gepflegte Erscheinung des Toten dagegen, dass der Mann mit Strohgesteck in der Frisur stundenlang durch die Pampa gewandert war. Auf Ferstls Weide war weit und breit kein Strohballen herumgelegen. Das Gleiche galt für die Holzspäne an der Stirnwunde. Der Schädel des Mannes hatte, aus ihrer Sicht, eine fatale Begegnung mit einem hölzernen Gegenstand gehabt. Geschnitzte Hornprothesen kamen bei Rindviechern eher selten vor.

Laura klatschte in die Hände und lachte nervös auf.

Das waren Indizien! Das Agieren von Hobbydetektivinnen in der Glotze hatte sie immer als maximal unrealistisch empfunden, und jetzt saß sie da und freute sich diebisch darüber, wie sich alles ineinanderzufügen schien. Bleib auf dem Teppich, Madam! Es wäre sachdienlich, Oberkommissar Hehnle den aktuellen Stand der Ermittlung zu entlocken. Die Spurensicherung müsste bei ihren Untersuchungen zu denselben Schlussfolgerungen kommen. Das würde morgen das Erste sein, was sie in Angriff nehmen sollte. Ihre Neugier war entflammt, gepaart mit der Aufregung über eine wesentliche Entdeckung. Nicht gerade Galilei, aber in ihrem kleinen Rinderkosmos war das schon was. Es nagte an ihr, das nicht preisgeben zu können.

Ben überkam sofort ein Gefühl von Vertrautheit, als er die Gaststätte betrat. Seine Nasenflügel weiteten sich, und er sog diesen unnachahmlichen Geruch von gebackenem Pizzateig und Kräutern ein, den er aus seiner Jugend so gut kannte. Sie hatten hier Nächte verbracht, Abstürze erlebt, gestritten, gegessen, herumproletet und gefeiert. Die Pizzeria war der Treffpunkt gewesen, von dem aus der Startschuss in den Abend abgefeuert worden war. Bevor Ben die Chance hatte zu registrieren, wie sich die Umgebung verändert hatte, stürzte sich ein schwarz gekleideter Mann auf ihn, ohne Rücksicht auf ein gutes Dutzend erstaunt blickender Gäste an den Tischen. Luigi war aus dem Häuschen.

Er packte ihn bei den Schultern und rüttelte ihn, dass seine Zähne – und die maladen Rippchen – klapperten.

»Du bist schon längst wieder da und kommst erst jetzt?«, spielte er den Beleidigten.

»Woher weißt du das?«

»Richie hat es mir gesagt.«

»Ach Mensch, Luigi«, stammelte Ben. Er ließ sich herzen und zu einem Zweiertisch in der Ecke neben der Theke führen.

»Rühr dich nicht weg«, beschwor ihn der Pizzabäcker und verschwand hinter einem Vorhang in den Eingeweiden der Gaststätte.

Ben seufzte auf, legte seine Arme über die Stuhllehne und musterte die Speisenden.

An den Tischen saß niemand, den er kannte, oder besser, wiedererkannte. Das war kein Unglück. Für ihn gab es die Kategorien Einheimische und Urlauber. Die Kinder maulten, spielten oder glotzten auf diverse Displays, während sie automatisch die Gabeln zum Mund führten. Ihre Eltern mahnten, aßen, tranken Weißbier und verschickten Schnappschüsse. Ab und an überwand ein Lachen das Grundrauschen aus Gesprächsfetzen und Gemurmel, welches sich in seinen Ohren ausbreitete.

Er hatte den Eindruck, die Ortsansässigen schenkten Essen und Ambiente mehr Aufmerksamkeit. Da war Freude am Genuss zu erahnen. Die Fremden schienen beiläufig ihre Pizza und Pasta zu verdrücken, als unvermeidliches Abendritual, nachdem man etwa die Partnachklamm durchwandert oder sich der Skisprungschanze gewidmet hatte. Aber vielleicht war diese Unterscheidung nichts als Einbildung.

Er wurde in seinen Betrachtungen unterbrochen, als Luigi zurückkam, samt einer Flasche Grappa, die er mit zwei Gläsern auf dem Tisch platzierte. Er zog sich einen Stuhl heran.

»Was willst du essen, Spaghetti?«

»Klar, wie immer.«

Sie grinsten sich an, und Luigi füllte die Gläser.

Es war, als würden sie sich abtasten, sich mit Wörtern umkreisen. Harmlose Begebenheiten erzählten sie sich, die mit der Frage »Weißt du noch?« eingeleitet wurden. Über allem schwebte ein Tabu, ein Thema, das sie nicht berührten. Ben war klar, dass der Moment kommen würde, Farbe zu bekennen. Langsam leerte sich die Pizzeria. Es war schon nach elf, als Luigi sich zurücklehnte und die Arme verschränkte.

»Sag, wie war es? Zwanzig Jahre, erzähl schon.«

Und Ben erzählte. Vom Leben im Trailerpark und den Hoffnungen auf Erfolg, die zerplatzten wie Ballons, eine nach der anderen, von diesem »Jeder kann es schaffen«-Geist, der ausradiert wurde von der tristen Wahrheit, die im lausigen Wohnwagen, umgeben von abgestürzten Existenzen, hauste. Dort im Trailerpark war das Scheitern zu Hause gewesen, hatte es sich eingerichtet, dir das Hirn eingeschläfert und die Füße gelähmt. Von Caroline und ihrem Sixpack-Lover, von billigem Bier und wie er mehr und mehr den Boden unter den Füßen verloren und schließlich den Laptop zum Pfandleiher gebracht hatte. Er war sowieso nicht mehr in der Verfassung gewesen, auch nur eine sinnvolle Zeile aufzuschreiben, geschweige denn zu verkaufen. Letzten Endes hatte er sogar noch Schwein gehabt, weil nur ein Tipp für die Pferdewette ihn in die Lage versetzt hatte, ein Flugticket nach München zu buchen.

Luigi hörte schweigend zu. Er saß Ben beinahe reglos gegenüber. Von Zeit zu Zeit beugte er sich nach vorn, um die geleerten Gläser mit Grappa aufzufüllen. Mehrmals formte er seine Lippen zum lautlosen »Merda«.

»Ja, Scheiße«, beendete Ben seine Schilderung. »Das kannst du laut sagen. Weißt du, Caroline hat es mit diesem Fettsack getrieben, der uns den Trailer vermietet hat. Immer am Monatsanfang, und ich hab nichts dagegen unternommen. War ja die halbe Miete. Dafür hat sie jetzt den Hund und das Auto. Vielleicht hätte ich es auch getan, falls das dem Dicken lieber gewesen wäre, keine Ahnung. Du glaubst, tiefer geht es nicht, und dann stehst du vor einem Loch, gefüllt mit Gülle, und du weißt, du musst springen. Ich hoffe, sie hat jetzt ein besseres Los gezogen.«

»Aber jetzt bist du hier, und diese Geschichte …«

Luigi machte mit Daumen und Zeigefinger das Zeichen für verschlossene Lippen. »Dein Vater hat den Menschen erzählt, was für ein wunderbarer Journalist du bist, zumindest denen, die es hören wollten. Er ist stolz. Hat das Bild herumgezeigt, von dir und diesem Ex-Präsidenten. Und die anderen? Pah!« Mit einer Geste warf er sie im Geist über die Schulter.

»Du meinst, ich soll mit einer Lüge …«

»Was ist denn Wahrheit? Es ist Vergangenheit. Die dich hassen, haben ihre eigene. Behalt deine für dich.«

»Vergangenheit«, brummte Ben und starrte auf das Bild vom Sonnenuntergang am Hafen von Catania.

Er griff nach Luigis Schulter und fing an, sie zu kneten.

»Kostet hier die Margherita wirklich fünfzehn Euro?«, wollte er wissen.

»Stronzo!«, gab es als Antwort. Der Pizzabäcker kippte den Grappa und knallte das Glas auf den Tisch. »Morgen machen Richie und ich einen Ausflug. Kommst du mit?«

Bens klare Gedanken hatten Grappa und Bier längst hinweggespült. Erstaunlicherweise schienen seine in Alkohol eingelegten Rippen das zu goutieren.

Er nickte. »Wenn ihr nicht zu früh loswollt, ich freu mich drauf.«

»Bestens. Da wär noch was«, meinte Luigi. Er räusperte sich. »Pass auf, was du Richie erzählst – von früher.«

»Warum?«

»Schwer zu erklären. Sei einfach vorsichtig, sonst bringst du ihn in ein Dilemma. Weißt du, schwieriges Thema mit der Loyalität. Es ist eine Menge Zeit vergangen.«

Er stand auf.

Der verdutzte Ben tat es ihm gleich. Sie umarmten sich. Beim Loseisen stieß er einen Stuhl um.

»Du hast mir ein Bein gestellt«, beschuldigte er das Möbelstück. »Hinterlistig ist das.«

»Du brauchst ein Taxi«, stellte Luigi fest.

»Ich hab ein Radl.«

»Fahr langsam, wir holen dich morgen ab.«

Ben salutierte wacklig, konzentrierte sich darauf, die Tische zu umrunden, ohne jeden zu touchieren. Er war die »Titanic« im ewigen Eis, und das Steuer war unbesetzt.

Draußen packte ihn die frische Luft beim Schlafittchen und wirbelte sein Hirn durcheinander. Bei seinem Bike plumpste er auf ein Mäuerchen. Der Schwindel ließ nach. Eine Idee setzte sich in ihm fest.

»Alles okay?«, hörte er Luigi. Er war ihm nachgekommen. Besorgnis klang in seiner Stimme mit.

»Wo wohnt die Tierärztin?«, wollte Ben wissen.

»Gibt drei – meinst du die Schmerlinger?«

»Ja, genau die. Die besuch ich jetzt.«

»Ganz schlechtes Timing.«

»Die hat noch mein T-Shirt.«

Luigi starrte ihn mit geweiteten Augen an.

Er beschrieb ihm den Weg zu ihrem Haus.

»Du bist einer …«, murmelte er kopfschüttelnd. »Heut erst angekommen und bloß Weiber im Kopf. Wie früher.«

Er ergriff Bens ausgestreckte Hand und zog ihn in die Vertikale.

»Molto, moltissimo grazie, bello impossibile!«, brüllte dieser, wobei er umständlich auf sein Rad kraxelte.

»Du mich auch, Alter«, verabschiedete ihn Luigi.

12

Die Klingel schreckte Laura vom Sofa hoch. Sie war eingenickt. Auf dem Bildschirm zelebrierten längst verblichene Kinohelden ein Shootout inmitten einer Saloonkulisse. Ihre Welt war schwarz-weiß, der selbstlose Eigenbrötler verpasste gerade dem Bösewicht die verdiente Kugel in die Brust. Nimm das! Sie schaltete die Glotze aus und rieb sich den Schlaf aus den Augen. Ungläubig stierte sie auf ihr Smartphone-Display. Ein Uhr dreißig. Was zum Geier ...? Wer immer es war, er gab nicht auf. Die Klingel verstummte nicht mehr. Es dauerte, bis ihr Hirn Signale an ihren Körper senden und ihn in Bewegung setzen konnte.

Gähnend schlurfte sie zur Wohnungstür. Die letzte Besucherin, die Sturm geklingelt hatte, war in einen Unfall gleich um die Ecke verwickelt gewesen. Sie hatte eine platt gefahrene Katze in den Armen gehalten, deren Kopf aus einer blutverschmierten Decke herausbaumelte. Da sie selbst des Nachts nicht als Wunderheilerin oder Ersatz-Jesus unterwegs war, hatte sie die Frau enttäuschen müssen. Die Mieze war kaputt. Auf diese Art Notfall konnte sie gern verzichten. Die Klingel schellte und schellte.

»Reiß mir doch gleich die Glocke ab, Depp!«, rief sie und öffnete die Haustür.

Ein Unbekannter? Nein, es war der verunfallte Radler, und er hatte Gott sei Dank keine Katze dabei. Nur sich selbst, aber das war nur marginal besser. Die Außenlampe war ungnädig und beleuchtete sein Gesicht. Er sah, verglichen mit ihrer ersten Begegnung, weniger mitgenommen und verbeult aus, allerdings schwankte der Kerl bedenklich. Langsam nahm er den Zeigefinger von der Klingel, offenbar benötigte er Zeit, um zu registrieren, dass Laura sich vor ihm manifestiert hatte.

Sie war müde und sauer.

»Was wollen Sie denn hier, um diese Zeit?«, schnauzte sie ihn an.

»Unser Hahn hat sich erkältet, vielleicht Mandelentzündung«, gab er zurück und unterdrückte ein Rülpsen. Er dünstete puren Schnaps aus, sodass ein Streichholz genügen würde, um ihn zu flambieren. Aktuell keine abwegige Idee, tragischer Unfall halt.

»Clown gefrühstückt?«, knurrte sie.

»Ich wollte mein Shirt abholen.«

»Sie sind blau wie ein Haubentaucher.«

»Da hör ich die erfahrene Tierärztin raus. Nüchtern würd ich aber haar... haargenau dasselbe wollen.«

»Sie haben doch eins an. Und was ist mit meiner Jacke?«

Er zuckte mit den Schultern. Die Grimasse, die er zog, schien ein entschuldigendes Grinsen zu sein. Das hatte jeder Schimpanse besser drauf.

Aufächzend riss sie ihren Schlüssel vom Haken und marschierte schweigend an ihm vorbei durch den Garten. Neben dem Subaru blieb sie stehen, öffnete die Tür und stutzte.

»Eigentlich müsste der Fetzen ...«

»Ja wo bisdudenn, putt putt putt«, lallte Ben, der ihr nachgestakst war.

»Weg«, stellte Laura fest.

»Wie weg? Weggelaufen auf den kurzen Stummelärmchen, oder was?«

»Was weiß ich! Geklaut.«

Sie starrte an ihm vorbei in die Nacht. Das war ein kümmerlicher Witz. Jemand bricht die Karre auf, um sich das verdreckte Shirt dieses besoffenen Wagscheitls unter den Nagel zu reißen. Zufallsfund? Der Hanskasperl war gewiss keine Garmischer Berühmtheit.

Ihr Gegenüber rieb sich die Augen mit Daumen und Zeigefinger. »Sie haben nicht aufgepasst«, jammerte er, »verdammt, ich liebe dieses Shirt!«

Laura griff sich an die Stirn.

»Wo bist du?«, brüllte Ben in die Nacht hinaus. Hinter dem ein oder anderen Fenster in der Nachbarschaft erschien ein Lichtstrahl.

»Hören Sie zu …«

»Ben. Das wissen Sie doch noch.«

»Wie auch immer, Ben, dieser Schmarrn ist mir echt too much. Sie schlafen Ihren Rausch aus, und ich …«

»Und Sie?«

»Keine Ahnung. Ich geh erst mal ins Bett.«

Die Arme waagrecht ausgestreckt, um das Gleichgewicht zu halten, drehte er sich um und schwankte davon.

»Jetzt bin ich wirklich, wirklich beleidigt«, konnte sie ihn noch hören, dann wurde seine torkelnde Gestalt von der Dunkelheit verschluckt. Erste Regentropfen fielen vom sternenlosen Himmel.

»Wenn du wüsstest, was ich erst bin«, murmelte Laura, bevor sie die Tür ins Schloss donnerte. Das Geschepper von draußen war unüberhörbar. Selbst schuld, dachte sie.

13

»Raus!«

Das ganze Universum war in seinem Schädel gefangen. Der höllische Schmerz kam daher, dass es einfach zu gewaltig war. Es passte nicht hinein, aber er sah keine Möglichkeit, es loszuwerden. Wenn er die Augen öffnete, würde er implodieren. Das Raum-Zeit-Kontinuum hatte sich verschoben, und er war in ein schwarzes Loch gezogen worden. Probehalber öffnete er ein Auge. Eine erbarmungslose Sonne zielte mit ihrem Strahl präzise, und er erwartete den Urknall hinter seiner Stirn.

»Raus, sag ich! Sofort!«

Er lag nicht im Bett, das war auch nicht sein Zimmer, wo war er? Es war die Rückbank eines verdammten Autos, und es roch nach Fusel und Schwein. Für beides käme er als Verursacher in Betracht. Wie zum Teufel war er hierhergekommen? Er musste in der Karre geschlafen haben.

»Wissen Sie, was ich glaube?«

Die Stimme kam von überallher und drang in ihn ein. Kalt und hart, mit einer Prise unterdrücktem Zorn. Es war die Tierärztin.

»Sie haben Ihr T-Shirt selbst geklaut und dabei die Fensterscheibe eingeschlagen. Und weil Sie ein grenzdebiler Alki sind, konnten Sie sich gestern Nacht nicht mehr daran erinnern. Ganz einfach.«

»Was?« Er richtete sich auf, stieß mit dem Schädel gegen die Seitenscheibe. Vom Epizentrum hinter seiner Stirn breitete sich der Schmerz wellenartig bis über den Hinterkopf zum Nacken aus. Ben massierte sich die Schläfen. Probehalber drehte er den Kopf nach links und rechts. Komplizierte körperliche Übung, ein Halswirbel knackte protestierend.

»Logisch!« Das Wort wurde auf ihn abgeschossen und schlug zwischen den Ohren ein.

»Schmarrn.« Er versuchte, galoppierende Gedanken mit dem

Lasso einzufangen. Es klappte im vierten Anlauf. »Warum hab ich dann nicht früher geklingelt, sondern hau Ihnen gleich die Scheibe kaputt?«, wollte er wissen.

»Immerhin das wissen Sie noch. Ganz im Ernst, Gutmütigkeit gehört nicht zu meinen Soft Skills.«

Er versuchte es. Die Beine ließen sich bewegen. Der Oberkörper war eine ganz andere Nummer. Es dauerte fünf Minuten, bis er sich aus dem Subaru gewunden hatte.

»Sie wissen sonst nix mehr? Ich helf Ihnen auf die Sprünge. Sie sind strunzbesoffen. Scheiße, jetzt regnet es auch noch. Sie plumpsen vom Rad. Rumsdipolter. Holla, da steht ja ein offenes Auto. Gute Nacht, Marie.«

»Ja, könnte fast so gewesen sein. Wir hatten keinen guten Start, hm?«

»Und die Landung erst.«

»Grenzdebil, hm?«

»Ich untertreib gern mal, ist schonender.«

Er stellte sich neben dem Auto auf. Die Hände an den Hüften, bog er den Rücken durch. Jede Fichte wäre gewandter beim Yoga.

Die Tierärztin beugte sich über der Beifahrertür nach unten. In der Hand hielt sie eine Lupe.

»Das Shirt war schon größer«, meinte er.

»Klappe, ich hatte eine Eingebung heut Morgen. Spuren, verstehen Sie?«

»Sie kennen sich aus?«

»Nein, aber wenn man durch Scherben fasst, um eine Tür zu öffnen, bleibt vielleicht ein Faden hängen.«

»Und dann suchen Sie in ganz Garmisch-Partenkirchen eine Person, der ein Faden am Gewand fehlt. Good luck! Ich brauch einen Kaffee.«

»Das müsst man halt eingrenzen. Sie sind phantasiebegabt wie ein Schafbock.«

»Ah ja?« Ben fand den Gedanken faszinierend. Als Schafbock müsste er sich um nichts kümmern, stünde jetzt grasmümmelnd auf der Weide rum und würde die anderen Schnucken beglotzen –

kein Kummer, kein Ärger, kein Denken, no woman, no cry. Er sah sich nach seinem Mountainbike um. Es lag keine zehn Meter entfernt auf der Straße – offenbar unverletzt, das teure Stück. Er schlappte zu ihm hin, beugte sich umständlich hinunter und griff zu. Im Schneckentempo schob er es zurück zu seinem blechernen Schlafzimmer.

»Ha!«, meinte die Tierärztin und hielt mit einer Pinzette einen Faden in die Höhe. »Ziemlich sicher eine Frau! Rot mit Gold durchwirkt. – Gut, Sie können Ihren Kaffee haben, und sogar zwei Aspirin.«

»Ehrlich?«, fragte Ben ungläubig nach. Er kniff ein Auge zu, um ihre Ausbeute erkennen zu können.

»Aber jetzt rein hypothetisch«, meinte er, als er neben ihr zum Haus trottete, »angenommen, ich streif zufällig gestern mit dem Ärmel die rote Bluse einer Frau. Ein Faden bleibt an mir. Dann steig ich in Ihren Blechhaufen, und schwupps hängt der Faden am Fenster. Theorie am A…llerwertesten.«

»Und? Haben Sie gestreift?«

»Was weiß ich – es geht ums Prinzip. Hallo, deswegen gibt es Spurensicherung. Spezialisten. Eventuell hat der Wind den depperten Faden hingeweht, oder eine Nachbarin hat heut früh ins Auto geschaut, wie sie mit dem Fiffi …«

»Und die Spurensicherung hängt sich rein bei meinem rostigen Subaru? Träumen Sie weiter.«

Er trabte brav hinter ihr her durch den Garten bis in die Küche. Dort fläzte er sich auf einen der Barhocker, die einen hohen Bistrotisch umlagerten. Seine Gastgeberin kramte in einer Schublade und warf ihm eine Packung Aspirin zu.

»Was ich damit ausdrücken will: Sie tackern Indizien zusammen, wie es Ihnen grad passt. Dabei gäb es zig andere Optionen«, sagte er zu ihrem Rücken, während die Frau die Espressomaschine anwarf.

»Indizien? Sind Sie Anwalt?«, kam es zurück.

»Spaßig, dass Sie das sagen. Der tote Torero war wohl Anwalt.«

»Ich hab ihn gefunden.«

»Und bei mir hat er gewohnt.«

Sie schauten sich verblüfft an. »Wenn Sie jetzt irgendetwas lallen von ›Schicksal‹ und ›zusammengeführt‹, schmeiß ich Sie ohne Kaffee raus«, meinte seine Gastgeberin. »Ich hab eine Kitschunverträglichkeit. Da bekomm ich Pusteln.«

»Na ernsthaft, mein Shirt, Ihr Auto, und jetzt das?«

»Posten Sie es bei Telegram. Da finden Sie Gleichgesinnte.« Sie stellte ihm die Tasse auf den Tisch und warf ihm einen fragenden Blick zu.

»Wie kommt's, dass wir uns in Garmisch noch nie über den Weg gelaufen sind?«

Er gab sich zwei Aspirin und spülte sie mit dem schwarzen Gebräu hinunter. »Bin lang geschäftlich im Ausland gewesen.« Ben spielte mit seiner Espressotasse. »Und was tät unsere rot gestrickte Lady mit meinem Motörhead-Shirt?«, wollte er wissen, um das Thema bezüglich seiner Abwesenheit nicht vertiefen zu müssen.

»Großer Fan von Ihnen? Nein, im Ernst, vielleicht wollt sie eigentlich was anderes?«

»Was da wäre?«

»Ich bin Tierärztin. Möglicherweise hat sie gedacht, es wären Medikamente im Wagen.«

»Drogen?«

»Ich behandle Tiere selten mit Marihuana, aber wer weiß, auf was sie gehofft hat. Es gibt schon Pulver, das einen ins Nirwana schießt.«

»Immer her damit.«

Lissy stand mit einem Plastikeimer vor der Haustür, als er angestrampelt kam. Sie verfolgte ihn mit mürrischem Blick, als er pfeifend vom Rad glitt, um morgendlichen Elan vorzutäuschen. Er war schweißgebadet, aber Radeln, Kaffee und Aspirin hatten den Nebel im Hirn verblasen.

»Hab ich mir gleich gedacht, dass man sich auf dich nicht verlassen kann«, pflaumte ihn seine Schwester an. »Und Papa war beunruhigt, weil du nicht hochgeschaut hast in der Nacht, um mit ihm den Himmel zu beglotzen.«

Ben sagte nichts. Er stellte das Rad ab. Seine Schwester deutete schweigend auf die Scheune. In leuchtendem Rot prangten dort drei Buchstaben. »Mör«.

Schludrig hingesprüht, aber gut lesbar.

»Der Papa war wach«, murmelte Lissy, als sie sich in der Stube an den Tisch gesetzt hatten. Seine Schwester sah nicht besser aus, als er sich fühlte. Ihre Augenschatten erinnerten an Veilchen nach einem Boxkampf. »Er hat zwei Bierflaschen aus dem Fenster gedonnert und gebrüllt wie ein angestochener Stier, da ist der Depp abgehauen.«

Sie hob den Kopf und starrte an Ben vorbei ins Leere. Beide wussten sie, was an die Scheune hatte geschrieben werden sollen.

»Wenn die uns hier terrorisieren, musst du was machen.«

»Und was, bittschön, soll ich machen?«, brach es aus ihm heraus.

»Was weiß ich, so geht's jedenfalls nicht. Sollen uns die Gäste wegbleiben?«

»Du meinst, ich soll wieder gehen?«

»Ich mein gar nicht, was du sollst, aber zumindest hatten wir zwanzig Jahre unseren Frieden.«

Lissy hatte recht. Ja, auf ihn konnte man sich nicht verlassen, und ja, vielleicht sollte er einfach wieder verschwinden. Er könnte sich ohrfeigen. Sie hatte ihm gesagt, dass die Mutter heute in die Klinik fuhr. Und er? Er hatte nichts Besseres zu tun, als sich mit Bier und Grappa abzufüllen bis über den Kragen, bis der Restverstand abgesoffen war. Was war nur mit ihm los? Und irgendein unsichtbarer Kasperl hatte es auf ihn abgesehen.

Die Mutter erschien im Flur. Sie zog einen geblümten Rollkoffer hinter sich her.

Er ging auf sie zu und streckte den Arm aus, um ihr zu helfen, aber sie schüttelte energisch den Kopf.

»Oh mei, Bua«, seufzte sie. Simsalabim – er wurde zum Zeitreisenden und tauchte ein in Vorfälle aus der Kindheit, bei denen seine Mutter so reagiert hatte. Die alte Gmainer fiel ihm ein, gallespuckend an der Haustür, weil er und Luigi ihre Himbeersträucher geplündert hatten, oder der missglückte Diebstahl zweier Tüten Haribo im Edeka. »Oh mei, Bua!«

Langsam, aber mit festem Schritt bewältigte die Mutter an Lissys Arm den Weg bis zum Kombi.

Lissy verstaute den Rollkoffer im Kofferraum und klemmte sich hinters Steuer.

Kurz darauf rollte der Passat vom Hof.

Als Ben die Treppe zum ersten Stock hinaufstieg, kam ihm eine Frau entgegen. Sie stoppten beide ab, um nicht miteinander zu kollidieren. Eine Stufe unter ihr verharrte er. Ihre rote Bluse fesselte seinen Blick. Vielleicht würde es Doc Schmerlinger gefallen, wenn er ihr einen Vergleichsfaden vom Kittel rupfte. Wäre ein Anfang.

Geradeaus starren war nicht die beste Idee. Er musste sich zwingen, den Kopf in den Nacken zu legen, sonst würde die Vollblusige sein Glupschen missdeuten. Sie war etwa in Lissys Alter, ein kompakter Würfel mit glänzenden Bäckchen, der Tatkraft ausstrahlte. Die braunen Haare mit den grauen Einsprengseln hatte sie zu einem Zopf geflochten. Neben den Mundwinkeln zeigten sich Furchen, die einem nicht das freudige Dasein einkerbt. In diesem Moment allerdings zog sich ein strahlendes Lächeln über ihr gerötetes Gesicht.

»Grüß Gott, Herr Wiesegger!«, rief sie aus, als müsste sie den Festsaal im Wirtshaus beschallen. »Mein Gott, Sie sehen der Lissy so ähnlich! Wie aus dem Gesicht geschnitten! Ich helf ihr aus, weil es grad viel Arbeit ist mit der Pension allein. Ich bin die Veronika Lehner, vom Lehnerhof in Grainau. Die Lissy kenn ich schon seit ewig, als sie noch bei den Landfrauen mitgetan hat. Und so ein Tapetenwechsel tut mir auch mal gut.«

Too much information. Ihm fiel nichts Gescheites ein, was er erwidern könnte.

»Ja«, sagte er schlicht, »grüß Gott, Frau Lehner, und Dankschön.«

Er wand sich an ihr vorbei und schlappte die Treppe hinauf. Hinter ihm fiel die Zimmertür ins Schloss. Aus dem Flur drang das Rauschen eines Staubsaugers zu ihm. Frau Lehner waltete ihres Amtes.

Unter der prasselnden Dusche stand er minutenlang wie die zu Stein erstarrte Tragödie, den Mund aufgerissen, die Augen geschlossen, nicht fähig, sich zu rühren. Er wusste nicht, wie viel Zeit vergangen war, bis er sich mit frischen Klamotten wieder aus dem Zimmer wagte. Er stieg die Stiege krummbucklig nach oben zum Zimmer seines Vaters und klopfte an die Tür.

»Komm rein, wenn du ein Guter bist«, hörte er ihn brummen.

»Ich bin es, der Ben«, sagte er beim Eintreten, in banger Hoffnung, dass ihn der Vater nicht wieder des Zimmers verwies. Immerhin hielt er sich beileibe nicht für einen Guten, eher für Mittelmaß.

Der Alte wirkte lebhafter als bei seinem ersten Besuch. »Ich sag's immer, es ist eine Riesendummheit, dass kein gescheiter Hund gehalten wird«, polterte er los. »Und die Lissy? Hat Angst, der tät die Gäste verschrecken. Ja, Kruzifix, in der Stadt hat doch jeder sein Viech, da rennen mehr Kläffer rum wie Leut. Ist doch wahr aber auch.«

Ben freute sich, dass der Vater so redselig war. Offenbar war sein Erinnerungsvermögen an die Nacht nicht getrübt.

»Was hast du denn gesehen?«, wollte er wissen.

»Was soll ich gesehen haben, es war finster.«

»Lissy hat gesagt, du hast Bierflaschen rausgefeuert.«

Sein Vater lachte auf, es ging nahtlos in Husten über. Bens Blick wanderte zum Aschenbecher mit den Zigarrenstumpen auf dem Tisch.

»Ich hab gedacht, ein Fuchs will den Hühnern an die Kehle. Irgendwas hab ich halt gehört. Ein Rumpeln.«

Er musste dreimal durchschnaufen, bevor er weiterredete. Dann erzählte er Ben vom klaren Himmel und dass er gerade den Ochsentreiber im Okular hatte, als von der Scheune Geräusche zu hören waren.

»Und gesehen hast du nix?«

»Einen Saubua halt.«

»Hast du ihn erkannt?«

»Na.«

»War er allein?«

»Ich hab nur einen gesehen, und das nicht gescheit, jemand ist weggehuscht, mehr ein Schatten.«

Die Männer schwiegen. Bens Vater zündete sich einen Stumpen an. Sie schauten den Rauchfäden nach.

»Bist also wieder da«, murmelte der Alte schließlich. »Für was es gut ist, weiß man nicht.«

»Nein«, bestätigte Ben, »aber ich probier, dass es gut wird.«

Sein Vater hatte den Stumpen in den Aschenbecher fallen lassen und die Augen geschlossen. Seine Brust hob und senkte sich regelmäßig. Ben erhob sich leise, drückte die Zigarre aus und verließ das Zimmer.

Spraydosen passten nicht zu älteren Eingesessenen, der Schmierfink war bestimmt ein Jungspund. Die Lüftlmalerei kam ihm in den Sinn, und ihn überkam ein erbittertes Lächeln. Die bayerischen Ursprünge von Graffiti. Auf geht's, pack die Lupe aus, Ben. Vielleicht fand sich ja ein roter Faden. Besser wär, gleich einen Grafologen zuzuziehen. Jeder und jede in Garmisch-Partenkirchen sollte antanzen zum Vorschreiben.

Frau Lehner lief ihm an der Haustür samt Biomülleimer über den Weg.

»Na, dass sie sich nicht schämen!«, warf sie ihm zu. Mit »sie« meinte sie hoffentlich die Urheber der Schmierereien. Seine Vergangenheit dürfte sich bis zum Lehnerhof rumgesprochen haben.

Ben schlenderte, vom Gockel argwöhnisch beäugt, über den Hof.

Im Schuppen sah er sich um. Nachdem er Kisten und Säcke beiseitegeräumt hatte, fand er das Passende. Weiße und rote

Farbe, dazu altersschwache Pinsel. Die Farbreste kippte er alle zusammen, bis Schweinchenrosa entstand. Auch hübsch.

Er schlurfte nach draußen und machte sich ans Werk. Es benötigte eine Viertelstunde. Zufrieden musterte er das Ergebnis. »Morgenstund hat Gold im Mund« prangte in leuchtend rosa Lettern an der Holzwand. Die Ö-Striche kratzte er mit einem Meißel vom Holz.

14

Laura schenkte sich Espresso nach. Sie hatte den Faden unter dem Mikroskop betrachtet, was ihr zu keiner neuen Erkenntnis verholfen hatte. Besser, sie stellte den ärgerlichen Kram hintenan und konzentrierte sich auf den heutigen Tag. Für eine Joggingrunde war es zu spät, also begnügte sie sich mit einer Work-out-Runde mit Boxsack und Hanteln. Sie kam aus der Dusche, als es schellte. Die Mayer war pünktlich auf die Minute. In ihrem Schlepptau trat ihr Mann Veit in den Flur. Ohne die beiden würde ihre Praxis nicht funktionieren. Die Mayer, mit ihren hundert Kilo an geballter Fröhlichkeit und Energie, war für das administrative Gedöns wie geboren. Sie stürzte sich auf den Computer wie ein Steinadler auf die Beute und konnte sich selbst an komplexeren Problemen festkrallen wie keine Zweite. Homeoffice war ihr Revier. Ohne sie wäre Laura im Abrechnungsdschungel verloren. Dort war sie Mogli und Frau Mayer ihr beschützender Baghira. Deren Gatte Veit galt als schlitzohriger Gschaftlhuber, mutmaßlich mit Stammbaum bis ins römische Partanum, sprich Partenkirchen, zweihundert nach Christus. Falls Popeye der Seemann mit seiner Olivia einen Sprössling gezeugt hätte, er wäre die Idealbesetzung. Eigentlich Hausmeister für die gemeinnützige Wohnungsgenossenschaft, wurde er von der Mayer herbeigepfiffen, sobald die ein Malheur witterte, seien es abgefahrene Reifen oder ein umsturzgefährdeter Baum im Garten. Vor dem maroden Sockel von Lauras Gartentür hatte er kapituliert. Laura war nicht betrübt darüber gewesen.

Sie war generell demütig bezüglich eigener Alltagskompetenzen. Deswegen beschäftigte sie neben der Mayer eine Reinigungsfachkraft, die zweimal in der Woche durch die Wohnung feudelte. Und Veit würde einen exzellenten Butler abgeben. Dass er, das Partenkirchner Urgestein, mit der Mayer, einer Garmischerin, liiert war, danach krähte heutzutage kaum ein Hahn mehr. In alter Zeit hätte der Partenkirchner Seelsorger mutmaßlich sein Schäfchen exkommuniziert oder auf Wallfahrt geschickt, um die schwere Sünde abzubüßen.

Nachdem Laura der Mayer telefonisch von der zerbrochenen Scheibe des Subaru erzählt hatte, war sonnenklar, dass der Gatte parat stand.

»Er hat es sich angeschaut«, verkündete die Mayer, sobald Laura die Tür geöffnet hatte. Veits Kopf senkte sich zum angedeuteten Nicken. »Er meint, Folie könnte er dir draufmachen, ansonsten zwei bis drei Tage in der Werkstatt.«

»Maximal einen Tag«, erhandelte Laura und bot den beiden einen Kaffee an.

Man sah Veit an, wie er abwägte und es hinter der Stirn ratterte.

»Wann musst du heut los, Laura?«, nahm die Mayer ihm die Frage ab.

»Wenn nichts dazwischenkommt, mach ich mit dir Bürokram – in drei Stunden oder so.«

Veit stürzte den Kaffee mit einem Schluck hinunter, ließ sich den Autoschlüssel geben und verschwand, nach einem letzten eingeforderten Küsschen für seine Frau.

Die Mayer schaute ihm mit gerunzelter Stirn nach.

»Hast du einen Schimmer, wer das gewesen sein könnte?«

»Keine Ahnung – es wurde nix geklaut außer einem verratzten T-Shirt.«

»Jemand wollte deine Wäsche? Vielleicht ein Perverser. Online geben gebrauchte Höschen gute Kohle.«

»Bezahl ich dich so schlecht? Apropos Kohle – wir sollten loslegen.«

Sie seufzte auf und vertilgte den letzten Rest eines Käsebrotes. Dann machte sie sich mit der Mayer auf den Weg ins Arbeitszimmer.

15

Ben streunte durch die Pension. Lissy hatte ihm keinerlei Aufgaben übertragen, wohl in der Gewissheit, es wäre eh vergebene Liebesmüh und er würde sich als Nichtsnutz erweisen. Genauso fühlte es sich an. Er war die personifizierte Nutzlosigkeit. Gelegentlich erspähte er die rote Bluse von Frau Lehner, die durch Gänge und Zimmer wirbelte – mit Masterplan für alles, was erforderlich war. Sein Beitrag bestand in einem dümmlichen Gesichtsausdruck.

Der laute Ton einer Autohupe brach durch die finsteren Gedanken. Neue Gäste? Das fehlte noch. Er machte sich bereit, sich eine freundliche Willkommensmiene in die Visage zu hängen. Wenigstens dabei wollte er seine Schwester nicht enttäuschen.

Im Hof protzte ein gespoilerter VW-Van mit getönten Scheiben.

Die Türen schwangen auf. Das gepimpte Vehikel spuckte Luigi und Richie aus. Beide waren moderat funktionsgewandet. Mist, auch das hatte er vergessen. Es schien an der Zeit, das löchrige Hirn zum Biomüll zu packen. Er sah an sich hinunter. Jeans und T-Shirt, dazu ausgelatschte Sneaker.

Bergtour könnten sie sich abschminken, er würde höchstens für eine Wanderung zu haben sein. Probehalber ließ er die Hüfte kreisen. Suboptimal, aber auszuhalten, seine Rippen stellten sich nicht quer bei der Aussicht auf Wandertag. Das Wörtchen »Airbag«, das die Tierärztin benutzt hatte, um sein Bäuchlein zu definieren, tauchte plötzlich auf. Vielleicht wäre ein Bergmarsch die passende Reaktion? Fitness hatte in der Liste seiner Prioritäten eine untergeordnete Rolle gespielt. Gegen einen fünfzehn Jahre jüngeren Footballspieler hätte er eh nicht anstinken können. Aber sobald er in Garmisch angekommen war, war ihm bewusst geworden, wie sehr er sich vernachlässigt hatte. Nicht nur die Leute, selbst die Natur strotzte vor Energie und Vitalität. Die Bäume, die Felsen, die fetten Wiesen, sie packten ihn am Kragen, schüttelten ihn und zerrten ihn nach draußen.

Er ging den beiden entgegen. Richie war dabei, sein »Made in Germany«-E-Bike aus der Halterung zu lösen.

»Läuft wieder tipptopp, dein Oldtimer. Holst du das Scott, das nehm ich gleich mit.«

Ben pappte sich eine Sonnenbrille ins Gesicht und schlappte zum Schuppen.

Während Richie das Fahrrad befestigte, wollte er wissen, wo Ben seine Kletterausrüstung hatte.

»Da hättet ihr euch den Weg sparen können«, fauchte Ben ärgerlich. Noch wütender machte ihn, dass ihm allein der Satz den Schweiß ausbrechen ließ und den Puls in die Höhe trieb. Er lehnte das Rad seines Vaters unter seinen gepinselten Morgengruß.

»War nur Spaß – wir wollten einfach ein bisschen raus. Was hältst du vom Eibsee? Wir könnten von Grainau aus hinwandern.«

Ben nickte und biss auf die Zähne. Für Gaudi in dieser Richtung war er nicht zu haben, das sollte Richie wissen.

»Lass uns fahren«, grunzte er, »ich hab hier eh keinen Auftrag.«

Luigi zog die Schiebetür auf und holte ein paar abgeschabte halbhohe Wandertreter aus dem Wageninneren. »Sind meine alten, Größe 43. Vielleicht passen sie, besser als Turnschuhe.«

»Turnschuhe sagt man heut nicht mehr, Luigi«, verbesserte ihn Richie.

»Was soll ich sagen zu so was?« Er deutete auf Bens Schuhwerk. »Als er die gekauft hat, sagte jeder noch Turnschuhe dazu.«

Nach Grainau war es ein Katzensprung. Mit den beiden Freunden fühlte es sich für Ben wie ein Ausflug in historische Zeiten an. Ja, damals hatten sie sich anspruchsvollere Ziele gesetzt. Statt die Gipfel von Aussichtsplattformen aus zu betrachten, wollten sie oben stehen und über die Täler blicken.

Ihr erstes Ziel war die Neuneralm über Grainau. Ein perfekter Einstieg für Ben, der in all der Zeit in San Antonio bestimmt nie zwanzig Minuten am Stück bergauf gehatscht war. Wozu auch? Immerhin führte der Neuneralmweg sie auf ganze neunhundert Meter Höhe. Wenngleich er zwischen Mischwald und Wiesen sanft ansteigend anspruchslos daherkam, wie eine Rolltreppe, waren die drei bester Laune beim Schwelgen in absurden gemeinsamen Erlebnissen.

Ben dachte an Menschen, die Jahrzehnte in Bewusstlosigkeit dahindämmerten, um plötzlich ihrem geistigen Kokon wieder zu entschlüpfen. Mit Pech war dein Adonis von einem Mann inzwischen ein verfetteter Couch-Potato und deine Sprösslinge koksende, dissoziale Bankerschnösel. Beides statistisch stark auf dem Vormarsch.

Und er? Aus dem Tiefschlaf erwacht und in ein neues Dasein verfrachtet? Er klammerte sich an allem fest, was beständig geblieben war. Seinen vertrockneten Geist wollte er neu beleben, durch ein Weißbier auf der Alm und das grün-klare Wasser des Eibsees, an dessen Ufer er als Windelpupser gespielt hatte. Konnten Wurzeln nachwachsen?

Das Alm-Bier war ein Ritual, bevor die drei über den waldgesäumten Höhenweg bis zum See hinabstiegen.

»Fast wie früher«, meinte Richie und zog, als sie am Ostufer angelangt waren, drei Radler aus dem Rucksack. »Mann, wir freuen uns, dass du wieder da bist.« Mit einem Feuerzeug öffnete er die Flaschen.

Ben bekam eine in die Pranken gedrückt. Luigi nickte schweigend und griff sich die zweite.

»Vielleicht habt ihr das exklusiv«, sagte Ben und trank. Er inhalierte den Blick auf das Gebirgsmassiv. Der Waxenstein, zum Greifen nah, das war der letzte, den er gemeinsam mit Richie und Toni bestiegen hatte – in einem anderen Leben.

»Sag, Richie, kennst du den Alpenbock?«, fragte er unvermittelt.

»Freilich, der steht in Lebensgröße vor dir«, antwortete der

Freund. »Kannst jede fragen.« Er rülpste laut, bevor er die Flasche ansetzte.

Ben grinste. »Deine Art ist vom Aussterben bedroht.«

Luigi linste mit zusammengekniffenen Augen zum Zugspitzzacken hinauf, dann wandte er sich Ben zu.

»Jeder normale Mensch weiß, dass du Toni nicht vom Grat gestoßen hast wegen einer lächerlichen Liebelei«, meinte er und holte ihn damit in die Gegenwart.

Das war die Eröffnung. Ihm war klar, dass das Thema auf den Tisch kommen würde. Er war bereit dafür. Seine Freunde hatten zu ihm gestanden, es war ihr Recht, darüber zu sprechen, wann immer sie wollten. Schweigend starrte er ins Leere.

Plötzlich war alles wieder da. Er wusste nie, wann es ihn überfiel, es kam wie ein unvermittelter Schlag gegen die Stirn. Er hatte es all die zwanzig Jahre nicht geschafft, es wegzusperren. Er sah es vor sich. Wie Toni ihm mit wutentbrannter Fratze die Fotos vors Gesicht gehalten hatte, bei der Biwakschachtel auf dem Jubiläumsgrat.

Ben hatte lange darüber gegrübelt, wer bei ihm und Susi die Kamera draufgehalten hatte. Sie waren betrunken gewesen, beim Straubinger Gäubodenfest waren sie in seinem alten Fiat übereinander hergefallen. Ein Ausrutscher. Ein Spaß. Nie hätte er Toni und Susi auseinanderbringen wollen, aber Trunkenheit und Geilheit waren Gift für jede Vernunft. Sie war bildschön gewesen, die Susi. Ja, sie hatten gerauft und sich angebrüllt, und Toni war mit gesenktem Schädel auf ihn los wie ein Stier. Er hatte sich nicht anders helfen können, als ihm einen Faustschlag zu verpassen. Er hat es genau im Kopf, sieht jede Einzelheit der Szene wie in Zeitlupe ablaufen, wie Toni sich aufrappelt, Blut läuft ihm aus der Nase, und er dreht sich um und torkelt voran. Dann klettert er einfach kopflos weiter. Ben will ihm zurufen, dass er aufpassen soll und keinen Mist machen, da hört er diesen markerschütternden Schrei.

Der klang ihm immer noch in den Ohren, wenn er manchmal schweißnass aus dem Schlaf fuhr.

Dass ihm niemand nachweisen konnte, dass er Toni gestoßen hätte, hatte keinen Einfluss auf das, was die Leute annahmen. Einige der Fotos hatte man in Tonis Brusttasche gefunden. Ruckzuck sprach es sich herum, dass sich Ben mit dessen Verlobter beim Gäubodenfest vergnügt hatte, während Toni hatte arbeiten müssen. Das Urteil war schnell gefällt. Dazu war Toni ein erfahrener Kletterer. Und jemandem musste man ein Etikett aufkleben, jemand sollte die Schuld tragen. Dass die Kriminalpolizei die Ermittlungen eingestellt hatte, weil sich keine Indizien für ein Verbrechen finden ließen, bedeutete in den Augen einiger, besonders von Tonis Angehörigen und Freunden, weniger als nichts. Hatte es da nicht diese beiden Bergsteiger aus München gegeben, die an den Streithähnen vor der Biwakschachtel vorbeigekommen waren? Nur vom Absturz auf dem Grat hatten die nichts mitbekommen.

Ben war der Schuldige, und ja, er gab sich die Schuld, auch wenn sein Freund nicht durch seine Hand gestorben war. Den Stoß hatte er ihm verpasst, als er nicht darauf verzichten konnte, seine Verlobte zu vögeln.

Er schrak auf wie aus einem Alptraum. Einen Moment brauchte er, um sich zu orientieren. Vor ihm erstreckte sich der Eibsee, und zwanzig Jahre waren vergangen.

Richie war aufgestanden und ließ seinen Blick über das Wasser schweifen.

Luigi hatte sich eine Zigarette angezündet. Seine Augen waren geschlossen, und die Sonne bestrahlte sein faltengekerbtes Gesicht.

»Wie geht's der Susi? Hat sie geheiratet?«, fragte Ben kaum vernehmlich.

»Ist weg«, meinte Luigi, ohne die Augen zu öffnen. »Verschwunden – ein Jahr nach dir. Niemand weiß, wohin.«

»Verschwunden?«

»Ja, so ist das«, meinte Richie und trank sein Bier aus. »Wie vom Erdboden verschluckt. Das ist scheißtragisch.«

Luigi warf Ben einen grübelnden Blick zu. Seine Augen verengten sich zu schmalen Schlitzen, als er an der Kippe zog. Er schwieg.

Ben dachte an dessen Mahnung bezüglich Richie. Er konnte sich darauf keinen Reim machen, beschloss aber, sie zu beherzigen.

»Weißt du, dass der Steck-Ludwig mit deiner Lissy verlobt war?«, wollte Luigi wissen.

»Der Steckerlfisch? Der Depp hat sich damals aufgedrängt, wollte unbedingt mit uns den Jubiläumsgrat machen. Wenn der nicht verschlafen hätte, wär vielleicht alles anders gekommen.«

»Wenn ich nicht am Tag zuvor beim Kicken einen abbekommen hätte …«, sagte Richie.

»Ja, wenn die Katz ein Eichhörnchen wär, würd sie Nüsse knacken«, merkte Luigi an und leerte sein Radler.

»Ja, aber der Steck«, nahm Richie den Faden wieder auf, »der hat die Lissy so lange angeschwänzelt, bis sie nachgegeben hat, als du längst weg warst.«

»Und warum hat sie ihn nicht geheiratet?«

Richie deutete mit der Flasche auf Luigi. »Wegen dem.«

Der Angesprochene lachte. »Der Steckerlfisch war bei mir mit Amigos zum Essen. Wie immer das Billigste, der Geizhals.«

»Pizza Margherita zu fünfzehn Euro?«, sagte Ben.

»Ja, und sie haben gesoffen bis zum Abwinken. Da fängt der Steckerlfisch an zu erzählen. Erst jammert er, die Lissy hätte ihn immer noch nicht rangelassen. Und er prahlt, was er alles planen und anstellen würde, wenn er erst die Wiesegger-Pension in den Fingern hätte und die Alten verreckt wären. Der hat gedacht, durch die Lissy könnte er reich werden – Stronzo!«

Ben ballte die Fäuste. »Die Sau!«

»Und ich habe das Lissy gesteckt, vom Steck«, beendete Luigi trocken die Erzählung. »Dem Steckerlfisch hab ich nie über den Weg getraut. Weißt du, er ist Männchen für alles bei dem Immobilienhai Schimmelpfennig. Er wird sich ein Beispiel an dem genommen haben, wie man sich bequem Häuser ergaunert.«

»Ob der die Bilder von Susi und mir geknipst hat?«, sinnierte Ben.

»Unwahrscheinlich«, sagte Richie. »Selbst wenn er dich aus dem Weg haben wollte, er konnte nicht ahnen, dass es so ausgeht. Wenn du und Toni euch schlicht aufs Maul gehauen hättet, wo wäre sein Gewinn?«

Ben und Luigi nickten.

»Im Übrigen fänd ich's schlauer, die Sache ruhen zu lassen und nicht drin rumzurühren«, sagte Richie und packte die Flaschen in seinen Rucksack.

»Sag das nicht mir, sondern dem, der mich vom Rad geschmissen hat.«

Richie starrte ihn einen Moment schweigend an. Seine Miene verfinsterte sich. »Lass uns weitergehen.«

»Ludwig Steck«, murmelte Ben und schüttelte den Kopf bei der Vorstellung, dass er den Steckerlfisch schlimmstenfalls als Schwager angetroffen hätte. Er bereute zutiefst, dass er Lissy alleingelassen hatte, mit dem Hof, der Pension und dem Rattenschwanz an Scherereien. Dass der Steckerlfisch der einzige Aspirant gewesen war, konnte er nur vermuten. Es sah nicht danach aus, als ob es einen Mann in Lissys Leben gab, und das fand er nur traurig. Vielleicht hatte er auch hier seinen Teil an Schuld, denn was immer Lissys Träume gewesen sein mochten, mit seinem Verschwinden hatte er sie wohl in Schutt und Asche gelegt.

16

Laura hatte einen Kälberdurchfall, eine Rinderbestandsbeschau frei nach dem Motto: Wartung statt Reparatur, einen fauligen Schafszahn, diverse Klauenerkrankungen sowie drei Stunden knochentrockener Büroarbeit hinter sich. Es war nicht leicht gewesen, ihren tierärztlichen Bedarf, inklusive mobiles Röntgengerät, in der japanischen Blechschaukel der Mayer unterzubringen, aber zur Not fraß der Teufel Fliegen. Ihre propere Assistentin hatte dazu gemeint, dass sie schon immer eine fähige Tetris-Spielerin gewesen wäre.

Zwischendrin war Veit mit dem Subaru aufgetaucht, frisch foliert. Er hatte ihr versprochen, am nächsten Tag die Scheibe austauschen zu lassen, und war mit einigen Proben, adressiert ans tiermedizinische Labor, wieder entfleucht.

Sie wusste, dass es eine trügerische Hoffnung war, sich auf den Feierabend zu freuen, Tiere besaßen dafür keinen Sinn. Trotzdem war sie in der Stimmung, die Mayer samt Veit zu einem Bierchen zu überreden, falls sie am späten Abend die Energie dazu aufbringen konnte. Sowohl Ferstls Attila als auch der rote Faden verloren sich im Gewirr ihrer Hirnwindungen und zogen sich in eine abgelegene Nische zurück. Sie hatte den ganzen Tag nicht mehr daran gedacht, so vollgepackt, wie er gewesen war. Jedes einzelne malade Viech verlangt von dir, dass du im Hier und Jetzt bist und nicht mit dem Schädel auf den Seychellen, dem Lover – oder wie in ihrem Fall bei einer Leiche und einer kaputten Autoscheibe.

Sie hatte sogar vergessen, Oberkommissar Hehnle zu kontaktieren, so wie sie es vorgehabt hatte. Er kam ihr zuvor. Mit seinem Anruf wurde der Tote präsent, als würde er vor ihr auf dem Boden liegen.

Sie müsse das Protokoll unterschreiben, das er brav ins Reine getippt hätte, und sie bräuchten eine Speichelprobe, um mögliche DNA-Spuren auf dem Opfer zuordnen zu können. Auf ihre Frage, ob ein Unfall ausgeschlossen sei, bekam sie keine Antwort. Die würde sie aus dem Burschen noch herauskitzeln. Pünktlich um acht schaltete die Mayer den PC aus. »So, das wär's«, seufzte sie und streckte sich.

Veit hatte den Gartentürsockel begutachtet und seine Anerkennung mit einem Kopfnicken kundgetan.

»Kennst du eigentlich die Pension Wiesegger?«, wollte Laura von ihm wissen.

Veit nickte. »Der alte Wiesegger hat mit meinem Vater jeden Freitagabend Schafkopf gespielt, bis er einen Schlag gehabt hat«, meinte er nach längerer Überlegung. »Der Junge, der Benjamin, soll jetzt wieder da sein. War gefeierter Journalist in Amerika, sagt man. Da gab es hier eine Geschichte, manche meinen, er hat einen Rivalen um ein Madl vom Berg gestoßen. Aber ewig her. Die Pension wirft nicht übermäßig ab, sagt mein Vater, zum Überleben zu wenig, zum Sterben zu viel.«

Veits lange Rede am Stück war für ihn untypisch. Laura wusste, dass er durchaus zu ausführlichen Monologen fähig war, zum Beispiel, als die Mayer ausgefallen war, wegen einer komplizierten Hämorrhoidenoperation.

»Manche meinen?«, fragte sie nach.

»Wie es halt so ist«, mischte die Mayer mit. »Nix Genaues weiß man nicht. Ich sag immer, Tratsch hat noch nie zu was Gutem geführt. Wenn was dran gewesen wär, hätt man ihn weggesperrt. Bums. Fertig. Trallala.«

Veit nickte bedächtig. »Mein Vater meint, das wär ein Schmarrn. Wegen ein bisserl Schnackseln bringst du niemanden um die Ecke. Auf dem Land raufen und erschlagen sich die Leut bloß wegen Grund und Boden, so war das schon immer, und so wird es bleiben.«

Als Ben von seinen beiden Wanderfreunden zu Hause abgesetzt wurde, stand Lissys Wagen auf dem Hof. Alles ruhte still und starr wie der Eibsee. Es war diese Stille, die ihn irritierte, selbst die Hühner schienen das Gackern eingestellt zu haben.

Als er ins Haus trat, merkte er sofort, dass der Frieden eine Illusion gewesen war. Er konnte die Aufregung physisch spüren, noch ehe er einem Menschen über den Weg gelaufen war. Es war, als ob das ganze Gebäude unter fiebriger Anspannung stand. Die Atmosphäre hatte sich verändert, es war schwer einzuordnen, er ahnte, dass Unheil hereingebrochen war.

Lissy trat ihm im Flur mit rot geweinten Augen entgegen.

»Was ist passiert?«, wollte er wissen.

Aus aufgeblasenen Backen ließ sie die Luft vernehmlich entfahren. Dann griff sie sich an die Stirn, offenbar als Hilfestellung, um klare Gedanken zu formulieren.

»Jetzt haben wir den Dreck«, sagte sie. Ihre Stimmlage spiegelte nicht die Anklage wider, die ihr Bruder erwartet hatte, sondern Verzweiflung.

»Dein spezieller Spezl hat sich unsere Gäste noch mal vorgenommen. Er hat ihre Koffer und Taschen durchwühlen lassen. Behandelt hat er sie wie Schwerverbrecher. Sie haben uns zwar keine Vorwürfe gemacht, abgereist sind sie trotzdem. Alle, sogar die Stammgäste. Ich kann es niemandem verübeln. Wer lässt sich gern von der Polizei so malträtieren, im Erholungsurlaub? Du hättest nicht mit seiner Josefa turteln sollen.«

»Ich hab mit der nie geturtelt, zefix! Sie hätt es vielleicht gern gehabt, was weiß ich. Zwanzig Jahre her. Was wollte der von den Urlaubern? Dreht der komplett am Rad, der Kasper!« Ben siedete das Blut im Kopf, als er sich Poschingers Wurstfinger vorstellte, die im Hab und Gut ihrer Gäste gewühlt hatten.

»Ich soll morgen gleich in der Früh aufs Revier zur Vernehmung«, murmelte Lissy kaum hörbar.

»Du? Wieso du? Ich dachte, der will mir eine reinwürgen.«

»Ja, das bestimmt auch. Komm in die Stube. Ich erzähl es dir«, hauchte seine Schwester und drehte sich um. Er sah ihre Schultern erbeben. Die ganze Frau zitterte wie ein Malariaanfall auf zwei Beinen.

Er folgte ihr, und sie setzten sich gegenüber an den Tisch.

Es wäre übertrieben zu behaupten, es hätte Ben aus den Socken gehauen. Er war härteren Stoff gewohnt, aus eigener praktischer Erfahrung. Zumindest war er baff. Nicht darüber, dass ein Taxifahrer zu Protokoll gegeben hatte, der tote Pensionsgast habe eine Aktentasche bei sich gehabt, die man vermisste. Aber er war am Abend vor seinem Tod mit Lissy zusammen in ihrem Auto gesehen worden. Hier blieb nichts unbeobachtet, außer der Einsamkeit.

»Ich bin mit ihm rumgefahren und hab ihm die Gegend gezeigt, das hat ihn interessiert, das Landleben, die Höfe.«

»Service am Gast. Wieso der Stress?«

Lissy senkte den Kopf, ihre Finger klopften nervös auf der Tischplatte.

»Wir haben bei der Wiese hinter der Pension Pichler angehalten, und die alte Pichler hat mit dem Prinz, ihrem Hund, eine Runde gedreht.«

»Und?«

»Sie hat uns gesehen und gedacht, wir schmusen.«

»Und?«

»Das hat gestimmt.«

»Ach du heilige Scheiße.«

Schweigen machte sich breit. Ben wartete darauf, was Lissy ihm noch offenbaren wollte. Er hatte kein Bedürfnis, sie zu drängen. Es schien Familienschicksal zu sein, im Auto in flagranti ertappt zu werden. Das war ihm eine Lehre. Fahrzeuge jeder Art waren für ihn jetzt und in Zukunft als Anbahnungsszenarien gestrichen.

Lissy brach in Tränen aus.

»Du weißt ja nicht, wie das ist«, schluchzte sie los. »Da hockst du hier und schaffst und tust, und das Leben zieht vorbei, so schnell kannst du gar nicht schauen. Das siehst du im Spiegel. Der macht dir nix vor. Und da ist niemand und nix, und du kommst nicht raus.«

Der Steckerlfisch fiel Ben ein. Es schien einmal jemanden gegeben zu haben, und der hatte Lissy auf ganzer Linie enttäuscht, der depperte Lurch.

»Und Georgius war einfach nett, weißt du, und kultiviert. Darf ich mir nicht auch einmal ein Abenteuer gönnen, einfach nicht an den geschissenen Alltag denken? Einfach was erleben?« Er nickte.

Bezüglich nett und kultiviert hatte er vom Redakteur Vogel Alternatives gehört, das würde er Lissy nicht aufs Brot schmieren. Außerdem waren kriminelles Milieu und weltmännisches Gehabe nichts, was sich gegenseitig ausschloss. Da genügte zur Anschauung ein Blick aufs Polit-Personal.

»Gut, und was denkt Poschinger?«

»Ich war die letzte Person, mit der Georgius gesehen wurde. Verstehst du? Sie haben sich gedacht, vielleicht hab ich seine Aktentasche und sein Handy, oder sie finden noch was – Belastendes?«

»Also glauben sie, der ist umgebracht worden? Und wir hätten hier einen wilden Bullen im Schuppen versteckt, oder was?«

»Sie ermitteln in alle Richtungen, haben sie gesagt.«

»Sie stochern im Nebel und wissen nix. Mehr hätt ich dem Wachtmeister auch nicht zugetraut.«

»Aber das spricht sich rum. Meinst du, die Pichlerin erzählt das nicht überall? Und wenn es in der Zeitung stünde, was hieße das? Da kriegen wir doch keine Gäste mehr. Und der Poschinger hat's eh auf uns abgesehen, wegen dir.«

Ben stand auf und holte sich ein Helles aus dem Kühlschrank. Wegen dir? Was wäre, wenn er mitbestimmte, was in der Zeitung stand? Sollte er Vogels Angebot annehmen? Und was würde daraus für ihn erwachsen? Vernünftig schreiben, konnte er das überhaupt noch? Allein der Gedanke wog schwer, als hätte er einen Baumstamm geschultert. Sein individuelles Kreuz.

»Lissy«, begann er behutsam und versuchte ihr in die Augen zu schauen. »Ist das alles, was du weißt? Was ist mit dieser Aktentasche?«

Sie zuckte mit den Schultern und starrte an ihm vorbei ins Leere.

»Was habt ihr – danach – gemacht?«

»Ich sollte ihn rauslassen, er wollte einen Nachtspaziergang machen, allein und für sich sein.«

»Für sich sein«, das klang maximal kultiviert und formvollendet. Sofortiges Umdrehen und Wegschnarchen nach dem Happy Ending entsprang derselben männlichen Bedürfnisquelle, sinnierte Ben.

»Und du bist nach Hause gefahren?«

»Ja freilich – machst du jetzt schon ein Verhör?«

Er winkte ab und nahm einen guten Schluck. »Wird sich alles klären, kein Drama. Und Lissy – scheiß drauf, wenn nicht du, wer hätte dann ein Recht, es mal ordentlich krachen zu lassen?«

Sie hatte ja kaum ahnen können, dass ihr personifizierter Urlaub vom Alltag sich als kriminelles Subjekt entpuppt, das später zerquetscht in der Gegend herumliegen würde. Wer konnte schon wissen, wo der feine Georgius sein Täschchen verlegt hatte?

»Wie soll ich es der Mutter beibringen? Wenn die Pichler sie beim Metzger trifft …«

»Kriegen wir hin«, sagte Ben sanft, »kriegen wir alles hin. Lass die Pichler sich das Maul zerreißen. Ihr Mann ist vor zwanzig Jahren schon so dahergekommen, als würd er den Sauen das Mastfutter wegfressen. Da liegt der Neid jede Nacht mit im Ehebett.«

Überzeugt war er nicht, aber vielleicht überzeugend. Er würde dem Vögelchen ermöglichen, ihm etwas vorzuzwitschern, und zu ihm in den Käfig kommen müssen. Dazu müsst er sich aufmachen in den Gasthof Zum Wilden Hirsch. Nicht alle Stammgäste dort wären leicht verdauliche Kost, Ben spürte schon im Voraus seinen Magen rebellieren.

»Der alte Pichler ist letztes Jahr gestorben«, meinte Lissy trocken. »Es wär ein Herzschlag auf dem Scheißhaus gewesen, haben sie in der Metzgerei gesagt.«

17

Der Gasthof Zum Wilden Hirsch war gut frequentiert um diese Zeit. Er lag zwar zentral im Herzen von Garmisch, kam aber nicht protzig und marktschreierisch daher. Rustikal, behaglich, und die Geweihe an den eichenholzgetäfelten Wänden waren so obligatorisch wie das Rehragout, für das er berühmt war. Laura hatte einst während ihres Studiums einen Jagdschein erworben. Es entsprang dem archaischen Wunsch, das Fleisch, das man vertilgen will, selbst zu erlegen und nicht erst als paniertes Schnitzel auf dem Teller vorzufinden. Es sollte ja Kinder geben, die glaubten, Fischstäbchen und Bärchenwurst kämen in der Natur vor. Tatsächlich hatte sie einige gepfefferte Kaninchen in die Pfanne bekommen und lebensüberdrüssige Wildschweine vor die Flinte. Die ganze Jagerei hatte ihren Reiz, die Natur, der Ansitz, die Anspannung, das Adrenalin beim Schuss, aber bald konzentrierte sie sich auf die Heilung von Tieren. Sie hatte keine Freude mehr daran, Bambis Mutter das Licht auszublasen zwecks Rehragout. Ihr reichte der Gedanke, dass sie es könnte, anders als diejenigen, die sich Tag um Tag Schweinshaxe oder Leberkas einverleibten. Den Quiekmatz vorher händisch abzumetzgern war schon eine andere Nummer. Da müsste so mancher und manche auf Sojawürstel umsteigen.

Der Hirschen war Veits Vorschlag gewesen, und Laura wollte ihn nicht enttäuschen. Sie ergatterten ein freies Plätzchen und bestellten die Getränke. Die Speisekarte war garantiert sojafrei. Anderswo in Garmisch-Partenkirchen hatten die Wirte das Vegetariervolk längst als Zielgruppe entdeckt, die urlaubende Naturfreundin schätzte ja oft den Geschmack von Gesundheit und Fitness als Gaumenkitzel. Im Mayodressing ersäufter Beilagensalat hatte als Alibikost längst ausgespielt.

Beim Hirschen allerdings vertraute man auf traditionelle Gerichte. Das vegetarischste Gericht waren Allgäuer Kässpätzle nebst Schinkenapplikationen. Ebendie sollten es für Laura sein. Veit und die Mayer waren erpicht aufs Rehragout.

Der Nachteil am Hirschen für Laura bestand darin, dass sie die eine Hälfte der einheimischen Gäste zuordnen konnte und von der anderen nicht wusste, ob sie diese kennen müsste. Nachdem sie gefühlte zwanzigmal den Menschen an den umliegenden Tischen zugenickt hatte, verspürte sie eine leichte Halsstarre. Oder es erwachte Halsstarrigkeit in ihr, nicht jedem und jeder ein zuvorkommendes Lächeln samt erhobenem Glas präsentieren zu müssen. Ruhe nach dem Tagwerk schrieb sich anders. Da hätte es eine Lieferpizza für zu Hause getan, die gab es auch mit Käse und Schinken.

Zwei Tische entfernt, unter der großen Stammtischglocke, hatte sich eine eingeschworene Gemeinschaft älterer Einheimischer breitgemacht, traditionelle Männerrunde, die lautstark fachsimpelte über die Grünen, die gesichteten Wölfe und das Kreuz mit dem Verkehr, während sie sich Bad Kohlgruber Hörnlegold hinter die Binde kippten. Den Nebentisch besetzte eine sichtlich von der Atmosphäre beeindruckte Urlauberfamilie. Sohn und Tochter im Teenageralter starrten die Hirsch- und Steinbockgeweihe an, als wären sie in einer prähistorischen Höhle gelandet. Klassische Fischstäbchenklientel. Links im Eck neben der Tür saß die Familie Kreitmeir, deren ganzer Stolz der zwölfjährige Filius war, der selbstständig die Stallhasen schlachtete. Bei dessen Anblick konnte Laura sich vorstellen, wie er sie kalt lächelnd und mit leuchtenden Äuglein ausbluten ließ. Aber festzustellen war: Kreitmeirs propere Langohren strotzten wie seine Shetlandponys vor Gesundheit.

Aus verborgenen Lautsprechern ertönte dezente Zithermusik. Laura stellte fest, dass sie dringend abschalten musste, all die Geschichten der Leute samt ihren Vierbeinern aus ihrem Hirn verbannen. Lecker essen und trinken und Schluss.

»Was ist los?«, wollte die Mayer wissen, und Laura fiel auf, dass sie geraume Zeit geschwiegen hatte.

Bevor sie etwas darauf erwidern konnte, bemerkte sie, wie sich mehrere Köpfe der Eingangstür zuwandten. Der Stammtisch verstummte.

Als Ben die Tür aufstieß, holte er tief Luft. Ein dampfiger, schwerer Dunst aus Gebratenem, Bier und Menschenansammlung umfing ihn. Warum ging ihm gerade Gary Coopers Rolle in »High Noon« durch den Kopf? Er hatte weder vor, Rehragout zu spachteln, noch, sich länger als nötig im Hirschen herumzutreiben. Sollte er Chefredakteur Vogel vorfinden, würde er ihn für eine Unterredung nach draußen bitten. Er fühlte sich nicht in der Verfassung, herausfordernd durch den Gastraum zu schlendern.

Lissys augenblicklicher Zustand gab ihm dieses »Scheißegal-Gefühl«, das er benötigte, um das Getuschel hinter seinem Rücken ignorieren zu können.

Mit einem Rundumblick scannte er die Anwesenden. Der Steckerlfisch sah von seinem Teller auf und erwiderte seinen düsteren Blick, daneben thronte Poschinger nebst Gattin. Der schlang Josefa unvermittelt den Arm um die Schulter und zog sie grob zu sich, sodass sie sich Wasser ins Dekolleté schüttete. Beide stierten Ben aus unterschiedlichen Motiven an. Mit einem Ruck befreite sich die Frau aus der Umkrakung ihres Göttergatten. Sie griff nach einer Serviette, mit der sie die Dirndlbluse betupfte. Die war weiß-blau.

Ben beobachtete, wie Josefa von ihrem Stuhl aufruckte. Sie zischte Poschinger etwas zu. Ehe der reagieren konnte, schritt sie mit erstarrter Miene Richtung Ausgang. Der schiefe Haussegen war wohl krachend heruntergepoltert.

Hinten im Eck saß Doc Schmerlinger, die just einen Spätzleteller serviert bekam. Aus ihrer unergründlichen Miene wurde er nicht schlau. War das spöttische Neugier? Sie teilte sich den Tisch mit einem kantigen Mittvierziger und einer vollschlanken Madam mit Bubikopffrisur.

Vogel bemerkte er in einiger Entfernung inmitten einer Gruppe Menschen, die angeregt aufeinander einredeten. Diverse

Rotweinkaraffen, Smartphones in schreiend bunten Hüllen und Notizhefte waren verstreut, wie auf einem Grabbeltisch vom Ein-Euro-Shop. Das mochte die Zeitungsbelegschaft sein. Er müsste den gesamten Gastraum durchqueren, um zu ihnen zu gelangen.

»Da schau her«, tönte der Steckerlfisch, »auf dich hätten wir gern verzichtet, Wiesegger. Da schmeckt mir gleich das Essen nicht mehr.« Er nahm einen Schluck vom Weißbier. Seine Augen blitzten herausfordernd.

Ben blieb stehen und wandte sich ihm zu.

»Steck, ich hab gehört, du bist noch Jungfrau«, sagte er. »Das ist tragisch.«

Zwei, drei Männer hinter ihm stimmten ein höhnisches Gelächter an. Steck setzte das Glas ab und hustete.

»Für die Weibsleut ist da nix tragisch«, rief einer vom Stammtisch. »Im Gegenteil.«

»Die schlagen drei Kreuze, dass der Kelch an ihnen vorbeigegangen ist«, ergänzte sein Spezi.

Wäre Musi im Raum, würde sie jetzt einen Tusch spielen.

»Schlagts euch erst den Schädel ein, wenn ich mein Ragout gegessen hab.« Die männliche Stimme kam vom Tisch der Tierärztin. Ihr Begleiter bekam gerade seinen Teller. Mit der Gabel deutete er auf Steck.

»Sag amal, Veit!«, wurde er von Bubikopf zurechtgewiesen.

Steck ruckte mit fahrigen Bewegungen hoch. Er schien einige Halbe intus zu haben. Sicherer Stand fiel ihm sichtlich schwer. Sein Unterkiefer schob sich nach vorn, seine Wangenmuskeln zuckten. Er überragte Ben um einen Kopf, war aber geschätzte zwanzig Kilo leichter. Steckerlfisch halt.

»Tragen wir es aus, Wiesegger!«, bellte er und hob die Fäuste.

»Du gehörst in die Manege, Steck.« Ben klatschte ihm lachend Beifall. »Wirklich ganz groß.«

Ein Kellner stapfte herbei und stellte sich zwischen die beiden. Massiv wie ein Brückenpfeiler, der Brustkorb hantelgestählt, die weißen Hemdsärmel nach oben gerollt.

»Man macht keinen Ärger, oder?«, grollte der Golem mit sächsischem Slang. »Sonst raus, aber fix und flotti, Karotti.«

Steck wurde von den Umsitzenden aufgefordert, sich gefälligst wieder auf seine vier Buchstaben zu setzen und nicht herumzuplärren wie ein Jochgeier.

Am Stammtisch zeigten die Mienen leise Enttäuschung. Die Gaudi war ausgefallen, aber, wie Ben vermutete, nur aufgeschoben. Er kannte außer Poschinger niemanden an Stecks Tisch, aber von denen würde ihm keiner die Facebook-Freundschaft anbieten. Steck plumpste auf seinen Hintern, die Show war abgesetzt.

»Dafür haben wir die Polizei«, raunte Ben dem Kellner zu und deutete mit dem Kinn Richtung Poschinger. »Ich meine, für den Ärger.«

Er zeigte ihm beschwichtigend die Handflächen und gab die personifizierte Harmlosigkeit, bevor er an Vogels Tisch trat.

»Sie lieben den spektakulären Auftritt«, sagte der.

Ben zuckte mit den Schultern. »Ich muss viel nachholen – könnt ich Sie sprechen, draußen?«

Vogel nickte mit hintergründigem Lächeln, mancher würde dazu »sardonisch« sagen, dann ließ er seine Schar wissen, dass er gleich wieder da wäre. Vor Ben wand er sich durch die Tischreihen Richtung Ausgang.

Draußen zündete sich Vogel eine Zigarette an und musterte Ben von oben bis unten, als wäre er Juror bei »Deutschland sucht den Superdepp«.

»Ich hab mich ein wenig über Sie umgehört«, sagte er und blies den Rauch aus. »Sie polarisieren, das gefällt mir.«

Mehr als ein »Aha« brachte der so Gelobte nicht heraus.

»Und ich hab läuten hören, Sie waren praktisch der Best Buddy eines US-Präsidenten gewesen«, fügte der Journalist an.

»So weit würde ich nicht gehen«, murmelte Ben und sah an seinem Gegenüber vorbei Richtung Eingang.

»Wie dem auch sei«, begann Vogel die Einleitung zum geschäftlichen Teil.

Ben hörte nur halbherzig zu, wie sein kommender Chef ihm

die Konditionen, Vergütung und Regularien herunterbetete. Er erfuhr, dass er täglich Rückmeldung geben sollte über den neuesten Stand seiner Nachforschung und wie die Artikel auszusehen hatten. Drinnen würde ein »Herbie« sitzen, der bisher mit dem Todesfall betraut war, und ihm alle Informationen aushändigen.

Ben nickte und schlug in die ausgestreckte Pfote ein, die vor seinen Bauch gehalten wurde.

Vogel nickte zufrieden und griente. Er schien sich über seinen Coup zu freuen, einen Star-Journalisten geködert und aus dem Teich gezogen zu haben.

»Kennen Sie Frau Schmerlinger, die Tierärztin?«, wollte er wissen.

»Flüchtig.«

»Sie sollten mit ihr sprechen, die hat den Toten auf der Weide gefunden. Sie sitzt drinnen.«

»Ich weiß«, bestätigte Ben, um seinem Gegenüber investigativen Spürsinn vorzugaukeln. »Mach ich.«

Vogel gab ihm die Adresse des Redaktionsbüros. Dann trat er energisch die Kippe aus und begab sich wieder in den Hirschen.

»Morgen früh«, warf er Ben zu.

Der stand unschlüssig vor dem Eingang. Er hatte weder Lust noch Muße, den Gasthof wieder zu betreten, um sich vor aller Augen Frau Schmerlinger zuzuwenden. Er konnte sich nicht vorstellen, dass sie willig wäre, in geselliger Runde bei Rehragout und Weißwein über ihren Leichenfund mit ihm zu plaudern. Dagegen wäre Belästigung ein Kavaliersdelikt.

Eine Hand auf seiner Schulter ließ ihn herumwirbeln. Er machte einen Satz zurück, um aus der Reichweite des Grapschers zu kommen. Böser Fehler! Eine Treppenstufe ließ ihn stolpern, und er saß jäh auf dem Hintern. Das Stechen der Rippen war höllisch. Er ächzte auf.

Der Mann rückte ihm nah auf den Pelz und starrte auf ihn herunter. Wenn er auf Ben losgehen wollte, wäre das der passende Moment. Wehr- und hilflos! Er rappelte sich hoch. Vielleicht sollte er um Hilfe brüllen? Das wäre ein gefundenes Fressen für die Polizeimacht im Hirschen. Das Adrenalin fuhr ihm durch den Leib, als hätte er in die Steckdose gegriffen.

Er kannte die Figur nicht, was aber nichts heißen wollte. Ein jeder und eine jede könnte ihn als Fußabtreter benutzen, um sich billig Beifall abzuholen.

Es handelte sich um einen Vollbärtigen im Trachtenanzug, mindestens Ende fünfzig, jedoch dürr und sehnig. Als Gegner unangenehm. Den Filzhut hatte er tief ins Gesicht gezogen, und der Griff eines Hirschfängers ragte aus der passenden Tasche seiner Kniebundhose. Ben konnte die Visage im Schatten nur erahnen.

»Sie sind der Journalist aus Amerika?«, zischte der Unbekannte ihm halblaut zu. »Ich hab Sie mit dem Vogel sprechen hören.«

»Und?«, flüsterte Ben, inzwischen wieder stehend, die Hände in Abwehrhaltung. Er spürte, wie ihm ein Schweißtropfen die Wange hinunterlief. Weit und breit war niemand sonst zu erblicken, aber die wachsame Attitüde des Mannes griff auf ihn über.

»Ich hab brisantes Material«, sagte der.

»Über was?«, fragte Ben verblüfft.

»Wenn Sie so wollen, bin ich ein Whistleblower. Gehen wir ein paar Schritte?«

Ben streckte den Arm aus, um ihm zu verdeutlichen, er solle vorangehen.

Der Mann warf einen Blick ins Rund, bevor er losmarschierte.

»Hören Sie zu, alles, was ich Ihnen sage, ist essenziell für Garmisch.«

»Verstehe«, sagte Ben, der nichts verstand.

Vielleicht war »Verstand« überhaupt das Kernthema, und sein Gegenüber hatte den seinen an irgendeinem Ort verschmissen. Zumindest ließ seine Haltung es vermuten. Er war garantiert mit dem Ortsfaktotum on the road, das ihn jetzt nicht mehr aus den Klauen ließ, um ihn stundenlang vollzuschwallen.

»Es geht um eine maximale Schweinerei«, meinte der Bärtige, »und ich glaube, Sie sind der Mann, der sie aufdecken könnte.« Eindeutig gaga oder einen zu viel in der Krone. Ben überlegte, wie er ihn abschütteln konnte. Musste er noch einmal in den Wilden Hirsch?

»Ein großer Deal.« Der Mann tänzelte inzwischen neben ihm her wie ein Galopper vor dem Start.

»Da schau her«, murmelte Ben. »Weltverschwörung, oder? Seien Sie unbesorgt, da bin ich eh dran.«

Sein Begleiter wedelte mit den Armen und grunzte auf. Diese Kategorie Mensch solltest du nicht reizen. Schon gar nicht mit einem Hauch von Wahrheit oder Zynismus. Gegen beides war sie empfindlich wie der Allergiker in der Polleneinflugschneise.

»Grundstücke«, wisperte er, wobei er sich Ben zuneigte, als wollte er ihm am Ohr knabbern.

»Aha, das Zauberwort«, sagte der.

Sobald es um Besitz, Grund und Boden ging, waren Zank, Betrug, Gemauschel, Mord und Totschlag so allgegenwärtig wie das Kruzifix im Herrgottswinkel. Zerwürfnis, vererbter Hass in vierter Generation, Familienfehden, vergossenes Blut am Grenzstein, jede Gemeinde kannte tragische Fälle zuhauf. Ben hatte keinerlei Lust, sich auf dieser alten Leier Lieder vorzupfen zu lassen.

»Bei Grundstücken bin ich raus. Gehen Sie damit zu Vogel.«

»Ach, der Vogel. Ein Feigling vor dem Herrn.«

Warum bloß? Der schien nicht so blöd wie Ben zu sein, der sich in einer dunklen Seitengasse das Hirn zermartern musste, wie er den schrägen Gesellen an seiner Seite wieder losbekam, der an ihm klebte wie ein breit getretener Kaugummi. Ben roch eine Mischung aus Pfefferminz und lang getragenen Socken.

Unter der Trachten-Joppe zog der Mann jetzt ein bunt bedrucktes Papier hervor und wedelte damit herum.

»Was ist das?«, wollte Ben wissen und bereute die Frage sofort. Nicht ermutigen!

»Ein Prospekt. Schauen Sie, hier soll ein Urlaubsresort entstehen, zwanzig Tiny Houses, Dampfbäder, Schwimmbad, Wellness, Theatron et cetera.«

»Verstehe – dort ist der Laichplatz der seltenen Großmaulkröte, oder es wächst ein schützenswerter Knöterich.«

»Schmarrn, Sie kapieren es nicht. Schade. Ich hätt Sie mir gewiefter vorgestellt.«

»Diese Vorstellung hatten Sie ganz allein für sich.«

»Der Prospekt ist vom Bauunternehmer Hans Schimmelpfennig. Aber der Grund gehört ihm nicht. Noch nicht. Den wird die Gemeinde teuer erwerben und ihn dann dem Schimmelpfennig unter Preis zuschustern. Spezlwirtschaft vom Dreckigsten.«

»Und was ist originell am Zuschustern? Da haben die bayerischen Parteifreunderl eh das Copyright drauf. Leben und leben lassen. Juckt keine Sau – ich mein außer Ihnen.«

Sein Gegenüber wirkte desillusioniert. Der Rücken krümmte sich, und die Schultern wanderten Richtung Ohr. Offenbar hatte er seine Hoffnungen auf den Star-Journalisten konzentriert. Der Bärtige durfte sich in die Legion Enttäuschter einreihen, die kopfschüttelnd durch Bens Erinnerungen paradierten.

Er wurde genötigt, den Prospekt in seine Tasche zu schieben. Um die Unterredung zu beschleunigen, tat er dem Mann den Gefallen.

»Ich sag Ihnen was«, meinte der Whistleblower. »Hans Schimmelpfennig, wenn der das nicht bauen kann, ist der am Ende, der zockt ums Überleben, hat sich an einem Hotelkomplex verschluckt – und er geht über Leichen. Eine Schweinerei!«

»Woher haben Sie den Prospekt, der ist ja nicht unter die Leut gekommen, oder?«

»Das sag ich Ihnen ein andermal – falls Sie interessiert sind.«

»Und wer sind Sie?«

»Unwichtig. Übermorgen bin ich mittags auf dem Wank unterwegs.« So plötzlich, wie er aufgetaucht war, verschwand der skurrile Pfeifenbläser in der Dunkelheit. Ben stand da mit einem Prospekt in der Tasche, und die Fragen linierten seine Stirn mit Falten.

Schimmelpfennigs Mauscheleien mit dem Gemeinderat tangierten ihn nicht, nur bei dem Wörtchen »Leichen« hatte er aufgehorcht. Bestimmt Bestandteil von Schimmelpfennigs Charakterzeichnung, aber es sensibilisierte seine Sinne. Könnte alles miteinander zusammenhängen? Er musste über sich schmunzeln. Ein »Alles« gab es höchstens bei zu üppiger Phantasie und gesteigertem Hang zu »Da-Vinci-Codes«.

Ja, er hatte sie schätzen gelernt und ausgebeutet, diese zweifelhaften Verknüpfungen und die scheinbare Logik. Dichterische Freiheit. Stolz war er nicht auf seine Artikel von merkwürdigen Phänomenen und Extremitäten raubenden Aliens, die er an diverse einschlägige Magazine verkauft hatte. Inklusive gefakten Interviews mit tumben einbeinigen oder einarmigen Bewohnern abgelegener Käffer, denen Außerirdische, Werwölfe oder Vampire übel mitgespielt hatten. Zusammengestöpselte Massenware für eine Handvoll Dollar, Lichtjahre entfernt vom Pulitzerpreis oder einem Funken an Selbstachtung. Neben Sportberichten aus der Provinz war das sein »Handwerk« gewesen, um sich halbwegs über Wasser zu halten. Oft genug waren die Wellen der brackigen Brühe über ihm zusammengeschlagen.

Das hier war Garmisch-Partenkirchen mit den üblichen zwielichtigen Geschäften wie anderswo auch. Als Zugabe gab es einen verunfallten Möchtegern-Torero, der vermutlich in der Vergangenheit beim Knabbern von Haschplätzchen erwischt worden war. Basta. Und für ihn galt es, schnellstmöglich einen Artikel zu fabrizieren, der die Rolle seiner Schwester unerwähnt ließ, auf alternative Fährten verwies – und auf die Unfähigkeit der hiesigen Polizeitruppe in Gestalt von Poschinger. Das würde ihm ein Fest sein, und er war Profi genug, um Tatsachen zu wenden und zu drehen, wie das Schweinerne auf dem Grill.

Nur ein Fakt war sicher. Wegen des bärtigen Whistleblowers würde er keine Bergwanderung unternehmen, nicht mal eine Gondelfahrt, so schön es auf dem Wank auch war an sonnigen Tagen.

18

Er schlenderte, die Hände in den Hosentaschen, zurück zum Hirschen. Und weil der Zufall manchmal einen Sechserpasch würfelt, kam just Frau Schmerlinger durch die Tür spaziert. »Ach, Sie«, kam es von ihr. Die Frau ging an ihm vorbei und nickte ihm zu. Es war diese Art von Kopfbewegung, die ihm sagen sollte »Schönen Abend noch« und Gesprächsangebote nicht inkludierte.

Er neigte leicht den Kopf.

Sie schien es sich anders überlegt zu haben, denn sie blieb stehen und wandte sich zu ihm um.

»Ihr Auftritt vorhin, war das nötig? Warum so auf Krawall gebürstet?«

Darauf wusste er nichts zu erwidern. Er hätte sich die Frage ja selbst nicht beantworten können.

»Ich arbeite für den Garmischer Kurier«, sagte er stattdessen. »Recherchiere im Fall unseres gemeinsamen Bekannten, ich meine den Toten auf der Weide. Können wir uns darüber unterhalten?«

Laura war weit davon entfernt, Ben Wiesegger einschätzen zu können. Sie versuchte sich aus dem, was sie erlebt und erfahren hatte, ein Bild zusammenzupuzzeln. Was Veit ihr geschildert hatte über den Bergunfall vor zwanzig Jahren, seine nächtliche Nummer bei ihr samt Übernachtung im Auto und der Auftritt im Hirschen machten sie zumindest neugierig. Kein Kerl von der Stange, schräg, zu gut im Futter, auf den ersten Blick niemand, um den man einen Bogen machen musste. Er hatte diesen melancholischen Blick eines Typen, bei dem das Schicksal des Öfteren die Goasl geschwungen hatte und der nicht mehr auf den großen Wurf vertraute. Dass Zynismus sein bester Kumpel zu sein schien, führte sie darauf zurück.

»Was wollen Sie denn wissen?«, fragte sie.

»Na ja, wie das war. Sie spazieren daher, und da liegt ein Toter im Gras. That's all?«

»So in etwa.«

»Und Sie rufen die Polizei?«

»Zuerst ist der Ferstl gekommen. Der Bauer, dem die Weide und die Viecher gehören.«

»Und – sein Bulle war der Mörder. Der Mann war doch fertig mit der Welt.«

»Schon möglich. Vielleicht waren es ja nicht seine Viecher.«

»Wenn nicht, dann müsste den Toten wer hingeschafft haben.«

Laura seufzte. »Sie werden darüber schreiben, was ich erzähle, oder?«

»Kommt drauf an. Seien Sie mir nicht bös, es kommt mir vor, als würden Sie überlegen, was Sie mir sagen wollen und was nicht. Dabei haben Sie bloß die Leiche gefunden.«

»Gehen wir ein Stück.«

Sie brauchte eine zweite Meinung. Eventuell war es gut, abzuklopfen, ob man ihn ins Vertrauen ziehen konnte. Denn vielleicht hatte er Informationen, die sich mit ihren deckten.

»Schon weitergekommen mit dem roten Faden?«, wollte er wissen.

»Ach, vergessen Sie den Schmarrn«, sagte sie. »Morgen ist meine Scheibe wieder ganz.«

»Sie haben gut reden, mein Shirt vergess ich nie.«

»Nageln Sie ein Marterl zusammen und stellen Sie es auf, das hilft bei der Bewältigung.«

»Sie sind arg gefühllos.«

»Mein zweiter Vorname.«

»Meiner ist Maximilian, nach meinem Opa.«

»Ich bin müde. Haben Sie Ihr Oldtimerrad hier? Dann könnten Sie mich ein Stück begleiten. Aber nicht dass Sie wieder runterfallen.«

Er nickte. Sie wandten sich ihren Fahrrädern zu, die einträchtig nebeneinander vor dem Hirschen parkten, das schwarze, massige Ungetüm und das zierliche rote Mountainbike.

Eine Viertelstunde radelten sie dahin, bis sie in die Gasse einbogen, die zu ihrem Häuschen führte. Sie stiegen vom Rad, und Ben lehnte das seine an den Jägerzaun.

Laura war sich den ganzen Weg über nicht schlüssig geworden, ob sie den Ben Wiesegger zu sich einladen wollte. Sie hatte einen harten Tag hinter sich. Ihre Müdigkeit plädierte dafür, ins Bett zu gehen. Sie könnte sich mit ihm in den Garten setzen auf ein Betthupferl in Form eines Glases Primitivo, bevor sie ihn davonscheuchte. Ob er sich als Quelle erwies, die sie anzapfen könnte, um mehr herauszufinden? Sie würde es nicht vermeiden können, sich morgen mit Ferstl zu treffen. Dem zertrampelte Attila gerade die Nerven.

»Wissen Sie, Ferstls Stier, der Attila ...«, setzte sie an.

»Da schau her«, unterbrach sie ihr Begleiter und deutete Richtung Haus. »Ist das neu?«

Im schwachen Licht des Mondes musste man genau hinsehen, aber was da an ihrer Hauswand prangte, war groß genug.

»Hure« stand da, hingepinselt in roten Lettern, in zwei Metern Höhe.

»Sapperlot«, sagte Ben. »Ich hab gedacht, Sie sind Tierärztin. Die Lüftlmaler früher pinselten eine Spur dezenter.«

»Scheiße«, war das Einzige, was Laura sagte und dachte. Ihre Nachbarn waren zu nichts zu gebrauchen außer zum Glotzen. Für die grobe Malerei hatte der Schmierfink garantiert eine Leiter benutzt – in aller Seelenruhe.

»Vielleicht sollten wir den roten Faden aufrollen«, meinte Ben.

»Das scheint sich einzubürgern, dem anderen die Meinung an die Wand zu schmieren.«

»Wieso?« In Laura stieg die Verwirrung. »Wem denn noch?«

»Mir.«

»Auch Hure?«

»Mör.«

»Mör? Ein Legastheniker?«

»Gestört worden.«

»Verstehe.« Sie grübelte einen Moment. »Halten wir eins fest: Bevor Sie in Garmisch aufgetaucht sind, war es ein friedlicher Ort. Was schließen wir daraus?«

»Na, ich hab nichts hingepinselt und niemanden zertrampelt.«

»Aber wegen Ihnen …«

»Ach so – ich wär verantwortlich. Muchas gracias. Haben Sie mit mir rumgehurt? Das wüsst ich.«

»Das wüssten Sie nicht, in dem Zustand, in dem Sie waren – aber seien Sie beruhigt: großes Nein.«

»Das ›Nein‹ klang so evident, das kränkt mich schon. Und selbst wenn, wen würde es kratzen?«

»So empfindlich? Und wen es kratzen würde, dürfen Sie nicht mich fragen, sondern sich.«

Sie griff zum Handy und wählte Veits Nummer. »Wir haben ein Problem.«

»Nix, was sich nicht lösen lässt«, hörte sie ihn lallen. Das Stimmenwirrwarr im Hintergrund vermittelte ihr, dass er mit der Mayer noch im Hirschen zechte. »Sollen wir vorbeikommen?«

Großartig! Dann wäre sie schuld, falls er im Seier von der Leiter fiele, und die Mayer würde am Rad drehen. Nichtsdestotrotz, das Wort sollte bis zum Morgen verschwunden sein, körperliche Risiken waren vernachlässigbar.

»Ja«, sagte sie trotz Bedenken, »bitte, spätestens in einer halben Stunde, und bring eine Leiter und weiße Fassadenfarbe mit.«

»Lust auf ein Glas Primitivo, während wir warten?«, sagte sie an Ben gewandt. »Sie können sich später mit Veit nützlich machen.«

Der Mann verzog das Gesicht, körperliche Arbeit schien er zu verabscheuen.

»Wie wäre es mit Polizei?«

»… und mach mich gratis zum Ortsgespräch. Werbewirksam geht anders.«

»Wollen Sie nicht Ihre Lupe holen, vielleicht klebt ein Faden auf der Farbe.«

»Gute Idee«, meinte Laura und weidete sich am verdutzten Gesicht ihres Gegenübers. »Ein Haar könnte dran kleben, falls die Täterin keine Haube aufhatte. Aber ich hab keine Lust, das Wort auch noch zu bestrahlen für alle Welt, und so kann ich nichts erkennen.«

»Bei Echthaarpinseln eh schwierig. Am Ende war es ein Marder. Wieso Täterin?«

»Intuition.«

»Warum kein Ex?«

Die Erwähnung eines »Ex« ließ Gänsehaut auf ihren Oberarmen entstehen. Ihr fiel nur einer ein, auf den dieses Attribut passte, und sein Auftauchen würde alles das umstürzen, was sie sich in harter Arbeit aufgebaut hatte. Diese Art, sich in Erinnerung zu bringen, würde zu ihm passen.

»Sie sind ein arg Spaßiger und riskieren grad Ihren Wein«, sagte sie, wobei sie versuchte, ihre Stimme gleichgültig klingen zu lassen. »Wie wär's mit Ihrer Ex?«

Dem Spaßigen sah man an, dass er schon einen Gedanken weiter war. Offenbar hatte er nicht zugehört. Er trabte schweigend neben ihr durch den Garten zum Haus.

Bens Hirn versuchte sich daran, alles, was ihm in den letzten Stunden und Tagen widerfahren war, an die Leinwand zu werfen. Hatte die Tierärztin recht? Hatte er mit seinem Verhalten einen Stein losgetreten, eine Lawine ins Rollen gebracht? Womit? Wahrscheinlich genügte seine pure Existenz. Ein Sauhund hatte ihn vom Fahrrad geworfen, ihn an der Scheunenwand als »Mörder« beschuldigen wollen. Lissy steckte mutmaßlich in Schwierigkeiten, weil ein feister Wachtmeister ihm die Pest an den Hals wünschte. Dennoch hatte er weder was mit der Leiche noch mit Grundstücksgemauschel oder Frau Schmerlingers »Kunst am Bau« zu schaffen. Nicht jeder Faden gehörte zum gleichen Kittel.

Er hatte festgestellt, dass »Mör« und »Hure« verschiedene Urheber haben konnten. Das halbe Wörtchen auf seiner Scheunenwand war gesprüht, die Verzierung an der Hauswand der

Schmerlinger eindeutig mit dem Pinsel hingeschmiert. Warum sollte Täter oder Täterin unterschiedliche Methoden anwenden? Sprühdose leer? Das Weinglas in der Hand drehend, besah er sich den rot funkelnden Inhalt. Er war stolz auf seine Beherrschung. Noch vor einer Woche hätte er sich Alkohol jeglicher Sorte achtlos hinter die Binde gekippt und so lange Nachschub gelittert, bis er sich ins Vergessen geschluckt hätte. Zum ersten Mal nach langer Zeit fand er es lohnend, darüber nachzudenken, was ihm zu einem Stück Zufriedenheit verhelfen könnte. So etwas wie »Glück« hatte er längst aus dem Wortschatz gestrichen.

Im Trailerpark waren diese Gedankenspiele überflüssig gewesen wie ein Ruderboot in der Serengeti. Sie hätten ihn an kein Ziel gebracht, nur verzagen lassen.

Seine Gastgeberin wirkte nicht, als wäre sie an tiefgründiger Unterhaltung interessiert. Bestimmt würde sie in diesem grandiosen Moment nicht mit Ben darüber philosophieren wollen, ob er den Faden aufnehmen und weiterspinnen sollte, der vor zwanzig Jahren zerrissen wurde. Was hatte sie mit seinen kruden Lebensbetrachtungen zu tun?

»Hure«. Ihr Problem war realer Natur. Rot auf weiß hingepinselt.

Er warf ihr einen Blick zu. Er wurde nicht erwidert. Sie stand am Fenster, unbewegt, wie die Statue einer griechischen Kriegsgöttin, und starrte nach draußen in die Dunkelheit.

Beide warteten schweigend auf die Türklingel, die Veit ankündigen würde.

Ben durfte die Leiter erkraxeln. Der Schmerz in seinen Rippen trübte das Vergnügen beträchtlich. Nachdem Veit schwankend und lallend mit dem Equipment erschienen war, konnte es keine andere Entscheidung geben. Der Volltrunkene ließ sich nur unter erheblichem Protest und mit sanfter körperlicher Gewalt von der Mayer und Frau Schmerlinger davon abhalten, selbst den Pinsel zu schwingen. Sein Helferlein zu geben, hätte für Ben bedeutet, dass ihm mutmaßlich der halbe Farbeimer die Frisur aufgehübscht hätte. Er war sich sicher, klebriges Weiß stand ihm nicht.

Er überpinselte in zwei Metern Höhe auf wackliger Leiter die vier vermaledeiten Buchstaben. Zufrieden mit seinem Werk kletterte er hinunter. Veits Pranke auf seiner Schulter ließ ihn einknicken.

Wieder aufrecht, sah er die Frauen anerkennend nicken. Die Hure war entschwunden und Frau Schmerlinger entspannter.

Veit war nicht so leicht in den Van zu bugsieren. Er bekundete, sich sofort auf die Tätersuche machen und diesem eigenhändig das Fell und einiges mehr über die Ohren ziehen zu wollen. Er warf mit diversen Phantasien um sich, was er diesem »Dreckhammel« angedeihen lassen wollte. Der Alkoholkonsum hatte eine Kammer zur Kreativität geöffnet, in der Veit herumtorkelte.

»Wenn ich mit dem fertig bin«, nuschelte er, »weiß er nicht mehr, ob er Weiberl oder Manderl oder ganz was anderes ist.« Dazu müsste er selbstredend zurück in den Hirschen, um ordentlich zu ermitteln.

Die Mayer versuchte es mit gutem Zureden und Beschwichtigen. Als das nichts half, befahl sie ihm, samt Leiter in den Van zu klettern. »Jetzt! Marsch, marsch!«

Zur allgemeinen Verblüffung gehorchte Veit aufs Wort. Generalin Mayer erkletterte den Fahrersitz und klemmte sich hinter das Steuer. Sie fummelte am Armaturenbrett, und schlagartig trällerten goldkehlige Schürzenjäger »Ja, was gibt's denn heit auf d'Nacht?«.

Veits Miene hellte sich auf, und er stimmte lautstark mit ein. »Heit gibt's a Rehragout, a Rehragout auf d'Nacht.« Offenbar war das Lied eines seiner Favoriten, er konnte die übersichtlichen Textzeilen auswendig. Der Wiesn-Partybus verschwand unter Gedudel und Gejodel in der Dunkelheit.

19

Ben stand unschlüssig im Garten der Tierärztin. Eigentlich sollte er sich auf den Weg nach Hause machen, aber er spekulierte auf ein weiteres Glas Primitivo bei Frau Schmerlinger. Er wusste nicht, ob er trotz oder wegen ihrer Schroffheit ihre Nähe spannend fand. Und sie schien keine Vorurteile ihm gegenüber zu haben. Attraktiv war sie unbestritten. Die Waage zwischen ihnen erschien ihm diesbezüglich nicht im Gleichgewicht, nur mit maximaler Selbstüberschätzung könnte er das ausgleichen.

»War irgendwas merkwürdig, als Sie die Leiche entdeckt haben?«, wollte er wissen und schlenderte ein paar Schritte auf ihren Hauseingang zu.

»Ich bin die Laura«, sagte sie und deutete auf ihre reinweiße Wand. »Schließlich teilen wir dieselbe Freizeitbeschäftigung.«

»Ben«, frischte Ben ihr Gedächtnis auf. »Und?«

»Keine Wanderklamotten.«

»Vielleicht wirklich ein Narr, der den großen Matador geben wollte. Irgendwo ein rotes Tuch gefunden?«

»Keine Muleta, kein Degen. Er sah deplatziert aus in dieser Umgebung. Du besteigst ja auch nicht im Frack die Zugspitze.«

»Und wohin hätte er gehört?«

»Ich …«, begann sie, doch Lemmy schrammelte dazwischen. Sein Handy.

Er brauchte einen Moment, um die Contenance wiederzufinden, bevor er es aus der Hosentasche zog. Es gab nicht viele Menschen, die seine Nummer interessierte, und mit einigen davon wäre ein Gespräch angenehm wie eine Mittelohrentzündung.

Es war Luigi. Ben konnte sich nicht erinnern, ihm seine Nummer gegeben zu haben. Das musste im Suff passiert sein. Ein Anruf um diese Zeit, was zum Teufel war los?

»Komm vorbei in der Pizzeria. Es ist etwas vorgefallen, und ich denke, es hat mit dir zu tun.«

»Mit mir? Was ist passiert?«

»Paolo, mein Sohn – jemand hat ihn zusammengeschlagen.«

»Scheiße! Ist er verletzt?«

»Wer ist verletzt?«, wollte Laura von Ben wissen.

»Ja, ein wenig. Am besten, du kommst.«

»Ich kann mitkommen«, meinte Laura neben ihm.

»Ich bin grad bei Frau Schmerlinger. Soll sie mitkommen und ihn anschauen? Wo ist er verletzt?«

»Die Tierärztin? Paolo ist kein Schwein!«

»Will er ins Krankenhaus?«

»Nein, besser nicht.«

»Also, siehst du. Macht Sinn, oder?«

»Na gut, bring sie mit – wenn sie schweigen kann.«

»Kann sie – wie ein Grab«, bestätigte Ben mit einem Seitenblick auf Laura, die fragend die Augenbrauen in die Höhe zog.

»Du hast gesagt, es hat was mit mir zu tun.«

»Hör dir an, was Paolo zu sagen hat. Komm besser schnell. Nimm ein Auto.«

»Was kann ich?«, wollte Laura wissen. »Den Mund halten? Nur wenn ich weiß, worum es geht.«

Ben erwiderte nichts. Er sah auf die Uhr. Halb zwei durch.

Der Subaru brach durch Garmisch wie die Wildsau durchs Gehölz. Ben schätzte, dass seine Fahrerin Routine darin besaß, sich in Notfällen den Bleifuß anzuschrauben. Die Nacht half. Andere Verkehrsteilnehmer hatten glücklicherweise darauf verzichtet, sich auf den Straßen blicken zu lassen, sodass sie freie Fahrt hatten.

»Also?«, probierte es Laura wieder bei ihm.

»Nicht anstrengend sein«, rutschte ihm heraus. Er bereute es augenblicklich, aber zu einer Entschuldigung kam er nicht mehr. Aah, verdammt! Ohne Gurt wäre er durch die Scheibe gerauscht. Der Subaru stand. Es roch nach verschmortem Gummi.

»Raus!«, hörte er Lauras kalte Stimme. »Ich fahr heim.«

Ben lockerte den würgenden Gurt. Der Schmerz ließ ihn nach

Luft schnappen. Seine Rippen protestierten gegen die miese Behandlung. Kruzifix!

»Ich entschuldige mich. Sorry, war nicht so gemeint«, presste er heraus.

»Ich geb 'nen Scheiß auf deine Meinung. Na los, raus! Wer glaubst du, dass du bist?«

Ja, wer war er? Jedenfalls jemand, der nicht laufen wollte und dessen E-Bike zu weit entfernt stand, um nützlich zu sein. Überdies wollte er die Frau an seiner Seite haben, sie konnte immerhin die Verletzungen einschätzen, selbst wenn sie keine Sau vor sich hatte. Von der DNA her war der Mensch ja dem Schwein nicht unähnlich – vom Gebaren ganz abgesehen. Grunzende, spärlich behaarte Allesfresser fand man unter beiden Gattungen. Die Sau rauslassen konnte Laura jedenfalls ansatzlos, das musste man ihr lassen.

Er berichtete ihr von dem Telefonat mit Luigi, ohne etwas auszulassen, und schob eine aufrichtige Entschuldigung hinterher.

Lauras Lippen verzogen sich zu einem spöttischen Lächeln. Sie legte den Gang ein.

»Na also, war doch keine schwere Geburt«, murmelte sie.

Ben blies die Backen auf und schwieg.

Fünf Minuten später hielten sie in Partenkirchen vor Luigis Pizzeria.

Sie klopften, und Luigi sperrte ihnen die Eingangstür auf. Er führte sie durch die Küche in einen Raum, der nichts enthielt außer einem runden Eichentisch und einigen Stühlen. Das karge Ensemble wurde von einer Deckenleuchte bestrahlt. Ben musste bei diesem Interieur an nächtliche Pokerrunden denken, aber vielleicht gab man sich auch mit Schafkopfklopfen zufrieden. Besser keine Fragen stellen.

Auf einem der Stühle saß Luigis Sohn vornüber über den Tisch gebeugt, sein Kopf ruhte auf den Armen. Als sie eintraten, richtete er sich auf.

Der Anblick war nichts für Blutphobiker. An der Stirn hatte

er eine Risswunde, die Nase schien lädiert, und die Mundwinkel waren blutverschmiert.

Laura hatte einen Verbandskasten mitgebracht, den sie auf dem Tisch platzierte. Sie entnahm ihm eine Tube Jod sowie diverse Mullbinden und Pflaster.

»Erzähl!«, forderte Ben.

»Erst versorgen«, widersprach ihm Laura.

Sie besah sich die Prellungen, kleisterte die Wunden mit Jod zu und beklebte den Burschen mit diversen Pflastern. Luigi und Ben sahen der Prozedur schweigend zu. Der Junge stöhnte immer wieder auf, bis Laura zufrieden war und den beiden Männern zunickte.

»Nix Dramatisches«, meinte sie abschließend, »aber der Boxer-Look wird ihm noch ein paar Wochen bleiben. Und wer hat ihn so zugerichtet?«

Paolo versuchte, aufrecht zu sitzen. So gut er es vermochte. Er war ganz das jüngere Ebenbild seines Vaters. Beinahe klassisch schön geschnittene Gesichtszüge, die Nase mit frecher Krümmung, lockiges schwarzes Haar. Luigi hatte Ben stolz erzählt, wie Paolo den Partenkirchner Madln den Kopf verdrehte.

»Zwei Männer«, sagte er. »Sie haben mich abgepasst, als ich aus dem Training gekommen bin, hinten bei der OEZ-Halle, und mich vermöbelt.«

»Und weiter«, knurrte sein Vater. Man sah ihm an, dass er sich nur mühsam beherrschte.

»Sie haben gefragt, ob ich die Pension Wiesegger kenn und wer alles dort wohnt.«

»Und was hast du gesagt?«, wollten alle drei unisono wissen.

»Beschrieben, wo die ist.«

Ben blickte zu Laura, die mit den Schultern zuckte.

Luigi riss es vom Stuhl hoch. »Sag alles!«, brüllte er und verpasste seinem Sohn einen Schlag mit der flachen Hand auf den Hinterkopf.

»Hey«, protestierte Laura. »Der hat schon genug für heut Abend.«

»Es geht um Georgius Urban«, erzählte Paolo stockend. Er hätte ihn gekannt, besser gesagt, gewusst, warum er im Ort war. Drogenanbau. Er war vor ein paar Monaten angesprochen worden, ob er in der Umgebung Höfe kennen würde, denen es nicht so gut ginge. Und die sich für den Cannabisanbau oder was anderes interessieren würden, gegen beste Bezahlung.

Luigi lachte auf.

»Und warum kommen die gerade auf dich? Sag schon!«

»Ich weiß nicht.«

»Ich brech dir die ...«

»Du brichst ihm nix«, fuhr Ben dazwischen. »Zumindest nicht jetzt.«

»Also wir sind nicht blöd«, wandte er sich an den Jungen. »Die kommen zu dir, weil sie wissen, dass du – mit Cannabis was zu tun hast – du kaufst ein oder vertickst es. Du hast Connections, oder?«

Paolo warf seinem Vater einen ängstlichen Blick zu, dann nickte er schweigend.

»Und der Tote sollte Höfe rekrutieren?«

Wieder nickte der Junge.

»Und wieso wollen die was von mir?«, fragte Ben.

»Der Typ hatte natürlich Moos dabei«, meinte Paolo. »Das geht immer mit Barem. Das suchen die beiden Typen. Und sie wollen natürlich wissen, von wem und wieso Urban kaltgemacht wurde.«

»Von wie viel Geld reden wir?«

»Keine Ahnung. Aber eine Menge, die mieten Scheunen und abgelegene Felder. Ist ein geiles Geschäft für die – fünfzigtausend – so ungefähr, hab ich gehört.«

Ben stieß einen Pfiff aus. Fünfzigtausend Bucks? Dafür müsstest du Kühe melken, bis dir die Arme abfallen.

»Und du? Bist doch nicht der Einzige, der mit Gras gedealt hat. Wer sind die anderen?«

Paolo schwieg.

Ben stand auf. »Das heißt, die beiden Gestalten schlagen bei mir auf und wühlen nach der Kohle, wenn sie nicht schon da waren. Ich muss sofort los!«

»Moment«, meinte Laura, »welche Höfe hast du denen genannt?«

»Den der alten Fuchs.«

»Woher wusstest du, dass es der nicht gut geht, finanziell?«

»Wir sind manchmal bei ihr abgehangen, mit der Katrin, die sind ja verwandt. Die Fuchs ist ihre Großtante oder so.«

»Und da sagt sie zu euch, übrigens, Burschen, ich bin pleite?«, knurrte Luigi. »Beim Leben deiner Mutter, spuck es aus!«

»Der Justus hat das gewusst. Hat mal ein Telefongespräch seines Alten mitbekommen.«

»Der Sohn von Schimmelpfennig? Aha. Ihr drei, und wer ist noch bei euch dabei?«

»Lass«, meinte Ben. »Wir reden noch mal. Lass deinen Jungen ins Bett gehen, der ist fertig. Und ich muss los.«

»Ich fahr dich«, meinte Laura, was ihr einen verwirrten Blick von Luigi einbrachte.

»Und geh nicht so hart mit ihm um. Du ziehst dir doch auch ab und an einen Joint rein, oder? Denk an früher – mach nicht den Inquisitor.«

»Merda«, knurrte Luigi mit einem Blick auf seinen Jungen. »Wenn ich Daumenschrauben hätte …«

»Fragst beim Freisinger Dom, ob sie ihr Hexen-Set verleihen, das hat sich in Garmisch bewährt«, sagte Laura. »Und – schau auf deinen Paolo. Falls ihm übel wird, könnte es eine Gehirnerschütterung sein.«

»Ich lass ihn nicht mehr aus den Augen«, murmelte Luigi. »Ich bin da.«

Er ließ Ben und Laura wieder zur Vordertür hinaus, nicht ohne einen argwöhnischen Blick rundum geworfen zu haben. Die Gasse war unbelebt, Partenkirchen schloss die Äuglein zu.

Ben beschwor sein Handy. Er versuchte es in der Pension, dort meldete sich der Anrufbeantworter. Es war beinahe zwei durch.

»Wie schnell kannst du bei mir sein?«

Laura versprach ihm, sich Mühe zu geben, und preschte mit quietschenden Reifen los.

»Vielleicht hat die Polizei das Geld gefunden. Die haben doch sicher sein Zimmer durchsucht«, vermutete Laura und zog optimistisch an einem Diesel-Mercedes vorbei, vollgepackt mit Jungvolk, das vom Feiern nach Hause unterwegs war. Es war dieselbe Route, die er mit dem Rad heute zurückgelegt hatte, allerdings aktuell in fünffachem Tempo.

Ben schüttelte den Kopf. »Da war nix.«

Erneut wählte er die Nummer. Lissys Stimme auf dem AB wünschte ihm einen schönen Tag, und er sollte es später wieder probieren. Verdammt, so wie die beiden Schläger den Jungen zugerichtet hatten, konnte es auch seinen Eltern und Lissy ergehen! Er hatte gute Lust, die Polizei auf den Hof zu schicken, aber damit würde er Paolo wegen der Cannabisgeschäfte ans Messer liefern. Keine Option.

20

Vor der Pension war alles ruhig. Kein Lärm oder Licht, das darauf hindeutete, dass etwas nicht in Ordnung war. Ben und Laura stiegen aus dem Wagen. Laura öffnete die Heckklappe und erschien kurz darauf wieder neben ihm mit einem rostigen Wagenheber in Händen.

»Besser ist besser«, flüsterte sie.

»Hast du kein Betäubungsgewehr?«, zischte er zurück.

»Schmarrn. Nashörner sind in der Gegend rar. Das hier hinterlässt bleibende Eindrücke.«

»Rostflecken?« Ben schien nicht überzeugt.

Sie schlichen zum Eingang, wohlwissend, dass längst bemerkt worden wäre, wie sie in den Hof gerollt waren.

Ben schob vor ihnen behutsam die Tür auf und spähte umher. Kein Mensch weit und breit. Als sie das Gebäude betraten, hörten sie Geräusche von der Wohnstube her. Jemand schluchzte. Eine Frau. Keine Männerstimmen. Sie eilten durch den Flur und rissen die Tür zur Stube auf.

Laura hatte den Wagenheber erhoben und sah über Bens Schulter. Er war vor ihr in den Raum gestürzt.

Zwei Frauen fläzten auf der Eckbank, eine blonde Schmale dämmerte vor sich hin, während eine füllige, bezopfte Matrone schluchzend an ihrer Schulter lehnte.

Auf dem Tisch standen diverse Bierflaschen sowie eine leere Flasche Marillenschnaps nebst zwei Gläsern.

»It's party time«, sagte Ben und griff sich die Flasche vom Tisch, um das Etikett zu betrachten.

Laura ließ den Wagenheber sinken.

Das schluchzende Elend wischte sich übers Gesicht und blickte sie mit rot geweinten Augen an. Dass sie hier auf Frau Lehner traf, überraschte Laura. Die zweite Frau seufzte und rappelte sich hoch. Das musste die Schwester von Ben sein.

»Es ist alles bescheuert«, klagte sie und fing an loszuheulen. Die beiden Frauen umarmten sich und flennten jetzt um die Wette.

Laura blickte Ben ratlos an.

»Ach kommt«, meinte der, »morgen sieht's wieder anders aus.«

»Scheiß auf morgen!«, plärrte ihn seine Schwester an.

»Jawohl, scheiß auf alles!«, stimmte die Lehner mit ein und versuchte aus dem leeren Glas ein paar Tropfen herauszuquetschen.

»Ich will ja nicht den Partycrasher geben«, meinte Ben und setzte sich auf einen Stuhl, »aber wär's nicht besser, ihr würdet ins Bett, ihr zwei?«

»Mein oberschlauer Bruder!«, blökte die Blonde, »der weiß, was besser für mich ist. Halleluja!« Sie winkte verächtlich ab, und ein Rülpser schallte durch die Stube.

Ihre Saufkumpanin bekreuzigte sich bestätigend. Sie wippte mit dem Oberkörper vor und zurück, als wäre sie in Trance. Speichel ran ihr aus dem Mundwinkel. Mindestens zweieinhalb Promille, schätzte Laura.

»Kommst eh allein zurecht mit den beiden«, befand sie in Richtung ihres Begleiters.

Zeit, nach Hause zu kommen. Sie hatte Sehnsucht nach ihrem Schlafzimmer. Genug für heute. Dass die beiden Kriminellen nicht bei den Wieseggers aufgeschlagen waren, bedeutete nichts. Was nicht war, konnte noch werden.

Die ganze Geschichte wuchs sich zu einem Bergmassiv aus, und nirgendwo war ein Pfad zu erkennen, der zum Gipfel führte. Und sollte sie wirklich mitkraxeln? Ohne Seil und ohne zu wissen, wem sie an ihrer Seite vertrauen könnte? Bens Klettertour kam ihr in den Sinn. Abstürzen war keine Option. Wer zum Teufel nahm sich das Recht heraus, sie als Hure zu beschimpfen?

»Bevor du gehst – zwar eine komische Frage, aber hast du zufällig einen Laptop übrig?«, hörte sie Ben fragen.

»Sieh an, was für ein brillanter Journalist, wenn du nicht mal das hast.«

»Ja, blöd«, gab er mit einem angedeuteten Lächeln zu, »vergiss die Frage einfach.«

Sie seufzte. »Ruf morgen mal an – ich mein heut, sobald es wieder hell ist. Ich kann nicht mehr klar denken.«

Ben Wiesegger war in ihren Augen der Prototyp eines infantilen Chaoten, der sich durch den Tag treiben ließ wie ein Trumm Holz in der Partnach. Wie er es immer wieder schaffte, den Samariter in ihr herauszulocken, blieb ein unliebsames Rätsel. Aber der Krug ging so lange zum Brunnen … Er sollte es nicht zu sehr ausreizen.

21

Der Hahn schrie sich die Kehle aus dem Leib. Seine Ausdauer war bemerkenswert. Ben sah in diesem Viech eine gefiederte Kreuzung aus Ballaballa und Boshaftigkeit. Diese Symbiose war auch beim Menschen häufig anzutreffen, was nicht hieß, dass Intelligenz an Empathie gekettet war. In den USA hatte er oft genug mitbekommen, was rücksichtslose Cleverness anrichten kann. Der Whistleblower fiel ihm ein. Seinem Bericht nach schienen sich gerissene Lokalgrößen just das größte Kuchenstück vom Teller zu geiern.

Sein Handydisplay belegte, dass er vier Stunden Schlaf hinter sich hatte.

Er griff nach seiner Hose und zog den Prospekt hervor. Es war nicht erkennbar, wo genau diese touristische Blüte wachsen sollte.

Die einen suchten ein kommodes Platzerl für Drogenanbau, die anderen für Touristen. Wachstum für die Region, eins wie das andere. Siebenmal stand der Begriff »ökologisch« in dem Faltblatt. Falls die Drogentüftler je einen Prospekt raushauten, sollten sie sich dieses Zauberwörtchen auf die Fahnen schreiben. So eingepreist darfst du sorgenfrei alles verticken. Bio-Dope. Ein Gedanke schoss ihm ein. Beide Parteien hatten dasselbe Interesse an Grund und Boden, dessen Eigentümer finanziell am Stock gingen. Partner in Not und Elend waren fügsame Partner. Hatte Bauunternehmer Schimmelpfennig davon Wind bekommen, dass der tote Urban vor den klammen Bauersleuten mit Scheinen gewedelt hatte? Was, wenn es um die gleichen Anwesen ging? Schließlich hätte diese Geldspritze dafür gesorgt, dass das Angebot der Gemeinde zum Landkauf ins Leere gelaufen wäre. Ohne Not und Bankmahnung im Kreuz verscherbelt niemand seinen Grund und Boden.

Falls er mehr über den Baulöwen erfahren wollte, musste er

morgen auf den Wank gondeln. Die Geheimniskrämerei des Bärtigen ging ihm gewaltig gegen den Strich. Abhörsicherer Berg als Schutz vor feindlichen Mächten? Bastelte der Garmischer Gemeinderat an der Weltherrschaft? Bürgermeister Blofeld drehte das große Rad zusammen mit Landrat Goldfinger.

Und wenn sie nicht gestorben sind ...

Ben suchte sich mit verkniffener Miene seine Klamotten zusammen. Er würde schreiben. Es würde in der Zeitung stehen, also wäre es die Wahrheit. Je größer die Zusammenhänge, desto kleiner wurde Lissys Rolle im Spiel, bis sie, so hoffte er, unter dem Berg aus Vermutungen und Gemauschel verschwand.

Er brauchte dringend einen Laptop.

Es klopfte zaghaft an der Tür. Ben schlüpfte in seine Jeans und öffnete.

»Ich möchte mich entschuldigen«, sagte Frau Lehner. Die Pupillen wanderten ruhelos umher, ihre Finger hatten die Nähte ihrer Hose gepackt.

Ben verspürte keine Lust, die Veranstaltung in die Länge zu ziehen, es gab aus seiner Sicht nichts zu verzeihen. Wie oft war er in ähnlicher Lage gewesen? Er war zum Richter ungeeignet, diesen Stein sollten andere werfen.

»Alles gut, kein Drama«, brummte er und wollte die Tür wieder schließen.

»Wissen Sie«, sagte sie schnell, »die Lissy und ich, wir waren halt gestern beide etwas niedergeschlagen. Das Leben ist manchmal nicht fair und ...«

»Nein, ist es nicht. Ich versteh das«, unterbrach er sie. »Nächstes Mal lassen Sie mir aber was übrig.« Er zwinkerte ihr zu.

Sie war offenbar in Erzähllaune. »Ja, manchmal hilft es. Nicht immer. Alles kann man nicht runterspülen. Ich möcht Sie bitten, dass sich das nicht herumspricht. Mein Mann ... ich hab ...«

»Keine Sorge, ich bin keine Ratschkathl. Ich wüsste nicht, was es zu erzählen gäb. Ist ja nix Aufregendes passiert.«

Er schloss die Tür. Nein, wer vom Leben Fairness erwartete, hatte nicht begriffen, dass es dazu erst einmal Spielregeln bräuchte. Was immer Frau Lehner gestern aus dem Tritt gebracht hatte, sie war schon einen Schritt weiter.

Nachdem er sich »ausgehfertig« gemacht hatte, strolchte Ben durch die leere Pension. Lissy war schon zur Vernehmung auf dem Revier unterwegs. Sie hatte glücklicherweise ihr Rad genommen, sodass Ben sich den Autoschlüssel des Kombis schnappen konnte. Er sollte bei Vogel in der Redaktion aufschlagen und bei der Gelegenheit sein O'Connor einladen, das er in der Nacht bei Laura zurückgelassen hatte. Er gähnte ausgiebig. Mehr als genug an Programm. Die Nacht war kurz gewesen.

22

Das Schaf glotzte Laura an, dann kackte es unbeeindruckt. »Machen Sie weiter mit der Arnikasalbe und den Kügelchen, der Knöchel sieht bedeutend besser aus«, diagnostizierte sie. »Nächste Woche schau ich wieder vorbei.« Sie befand sich auf einem Anwesen mit Platin-Card-gepflegter Parkanlage. Die Eigentümer, das Industriellenehepaar Boderbeck aus Düsseldorf, hatten sich hier niedergelassen, um den Ruhestand zu genießen. Gesunde Luft, fußschmeichelnde Wanderwege, Nachbarschaft, die Niveau bot, und Massagepraxen für gehobene Ansprüche. Zwecks Annäherung ans Ländliche tummelten sich drei Coburger Fuchsschafe, ein hyperaktiver Mischlingsrüde mit rumänischer Street Credibility sowie ein selbstbewusstes Katzenrudel auf dem weitläufigen Gelände. Dazu hatte Hausherrin Camilla ihr Herz für ausrangierte Legehennen entdeckt, die sie aufpäppelte. Da hatte sich die Sinnsuche im fortgeschrittenen Alter zumindest fürs geschundene Federvieh ausgezahlt.

Laura hatte es eilig. Sie bekam noch den »absoluten Geheimtipp«, wo man in der Gegend die kreativsten veganen Gerichte verputzen konnte, dann machte sie sich auf den Weg, zurück Richtung Ortsmitte. Sie hatte ein Date mit der Polizei.

Während Laura den warmen Strahl der Dusche auf ihrer Haut genoss, überlegte sie, in welchem Aufzug sie den Ortssheriff daten sollte. Seriosität mit einem kleinen Schuss Verheißung? Dass er auf Körperschmuck in Form von bunten Tribals auf den Oberarmen stand, bezweifelte sie. Vor ihrem Kleiderschrank stehend verwarf sie jegliche Gedankenspiele hinsichtlich passender Outfits, schlüpfte in ihre Jeans und streifte sich ein ärmelloses weißes Feinripp-Shirt über. Sie hatte kein Bedürfnis nach Verkleidung und Mimikry.

Mit dem Fahrrad brauchte sie eine Viertelstunde bis zu dem gemütlichen Café in der Ludwigstraße, das sie ihm vorgeschlagen hatte. Sie war froh darüber gewesen, dass er bereitwillig zugestimmt hatte, sonst müsste sie jetzt mit ihm in einer Dienststube des Reviers sitzen. Keine Atmosphäre, um selbst etwas zu erfahren.

Als sie ihr Fahrrad abstellte, sah sie ihn an einem der runden Holztische sitzen. Er hatte sich mit Hemd und Krawatte ausstaffiert, und vor ihm sprudelte Mineralwasser mit Zitrone. Mit den dazugehörenden Stirnfalten fixierte er sein Smartphone-Display.

Er bemerkte sie erst, als sie sich dicht am Tisch aufbaute. Mit einem »Schön, dass Sie da sind« wies er einladend auf einen der Stühle.

»Ich dachte, wir wären beim ›Du‹«, meinte Laura. »Nur fürs Protokoll.«

»Apropos Protokoll, äh, Sie, ich meine, du musst deine Aussage unterschreiben.« Er fing an, hektisch in der Aktentasche zu seinen Füßen zu kramen. Seine Nervosität hatte etwas Rührendes.

Während er drei eng beschriebene Blätter hervorzog, trat von hinten ein Mann an sie heran.

Sonnengebräunt, mit strahlendem Lächeln, das schwarze Hemd einen Knopf zu weit geöffnet, um als seriös durchzugehen.

»Was darf's sein für die Dame?«, fragte er dienstbeflissen.

»Servierst du heut selbst, Felix?« Laura wandte sich ihm zu. »Hält in Form, oder?«

Er grinste. »Ich bin immer in Topform, weißt du doch. Wegen dem geschissenen Corona gibt's kein Personal mehr. Nix. Die haben sich alle verzupft, als geschlossen war. Aber der Laden muss ja brummen.«

Laura bestellte einen Latte macchiato, und mit einer angedeuteten Verbeugung verschwand Felix im Inneren des Cafés.

»Dein Stammcafé?«, meinte der Polizist und legte die Blätter auf den Tisch. »So was bräuchte ich auch, ich bin erst seit vier Monaten da. Da kenn ich einfach nichts.«

Laura beugte sich über das Protokoll. Er hatte alles akribisch notiert, ihre Gegenfragen allerdings ausgelassen.

»Passt?«, fragte er und reichte ihr einen Kugelschreiber, auf dem in goldenen Lettern die Adresse eines Bowling-Centers aus Stuttgart prangte.

Dass er ein Reagenzglas nebst Stäbchen hervorzog, brachte ihm von den umliegenden Tischen skeptische Blicke ein. Die Leute waren durch die allgegenwärtigen Virentests in der Vergangenheit traumatisiert, und beim Anblick von Wattestäbchen läuteten sämtliche Alarmglocken.

Laura nahm es entgegen und wischte sich damit durch den Mund. Nach dem Prozedere ließ der Polizist ihre verschlossene DNA-Probe in der Aktentasche verschwinden. Sie hegte Zweifel, ob diese Handhabung Kontaminierung ausschloss.

»Ist Ihnen, ich mein dir, noch was eingefallen?«, wollte er wissen.

»Na ja, mich beschäftigt die Frage, was einen Mann, der so gekleidet ist, dazu treiben soll, des Nachtens über den Zaun zu einem Bullen zu steigen. Das ist seltsam, oder?«

»Ja, das stimmt«, pflichtete Hehnle ihr bei.

Laura legte die Unterarme auf den Tisch und beugte sich zu ihm. Bei seinem Eau de Toilette dominierte süßliches Sandelholz, es roch aber nicht billig und passte zu ihm.

»Ob ihn da wer abgelegt hat?«, raunte sie.

»Schwierig«, kam es einsilbig von ihm zurück. Er rieb sich das Kinn, während Felix den Latte macchiato servierte. Die Kiefer des Polizisten mahlten, als würde ein innerer Kampf stattfinden. Laura wartete gespannt darauf, wer die Oberhand bekam.

»Ich sag dir was«, platzte es aus ihm heraus, »seit vier Monaten bin ich hier und hab noch keine Sau kennengelernt. Und dieser Fall ist eine Güllegrube. Schau, der Tote ist ein, äh … gut vernetzter Anwalt. Dem Poschinger ist das wurscht. Was er gegen die Familie Wiesegger hat, weiß ich nicht, aber gerade grillt er die junge Frau Wiesegger im Revier. Bis sie gar wäre, hat er gemeint. Wenn es kein Unfall war, besteht er auf einer Beziehungstat. Weil bei einem Verbrechen, das weitere Kreise zöge, wär er den Fall los. Futschikato! Da würden sie aus München anrücken, Soko, LKA, weiß der Himmel, wer noch. Und hier palavert der eine Spezl lustig mit dem anderen, und ich durchschau nix.«

Er holte tief Luft und befeuchtete seine Kehle mit Zitronenwasser.

»Was hat er mit den Wieseggers am Laufen?«, wollte er, noch immer kurzatmig, wissen.

»Vor meiner Zeit«, antwortete Laura. Sie winkte nach Felix und orderte zwei Klare.

Ihrem Gegenüber rannen Schweißtropfen über die Wange. Der Bowling-Stift zersplitterte zwischen seinen Händen in diverse Einzelteile. Er sammelte sie ein und warf sie in die Aktentasche. Die Aktion schien ihn zu beruhigen.

»Weißt du«, fuhr er leise fort, »eine Kneipe, wo man dich kennt, das wär was. Hallo und wie geht's? Ich kenn hier nichts.«

»Geh in den Schützen- oder Alpenverein, oder lern Trompete.«

»Sehr witzig. Klettern oder schießen? Ach ja ...« Er schüttelte den Kopf.

Sie kippten die Klaren.

»Ich trink tagsüber keinen Alkohol«, meinte er, erhob sich und strebte den Toiletten zu.

Felix näherte sich auf ihr Winken hin.

»Wenn ich wieder Klaren bestell, tust du mir bittschön Wasser rein.«

Er griente sie schlitzohrig an. »Das hast du nicht nötig, Schönheit, dass du einen Burschen abfüllst. Ich bräucht keinen Schnaps.«

»Du bist ein glücklicher Ehemann.«

»Für dich tät ich alle zehn Gebote dreifach brechen.«

»Du sollst keinen Schmarrn verzapfen. Elftes Gebot. Auf ein Glas Wein können wir mal gehen.«

»Das ist ein Wort.«

Als der Polizist wieder zum Tisch kam, nickte Felix ihm lächelnd zu und machte für den Nebentisch die Rechnung fertig.

»Wenn ich dich richtig verstanden habe, wollen alle den Fall kleinhalten, Liebesdrama oder tragischer Unfall«, sagte sie.

»Ja, gestern gaben sich die Wichtigtuer die Klinke in die Hand, der Bautyp Schimmelpfennig und zwei Stadträte. Ich werde rausgeschickt wie ein Bub, wenn die Erwachsenen etwas zu beschnabeln haben. Wo gibt's denn so was! Dieses ganze Gemauschel …«

Ungefragt stellte Felix zwei neue Gläser auf den Tisch. Kopfschüttelnd griff der Bursche eines und schüttete sich den Inhalt hinter das Krawattl. Laura tat es ihm mit dem Wasser gleich.

»Die Spurensicherung muss doch was rausgekriegt haben?«

»Ach.« Er winkte ab, der Alkohol schien sich langsam auf seine Motorik auszuwirken. »Was sie eindeutig wissen, ist: Ein Rindvieh hat ihn erledigt, ohne Wenn und Aber. Wie könnte es auch anders sein, hier, umgeben von lauter Rindviechern. Und er hat sich den Kopf gestoßen, aber das war nicht tödlich. Wie, was und warum wissen wir nicht.«

Laura war nicht sicher, ob er zu den zweibeinigen Rindviechern übergeschwenkt war. Er lamentierte weiter über das Leben hier in Garmisch und dass er sich auf dem Revier ausgeschlossen fühle, wenn die anderen von ihren Wochenenden erzählten oder über die Nachbarn tratschten. Dazwischen verschwanden Schnäpse in seinem Rachen.

Laura hörte zu. Sie stellte keine Fragen mehr. Zu Beginn ihrer Unterhaltung wäre sie offen für alles gewesen, sozusagen tabulos. Inzwischen war ihr klar, dieser Bursch war keiner, den sie sich »gönnen« könnte. Zu kompliziert. Ein Kerl, der sonst niemanden hatte, wäre nicht so leicht wieder loszuwerden, quasi fleischgewordene Klette. Was ihr jede Lust vergrätzte, war Abhängigkeit gepaart mit Anhänglichkeit. Er tat ihr leid, am liebsten hätte sie ihm über den Kopf gestreichelt, aber sie würde auch keine Viecherl aus dem Tierheim adoptieren, aus naheliegenden Gründen.

Felix brachte Nachschub.

Eine Redepause nützte sie, um wieder auf den Fall zurückzukommen.

»Dein Chef will der Wieseggerin gern was nachweisen. Und wenn er das nicht kann, wie geht's weiter?«

»Kennst du die Wieseggers, ich mein, den Sohn, näher?«, kam die Gegenfrage.

»Nein, wieso?« Wurde in der Gerüchteküche gerade aufgekocht?

»Na ja, ich hätt gern gewusst, wie der so tickt. Und die Pension wirft nicht viel ab, sagt man. Ich frag mich, wovon ...«

»Keine Ahnung, wie Ben tickt. Ich weiß nicht, ob die Wieseggers reich sind oder am Stock gehen«, unterbrach ihn Laura. »Wie tickt denn dein Chef?«

Sie biss sich auf die Lippen. Ihn »Ben« zu nennen, war ein Fauxpas gewesen. Es war ihr rausgerutscht. Hatte das zu vertraut geklungen?

Hehnle nickte nachdenklich und goss sich mit fließender Bewegung den nächsten Klaren in den Schlund.

»Ich kann nicht hinter Poschingers Stirn schauen. Auf den Wiesegger schiebt er einen tierischen Brass, den will er an die Wand nageln. Weil seine Frau, die Josefa, wohl immer noch auf ihn spinnt. Ich hab ihn am Handy toben hören, sie soll nicht mehr um ihn herumscharwenzeln, und als Hure hat er sie beschimpft. Im Revier sagt man, die wär scharf wie Nachbars Lumpi, aber nur auf den Wiesegger, seit er wieder da ist. Ihren Mann würd sie schon lang nicht mehr ... ich meine ...«

»Ranlassen?«

»Ja. Tratsch halt, wer weiß, ob was dran ist.«

Dass jemand in der Gemeinde als Hure bezeichnet wurde, schien sich inflationär zu verbreiten. Sobald eine Frau mit eigenem Willen daherkam, wurde ihr die passende Beschimpfung serviert. Der Mann war in solchen Fällen ein toller Hecht – es sei denn, du lässt dich erwischen, wie du an der Freundin deines Kumpels naschst, wie Ben. Vom Hero zur Zero in siebeneinhalb Minuten.

»Vielleicht können wir abends mal ausgehen?«, hörte sie den Polizisten fragen. Sie hatte abgeschaltet und war ihren Gedanken nachgehangen.

»Was? Ja, mal schauen.«

»Wie wär's mit morgen Abend, Kino?«

»Ich meld mich. Manchmal haben die Viecher Vorrang bei der Abendgestaltung. Das ist wie bei euren Verbrechern, oder? Die fragen auch nicht, ob's grad harmoniert.«

Er nickte mit resignierter Miene und winkte Felix zum Bezahlen.

Als er aufstand, bemerkte sie seine unsicheren Bewegungen. Mit beiden Armen musste er den wackligen Stand ausbalancieren.

Sie riet ihm mütterlich, jetzt nicht ins Revier zu gehen, schon gar nicht mit dem Auto hinzufahren. Sein ergebener Blick fasste sie an – ein klein wenig. Er sollte bei seinem Chef mit der Faust auf den Tisch hauen, oder bevorzugt ins Gebiss, aber das redete sich leicht daher.

»Sieben Obstler hat er reingepresst, und was hat das gebracht?«, erkundigte sich Felix, als sein schwankender Gast außer Sichtweite war.

»Wirt sein und Neugier passen nicht zusammen«, meinte Laura, »aber der Latte war hervorragend.«

»Weil du grad von Latte redest …«

Laura verzog ihr Gesicht, als würde sie in Schleim getaucht. Der Vergleich lag für sie nahe. »Der Spruch ist so bitter – ich spei gleich. Mit dem vergraulst du jede Gästin. Das Wasser stellst du mir nicht als Schnaps in Rechnung, oder?«

»Geht aufs Haus. Ich denk, du bist bloß grantig wegen des Burschen, oder?«

»Pech beim Denken. Mach dir nix draus, servus, Felix.«

»Gästin – wenn ich das Wort schon hör«, maulte er halblaut und räumte die Gläser weg.

Vom Rad aus winkte sie ihm noch mal zu. Sie betete, dass in der nächsten Stunde keine Vierbeiner akut erkrankten, sie musste ihre Gedanken sortieren. Ihr war klar geworden, dass sie und Ben mehr wussten als die Polizei. Warum interessierten Hehnle die finanziellen Verhältnisse der Wieseggers?

Was wäre, wenn Poschinger mit dem Verdacht gegen Lissy richtiglag? Spontane Beziehungstaten waren keine Seltenheit. Oder ging es um Geld? Drei Fragezeichen zu viel für ihren Geschmack.

23

Bens Laune war auf dem Tiefpunkt, als wär sie in die Höllentalschlucht gerissen worden. Seine Karriere als Enthüllungsjournalist war beendet, ehe sie Fahrt aufnehmen konnte. Kaum war er in den übersichtlichen Redaktionsräumen des Garmischer Kuriers aufgeschlagen, hatte ihm Vogel klargemacht, worauf es ihm ankam. Gefühle wollte er, und Tragik. Dass der Tote dem kriminellen Milieu zugehörig war, hatte er offensichtlich nur als Köder benutzt, um Ben den Mund wässrig zu machen. Es ging nur noch um das Leiden des armen Urlaubers, das Schicksal des Bauern und seines Stieres, garniert mit Heimatkunde aus dem Werdenfelser Land.

Bens Verblüffung war in Ärger umgeschlagen, als ihm Vogel auseinandergesetzt hatte, was treue Anzeigenkunden erwarteten. Keine kriminellen Machenschaften, keine Verschwörungen, nichts Verstörendes, was Garmisch-Partenkirchen ins »falsche« Licht setzen würde. Ben war klar, was diesen Gesinnungswechsel bewirkt hatte. Vogel war alles andere als ein unabhängiger Zeitungsmann. Er musste sich loyal verhalten, Printmedien waren immer weniger gefragt, Display statt Papier war das Motto, und die Geldflüsse durften keinesfalls austrocknen. Wer bezahlt, schafft an, erste Regel.

Ben hatte gute Miene zum bösen Spiel gemacht, auch als ein finster dreinblickender Kerl namens Herbie ihm seine Rechercheergebnisse per Stick in die Hand gedrückt hatte. Wenn Blicke morden könnten, säße er jetzt nicht auf dem E-Bike, sondern läge, von Herbie gemeuchelt, six feet under. Er hatte Neid herangemästet. Doch da er sich nicht vorstellen konnte, dem Garmischer Kurier dauerhaft zu »dienen«, tangierte ihn das nicht. Er hatte von Vogel den Auftrag angenommen, bis morgen Abend einen ausführlichen Artikel zu verfassen, mit Originaltönen seiner Schwester, seiner Mutter, Ferstls, der Polizei und wahrscheinlich deren Lieblingshaustieren. Der Artikel für morgen früh stand und beschäftigte sich ausführlich mit Weidehaltung und damit, worauf Wanderwillige achten sollten, inklusive Porträt der Werdenfelser Rinderrasse. Ergänzend gab es eine Wanderwegskarte samt Einkehrtipps sowie ein Rezept für »Omas« Rinderschmorbraten mit Wurzelgemüse.

In der Pension angekommen, stellte er fest, dass Lissy noch nicht zurück war. Hatte sie den ganzen Morgen im Polizeirevier verbracht? Gäste waren laut Reservierungskalender keine zu erwarten, also könnte er genauso gut seiner Mutter einen Besuch abstatten. Die unangenehme Schreiberei konnte warten.

Mit dem Auto zockelte er gemütlich durch die Garmischer Innenstadt und achtete nicht auf die Dominastimme des Navis, die ihn beharrlich zum Wenden aufforderte.

Im Stop-and-go ging es am Rathaus vorbei Richtung Skisprungschanze zum Garmischer Klinikum. Der entscheidende Skill fürs Autofahren im gesamten Werdenfelser Land war Geduld. Hier trennten sich die Böcke von den Schafen. Ohne Impulskontrolle würdest du dir hinter dem Lenkrad die Fingernägel abfressen oder zerplatzen wie ein Luftballon.

Lissy hatte Ben erzählt, es mangele nicht an ambitionierten Spatenstichen für Tunnelprojekte rund um Garmisch-Partenkirchen. Für die Anwohner ein Segen! Durch all die Röhren könntest du mutmaßlich die Werdenfelser Region unterirdisch queren. Die Zukunft verhieß Reisen ins Maulwurfsland. Ben zweifelte daran, ob das als Medizin gegen grassierenden Blechkistenirrsinn half. Aus den Augen, aus dem Sinn funktionierte ja nicht einmal, wenn er die Flasche Jack Daniel's im Rollkoffer verräumte.

Am Garmischer Klinikum angelangt, dehnte er seinen verkrümmten Rücken und massierte sich die Nackenmuskeln, bevor er losmarschierte, um das Gebäude zu betreten. Hätte ihn ein Klinikarzt beobachtet, wäre ihm orthopädischer Behandlungsbedarf diagnostiziert worden.

Eine Krankenpflegerin, deren pausbäckige Üppigkeit Ben an

einen glänzend frischen Apfel erinnerte, erläuterte ihm, dass die Operation zufriedenstellend verlaufen war. Seine Mutter könnte übermorgen das Krankenhaus verlassen. Der Aufenthalt in der Rehaklinik würde sich, wie von seiner Schwester beantragt, nahtlos anschließen. Ihre Stimme umwickelte Ben mit einem warmen Baritonklang, sodass er Einzelheiten nicht wahrnahm. Ihr Tonfall bettete sein Haupt auf ein Kissen. Fast hätte er der Frau die Rosen in die Hand gedrückt, die er am Kiosk neben der Cafeteria für seine Mutter erstanden hatte. Er blieb lächelnd vor ihr stehen, als sie längst aufgehört hatte zu sprechen. Beide sahen sich einen Moment forschend in die Augen. In einem Paralleluniversum oder unter anderen Vorzeichen wären sie möglicherweise ein Paar geworden, mit spätem Einzelkind namens Carlotta, Reiheneckhaus und Golden Retriever. Weil das Schicksal jedoch mit dem falschen Fuß aufgestanden war, drehte Ben sich mit einem »Dankeschön« um und schritt allein zum Krankenzimmer.

Seine Mutter wirkte blass und zerbrechlich unter der gestärkten weißen Decke. Sie setzte sich auf, als er, Rosen in der Hand, an ihr Bett trat. Sein »Wie geht es dir?« wurde mit den üblichen positiven Floskeln beantwortet. Er zog sich einen Stuhl heran und setzte sich auf Kopfhöhe neben die Bettkante.

»Lissy hat zu tun, oder?«, wollte sie wissen.

Er stammelte etwas von »Gästen« und »schönen Grüßen« daher und fühlte sich unwohl dabei, seine Mutter zu belügen. Als Kind war er da weniger mit Skrupeln behaftet gewesen, vor allem bei Fragen wie »Wer hat den Streit angefangen« oder »Wer hat das kaputt gemacht?«. Er grübelte, wie alt seine Mutter war, aber ihr Geburtsjahr war ihm entfallen. Als er Garmisch verlassen hatte, war sie Mitte vierzig und die Tatkraft in Person gewesen.

»Wenn das mit dem Toni nicht gewesen wär, wer weiß, was aus dir geworden wär«, sagte sie. »Da sollt man nicht hadern. Es ist ja alles gut geworden.«

Ben hüstelte verlegen. »Hast recht, da gibt's nichts zu hadern«, log er.

»Weißt, da gibt's Leut, denen geht's nicht um den Toni. Wie

die Susi verschwunden ist, haben einige gesagt, die ist ins Wasser, weil sie es nicht ausgehalten hat mit der Geschichte. Und der Bub ...«

»Welcher Bub?«

»Sie hat ihn auf die Welt gebracht, und kurz drauf war sie ja weg.«

»Und der lebt in Garmisch?«

»Ja, bei seinem Großonkel, dem Gruber Hannes. Bei dem ist er auch in die Lehre gegangen – als Automechaniker.«

Ben schüttelte den Kopf, Schwindel packte ihn. Wegen einer besoffenen Dummheit – seiner Dummheit – hatte der Bursch ohne Eltern aufwachsen müssen. Dass jemand Schuld auf sich geladen hatte, war ihm in der Kirche früher immer als inhaltsleerer Spruch dahergekommen, laden konntest du einen Hänger mit Futterrüben oder ein Gewehr mit Patronen. Ja, aber er spürte die Schuld, mit der er beladen war, auf den Schultern, seine Rippen waren ein Dreck dagegen. Es gab nichts und niemanden, der sie ihm abnehmen könnte. Seine Hände begannen zu zittern, als hätte er Toni tatsächlich eigenhändig die Felswand hinuntergestoßen und Susi hinterher. Nein, nicht vor zwanzig Jahren, sondern vor wenigen Augenblicken.

Die Mutter lehnte sich zurück aufs Kissen und schloss die Augen. Tränen rollten ihr über die Wangen. Nichts war gut, sie beide ahnten das.

Als Ben das Klinikum verließ, hatte er sich einen Plan zurechtgelegt.

Zuerst würde er diesem Ökobauern Ferstl einen Besuch abstatten. Er wollte den Bullen Attila kennenlernen. Vogel sollte zufrieden mit ihm sein. Etwas wie »friedlich grasende Rinder« oder »freundlicher Blick aus braunen Kulleraugen« würde er zusammenstöpseln.

Es machte keinen Sinn, seine Gedanken im Kreis rasen zu lassen. Niemandem war geholfen, wenn er das Unglück mit Toni wieder und wieder durchkaute. Sohn hin oder her. Richie hatte recht, er sollte die Geschichte auf sich beruhen lassen. Sie würden sich hier wieder an Ben Wiesegger gewöhnen. Alltag würde einkehren und Gras über das Geschehen wachsen. Er durfte sich nicht verrückt machen. Danach trachteten genug andere. Lissy stand an erster Stelle. Sie benötigte seine Unterstützung. Er versuchte die Sorge wegen der beiden Schläger, die Paolo verprügelt hatten, auszublenden. Jemand musste sich das verdammte Geld von Georgius Urban eingeschoben haben. Und dieser Jemand hatte beim Ableben des Anwalts die Finger im Spiel gehabt. Nur, wer kam in Frage? Gab es irgendeine erfolgversprechende Fährte? Nein. Herrgott noch mal. Von wegen Ruhe. Leichter gesagt als ausgehalten. Ben hieb mit der Faust gegen das Armaturenbrett. Der Kombi wusste von nichts.

24

Laura fand Ferstl im Kuhstall. Er hatte eine Heugabel in den Pranken, mit der er aufgeregt herumfuchtelte, sobald sie erblickte. »Du bist Tierärztin, oder? Warum rufst du nicht zurück? Meine Viecher könnten verrecken, und dir wär's wurscht.« Laura achtete darauf, außer Reichweite seines Werkzeugs zu bleiben. »Ich hab dir gesagt, such dir wen anders.«

»Und deshalb bist du gekommen, oder was? Weißt du, was passiert ist?«

»Leg die Gabel weg, gehen wir rein, ich erzähl es dir.«

Der Bauer rammte die Zinken in einen Strohballen. Attila stieß ein lang gezogenes Muhen aus.

Sie setzten sich an den Esstisch in der Stube. Von oben hörte sie das Geräusch einer zuschlagenden Tür. Das musste Frau Ferstl sein. Letztes Jahr hatte sie eifrig bei den Landfrauen und im Hofladen gewerkelt, aber seit einiger Zeit bekam man sie selten zu Gesicht. Und wenn, dann war sie einsilbig und mürrisch. Wer mit Ferstl zusammenleben durfte, hatte hartes Brot zu kauen. Der Bauer hatte ihr vor einiger Zeit anvertraut, dass sie sich sehnlichst ein Kind gewünscht hatten. Ob das der Anlass für die Zurückgezogenheit seiner Frau war, darüber konnte man spekulieren – falls man Muße hatte. Laura hatte keine.

Ferstl knallte ihr ein Haferl Kaffee vor die Nase und baute sich nahe bei ihr auf.

»Also?«, wollte er wissen. »Wie schaut es aus?«

Der Kaffeeduft wurde überlagert vom Mief des ungelüfteten Raums. Stickig und schweißig. Die Tasse hatte einen braunfleckigen Rand. Laura gab sich fünf Minuten.

»Die Polizei sagt, der Mann ist eindeutig durch ein Rind ums Leben gekommen.«

»Kruzifix!«, schrie Ferstl und spuckte Kaffee auf den Tisch. »Der Attila war es nicht!«

»Moment, Ferstl«, fuhr ihn Laura an. »Reiß dich zam und hör zu! Die wissen nicht, welches Rind – es gibt keine Sicherheit. Ich glaub nicht, dass es der Attila war.«

»Da schmeißt mir also ein Sauhund eine Leiche auf die Weide.«

»So könnte es ausschauen.«

»Ich wüsste da schon wen.«

»Vergiss es. Meinst du, jemand lässt den armen Mann von seinen Viechern zertrampeln, um dir eins auszuwischen?«

»Hast recht.«

Erleichtert stellte Laura fest, dass Ferstl dabei war, seine Rage abzubauen. Rittlings setzte er sich neben ihr auf einen Stuhl.

»Und was soll ich machen?«

»Gar nix. Abwarten. Viecher im Stall lassen.«

»Wie lang? Bis die Weide verbuscht ist?«

»Was sagt das Amt?«

»Abwarten.«

Laura stand auf. »Siehst du, hilft ja nix. Sonst ist das Vieh munter?«

Sie hätte nicht fragen sollen, denn Ferstl präsentierte ihr Veronika, die mutmaßlich an einer Stoffwechselstörung litt. Es dauerte, bis sie den Ferstl-Hof wieder verlassen konnte. Beim Wegfahren bemerkte sie die Bewegung der Gardine hinter einem Fenster im ersten Stock. Vielleicht sollten sich die Gedanken des Bauern nicht nur um seine Veronika drehen, sondern ein bisschen mehr um sein Ehegespinst.

Sie schaffte es bis zur Einfahrt, da kam ihr ein Kombi entgegen.

Ben bog schwungvoll auf den Zufahrtsweg zu Ferstls Hof ein. Beinahe zu spät bemerkte er, dass ein Wagen auf ihn zugeschossen kam. Er stieg mit Wucht aufs Bremspedal, und der Kombi stand Schnauze an Schnauze mit Lauras Subaru.

Er schälte sich aus dem Sitz und schlenderte zu ihrer Fahrertür. Sie ließ das Fenster herunter.

»Servus, Ben«, begrüßte sie ihn. »Was willst du auf Ferstls Hof? Nackensteaks kaufen?«

»Mit ihm plaudern. Ich bin für den Garmischer Kurier unterwegs.«

»Ach so, ich hab ganz vergessen, dass du dich Journalist nennst. In einer Stunde bei mir? Lieferpizza? Ich hab mit dem Polizisten gesprochen. Das wird dich interessieren, besonders, was deine Schwester angeht.«

»Was ist mit Lissy?«

»Poschinger hält sie für die Hauptverdächtige.«

»Denk ich mir. Ein Narr hoch drei.«

»Ja, aber die Erkenntnis hilft dir nix.«

Kurz und knapp wurde Ben geschildert, was Laura vom angeheiterten Hehnle erfahren hatte. Ob sie einen fähigen Anwalt kennen würde, wollte er wissen, und sie versprach, ihm später eine Adresse zu geben.

Er stieg in den Kombi und setzte zurück, um Lauras Vehikel umrunden zu können. Im Polizeirevier zu berserkern war sinnlos. Er würde Poschinger nur weiteres Futter liefern.

Er konzentrierte sich darauf, was Vogel von ihm erwartete. Homestory mit Gefühl. Laura hatte ihm mitgegeben, dass der Ökobauer eine originelle Persönlichkeit war, die genügend Dramatik in petto hatte, um Zeitungsspalten zu füllen.

Doch entgegen Lauras Schilderung war Ferstl einsilbig.

»Gestern hab ich im Internet gelesen: ›mörderischer Stier zertrampelt Wanderer in Garmisch‹«, sagte er. »Das war ein Schmierfink wie Sie.«

»Schauen Sie«, meinte Ben jovial, »deswegen bin ich hier. Dass dieses Bild wieder aus den Köpfen verschwindet.« Er sah Ferstl treuherzig in die Augen. »Ein Tier tut nie etwas Unrechtes, Heimtückisches. Dazu sind nur wir Menschen fähig«, psalmodierte er.

Ferstl nickte. »Genauso ist es.«

Ben ließ sich von ihm in den Stall führen.

Hinter der metallenen Abtrennung hob ein Stier den Schädel. Er schüttelte Fliegen ab und glotzte ihn an. Ben glotzte zurück. Attila, die Geißel Gottes? Zur Bestätigung ließ das Tier ein Muhen ertönen, das Ben in den Ohren klingelte. Er war überzeugt.

»Was würde so einen Stier auf die Palme bringen?«, wollte er wissen. »Was wär, wenn ich jetzt mit einem roten Tuch wedeln würde?«

Die Wieseggers hatten nie Stiere gehalten. Schweine waren ihr Metier gewesen. Doch natürlich war er als Bursch aus der Region mit Rindviechern auf Du und Du. Aber warum sich nicht neugierig geben, um Ferstl aus seinem Schneckenhaus zu locken? Dessen Mitteilungsbedürfnis konnte man sicher anzapfen und zum Sprudeln bringen.

Der Biobauer trat neben ihn, streckte den Arm aus und kraulte den Bullen zwischen den Hörnern.

»Nix mit rotem Tuch«, sagte er. »Beim Stierkampf nehmen sie trainierte Viecher, das sind Hochleistungssportler, nur dafür hergezüchtet. Verreckte Tierquälerei!«

»Ich meine nicht Ihren Attila. Nur allgemein, wie bringt man einen Stier dazu, jemanden zu zertrampeln?«

»Du regst das Viech auf. Wenn es dann noch ein Psycherl ist, dann kracht es in der Hütte, du prügelst mit dem Ochsenziemer los und plärrst ihn an. Fügst ihm Schmerzen zu. Auf der Weide wär das tückisch, da hättest du ein Risiko – ich meine nur, warum sollte jemand freiwillig zu einem Bullen in die Box steigen?«

»Versteh schon. Also wenn es nicht Attila war, aber der arme Kerl zertrampelt worden wär, wird es in einem Stall passiert sein.«

»Mei, manchmal gibt's Unfälle. Der Stier drückt wen an die Wand, wenn er woandershin soll, zum Beispiel in den Hänger, oder er zeigt keine Einsicht, gemetzgert zu werden. Passiert selbst umsichtigsten Züchtern. Das ist, als würd dich ein Kleinwagen zamfahren. Da steckt eine Wucht und eine Masse dahinter, das musst du erlebt haben.«

Ben griff mechanisch an seine Rippen.

»Besser nicht«, sagte er. »Wenn ich mich nachts in den Stall schleiche, da brüllen die Rindviecher doch das Haus zusammen. Ich meine, die werden unruhig, oder?«

»Und? Vielleicht hockt der Bauer grad im Wirtshaus und spielt einen Wenz.«

»Stimmt auch wieder.«

»Das wollen Sie in der Zeitung bringen?«, fragte Ferstl zweifelnd.

»Vom Landwirt beim Schafkopfen? Nein, das war pure Neugier. Das wird die Polizei ermitteln. Erzählen Sie mir ein bisschen von Ihrem Hof.«

Er hatte Ferstl in der Tasche. Der hatte sich warmgeplaudert. Wenn Urban vorher niedergeschlagen worden war, käme jeder Stier, von Garmisch bis nach Oberammergau, in Frage. Oder der Täter hatte praktischerweise einen Bullen im Anhänger dabei, quasi Mord auf Rädern. Aber warum machst du dir hinterher die Mühe, ihn auf Ferstls Weide zu schmeißen?

Ben lernte in einer halben Stunde den Vorteil der Biolandwirtschaft kennen. Er spürte, dass der Landmann auf einer Mission war, und ahnte gleichzeitig, dass er sich damit nicht nur Fans in der Gemeinde geschaffen hatte. Dass er seinen Viechern Zitronengras zum Fressen gab, um die Methanrülpserei zu minimieren, tat er Ben kund, und wie die »Konventionellen« sich an den Böden vergingen. Zu guter Letzt lobte er Doc Schmerlinger, weil die sich mit den früheren Almsennerinnen austauschen würde, damit das alte Heilwissen nicht verschwände. Nach einem Vortrag über Reserve-Antibiotika konnte sich Ben von dem Biobauern loseisen. Während er zum Wagen marschierte, prasselten weiter Sätze auf ihn ein wie Hagelkörner aufs Scheunendach. Ferstl war der Gegenentwurf zum schweigsamen Landwirt, der dem Klischee nach nur den Mund öffnete, wenn er Essenzielles zu sagen hatte, zum Beispiel »I spui mit da Hundsgfickten« oder »Bringst ma bittschön noch a Halbe, Marie!«. Dieses Vorurteil wurde in »humorigen« Geschichten gern ausgewalzt. Die Höfe heutzutage waren moderne Unternehmen, und Bauer und Bäuerin konnte man getrost als CEOs bezeichnen. Aber egal, ob vollautomatisiert oder althergebracht, falls der Ertrag nicht stimmte, war die Viecherei vergeblich.

Es dürfte nicht schwer für Georgius Urban gewesen sein, Landwirte zu überzeugen, dass THC das Sparschwein mästet.

Verlockender, als hinzuschmeißen und vererbte Äcker zu verschleudern. »Erst das Fressen, dann die Moral.« Die war noch nie ein Brotbelag gewesen.

Mit einem hatte der Biodruide nach Bens Dafürhalten recht: Das Werdenfelser Land war zu wertvoll, um es von der Gier auffressen zu lassen wie das Schweinerne von der Made. Er winkte ihm zum Abschied durchs Seitenfenster zu und rollte vom Hof. Lauras Schinkenpizza wartete auf ihn.

Als Laura einen Wagen vorfahren hörte, blickte sie aus dem Küchenfenster. Es war Ben, der kurz darauf mit sorgenvoller Miene durch ihren Garten stapfte. Er erzählte ihr, dass sie Lissy immer noch auf dem Revier befragten. Zum Glück sei Frau Lehner noch einmal gekommen, sodass er sich nicht um die – aktuell gästelose – Pension, das Federvieh oder das Essen seines Vaters kümmern musste. Er sah mitgenommen aus. Laura reichte ihm wortlos das Kärtchen eines Strafverteidigers. Dass sie dessen Dienste selbst in Anspruch genommen hatte, verschwieg sie ihm. Als Botschaft musste genügen, dass Dr. Klauser und Co fähig waren. Ben telefonierte mit der Kanzlei. Während er zuhörte, entkrampfte sich seine Miene. Sie kannte das Gefühl, wenn man Profis an der Strippe hatte, die wussten, wie zu handeln war. Als er aufgelegt hatte, teilte er Laura mit, dass die Kanzlei versprach, auf jeden Fall Kontakt mit Lissy aufzunehmen und den Stand der polizeilichen Ermittlungen gegen sie in Erfahrung zu bringen. Inwieweit sie einen Rechtsbeistand benötigte, stand in den Sternen. Ihm wurde versichert, dass er zeitnah über alle Entwicklungen informiert würde.

Ein Roller knatterte auf ihr Grundstück. Sie bemerkte, wie Ben aufschrak. Am Nervenkostüm schienen die Nähte aufzuplatzen. »Pizzaservice«, meinte sie lapidar und ging in den Flur, um das Futter in Empfang zu nehmen. Kurz drauf warf sie die beiden Schachteln auf den Tisch.

»Pizza Mozzarella oder Schinken.« Sie griffen zu und rissen sich Viertel aus den Teigrädern.

»Also, was haben wir?«, wurde sie von Ben gefragt, während er sich einen Käsefaden vom Kinn zupfte.

Laura lehnte sich zurück und schaute auf ihre Hände.

»Zuallererst möcht ich was klarstellen«, begann sie. »Ich bin Tierärztin und keine Hobbydetektivin aus Überdruss, die ihre Zeit damit vertrödeln kann, ihre Nase überall reinzustecken. Es tut mir leid, was deine Schwester mitmachen muss, und ja, ich hab mit dem Polizisten gesprochen, meinetwegen den armen Bursch ausgehorcht, aber …«

»Ja, ich versteh schon«, unterbrach Ben sie und warf ein angebissenes Pizzastück zurück in die Schachtel. »Willst du nicht auch wissen, was passiert ist?«, blaffte er sie an.

»Meinst du damit, wer mein Auto demoliert hat und Hure an die Wand schmiert? Nein? Mir ist klar, für dich ist das im Moment zweitrangig, aber ich bin echt überzeugt, das hat mit dir zu tun – es war ja dein abgefucktes T-Shirt, oder?«

»Verdammt, was soll ich unternehmen, hä?«

Laura seufzte und schüttelte den Kopf. Sie gab sich geschlagen. Was Lissy half, konnte auch Ferstl helfen. Und sie hatten einiges herausbekommen, ob durch Zufall, wie bei Luigis Sohn Paolo, oder durch eigenes Zutun wie bei den Rinderhaaren. Sie steckte mittendrin. Entweder sie setzte Ben stracks vor die Tür, oder sie sprang ins Wasser und tauchte mit ihm bis zum Grund.

»Oh Mann, also, was haben wir?«, wiederholte sie seine Frage.

Dass er sie angrinste wie ein Honigkuchenpferd, ließ sie ihren Entschluss beinahe bereuen. Es war wohl als entwaffnendes Lächeln gedacht, er sollte aber nicht glauben, er hätte sie damit in der Tasche.

»Hast du einen Hexenschuss oder Verstopfung?«, sagte sie grob. »Nur weil du bei mir Pizza mampfst, heißt das nicht, dass wir als Watson und Holmes durch Garmisch ziehen. Klar?«

»So was von«, sagte Ben, und seine Mundwinkel senkten sich auf ein erträgliches Maß. »Wir haben Georgius Urban, einen toten Gangster, der von einem Stier zertrampelt wurde«, sagte er.

»Aber nicht von Ferstls Tier«, fügte Laura hinzu.

Ben zog kommentarlos die Augenbrauen nach oben.

»Urban hat Lissy verführt und ist dann in der Nacht allein irgendwohin, wo er seinen Mörder getroffen hat.«

»Der hat deine Schwester …? Ach, jetzt versteh ich.«

»Ja – weiter.«

»Luigis Sohn sagt, der Typ wollte Höfe vom Drogenanbau überzeugen. Er hatte viel Bargeld dabei.«

»Das jetzt weg ist.« Ben warf den Prospekt auf den Tisch.

»Der Stadtrat und Bauunternehmer Schimmelpfennig drehen was gemeinsam, um an Baugrund zu kommen.«

»Was hat das damit zu tun? Wahrscheinlich drehen sie immer etwas.«

»Vielleicht ging es um dieselben Höfe. Konkurrenz sozusagen.«

»Dazu würde passen, dass Schimmelpfennig und jemand von der Gemeinde bei der Polizei aufgeschlagen sind. Hehnle hat das erwähnt.«

»Oder es war berechtigtes Interesse, damit der Garmischer Tourismus nicht in Mitleidenschaft gezogen wird.«

Laura stand auf und holte eine Flasche Wein und zwei Gläser.

»Vergiss die zwei Krawallos nicht, die unterwegs sind, um herauszufinden, was passiert ist.«

»Keine Angst«, meinte Ben, »an die denk ich die ganze Zeit, weil ich nicht weiß, wann die in der Pension randalieren. Und das werden sie.«

»Woher wissen die, dass die Polizei das Geld nicht längst hat?«

»Wenn, dann von der Polizei.«

»Oder jemandem, der es von der Polizei hat.«

Laura schenkte die Gläser voll.

Ben griff zu.

»Und was machen wir, Watson?«, wollte er wissen.

»Wenn, dann bist du Watson«, sagte Laura. »Ich fahr morgen zur alten Fuchs. Die war früher Sennerin, ich unterhalt mich mit ihr über Heilkunde und frag sie, ob dieser Georgius Urban bei ihr gewesen ist. Und heute muss ich noch Geld verdienen, stell dir vor.«

»Ich würd gern mitkommen zur Fuchs, aber vorher geh ich auf den Wank.«

»Du willst wandern?«

»Schaut so aus, ich treff den Gemeinde-Whistleblower. Ein schräger Zausel, der mich angehauen hat, in der Hoffnung, ich würde mich über Schimmelpfennigs Mauscheleien im Garmischer Kurier ausbreiten.« Ben kratzte sich am Kopf und grinste. »Hoffen kostet ja nix. Den Prospekt hab ich jedenfalls von ihm, mal schauen, ob er noch was zu bieten hat, das uns weiterbringt.«

Laura nippte nachdenklich am Wein.

»Und was ist mit den Schmierereien? Hehnle hat gesagt, es ging das Gerücht um, die Josefa würd auf dich abfahren. Versteh ich zwar nicht, aber …«

»Kennst mich halt nicht. Innere Werte en masse. Die schreibt mir aber nicht ›Mörder‹ ans Haus und schmeißt mich vom Rad.«

»Aber Devotionalien sammelt sie vielleicht.«

»Wenn …«

»Wenn, dann kriegt die Trulla von mir ein paar aufs Maul«, unterbrach ihn Laura.

»Aber hallo – hör ich da Eifersucht raus?«

»Du brauchst auch nicht betteln um eine Watschn, Bürscherl.«

»Gern, bei passender Gelegenheit«, sagte er.

»Pass auf, was du dir wünschst«, meinte Laura und schnappte sich das letzte Stück Schinkenpizza. »Du ahnst nicht, wie spendabel ich da sein kann.«

Sie bemerkte, wie sich seine Wangen rosa färbten. Er griff nach dem Weinglas, trank aber nicht. Fürs Handfeste war er also empfänglich, der Ben. Damit konnte man bei ihr Punkte sammeln.

»Ich fänd es gut, wenn es die Josefa gewesen wär – dann hätten wir Poschinger vielleicht in der Hand«, sagte er nach einer besinnlichen Pause.

»Du vielleicht – ich hab nix davon. Treff dich halt mit ihr.«

»Wozu das denn?«

»Triff sie und find es raus, bist du ein gehypter Journalist oder nicht? Machst halt mal den Frauenflüsterer und spielst dich ein wenig auf.«

»Du hast leicht reden.«

Sie schwiegen.

»Oh Mann, ich hätt Lust, einfach die Flasche leer zu machen und …«, seufzte Ben.

»Und was?«

»Nix.«

»Nix?«

»Einfach nix tun.«

Er streckte sich und blies die Luft aus. »Hast du jetzt eine Ahnung, wo ich einen Laptop herbekomm?«

»Aber morgens anziehen kannst du dich selbst?«

Er setzte wieder ein Lächeln auf. Diesmal war es ein trauriges.

»Kommt drauf an«, sagte er. »Aber der PC pressiert, weil ich heut noch einen Artikel abgeben muss. Was Schmalziges voller Gefühl.«

»Schmalz passt zu dir. Na gut, ich frag Veit«, meinte Laura aufseufzend und griff zum Smartphone, um ihm eine Nachricht zu senden. »Wenn, dann der.«

Es dauerte eine halbe Stunde, bis Veit auftauchen würde. Laura war inzwischen zur Apfelschorle übergegangen. Sie kauten auf der Geschichte herum wie der Hund auf dem Knochen, konnten aber keine neuen Erkenntnisse gewinnen. Alles war gesagt. Ben war aufgestanden und ging im Raum hin und her. Laura wusste, dass er auf Kohlen saß. Er wartete auf den Rückruf der Anwaltskanzlei oder auf eine Nachricht von Lissy.

Veit marschierte stracks durch ins Wohnzimmer und platzierte ein Lenovo Netbook vor Ben auf den Tisch.

»Servus, ihr zwei«, sagte er und schenkte sich im Stehen ein Glas Wein ein. »Und, was sagst du? Wohnungsauflösung vom Feiersinger Schorsch. Der hat sich ja letzte Woche mit dem

Motorradl derrennt. Tadelloses Trum, sagt meine Frau, fehlt sich nix. Das Teil wär zwei Jahre alt und funzt picobello. Runterlöschen hat sie nix mehr können, weil's euch pressiert hat. Aber das ist dir eh wurscht, oder?«

»Jaja, wenn's funktioniert«, stammelte Ben, seine Verwirrung war ihm anzusehen.

Laura strich Veit über die Schulter. Es war nicht wichtig, wie er zu den Dingen kam, wichtig war, dass er zuverlässig war. Seine Kanäle waren verzweigt und das Wasser in ihnen manchmal trübe.

»Was soll das Teil kosten?«, wollte Ben wissen und klappte den Lenovo auf.

»Gibst mir eine Halbe aus oder zwei, das nächste Mal im Wilden Hirsch«, brummte Veit. Er zwinkerte Laura zu, bevor er das Glas auf einen Zug leerte. Mit einem »Ich hab's pressant« verzupfte er sich wieder.

Laura begleitete ihn auf den Gang. Er solle Grüße und Dank an die Mayer ausrichten, gab sie ihm mit auf den Weg.

Als sie wieder im Zimmer erschien, saß Ben vor dem erhellten Display des Netbooks.

»Leck mich am Arsch«, murmelte er, »von einem Toten.«

»Jetzt sei nicht zimperlich«, beschied ihm Laura, »pack das Teil ein und fahr heim, sonst wird das nix mehr mit dem Schreiben.«

Sie bekam einen Blick aus erstaunt geweiteten blauen Äuglein geschenkt. Ihr bestimmender Tonfall hatte sie selbst überrascht, aber die Ansage zeigte Wirkung.

Ben klemmte sich den Computer unter den Arm. Mit einem »Hast recht« durchquerte er den Raum, und kurz drauf hörte Laura die Haustür zufallen.

»Thanks für die Pizza!«, rief er vom Garten in Richtung des geöffneten Fensters.

»Viel Glück!«, war ihre Antwort. Vernehmen konnte er sie nicht mehr, denn er saß bereits in Lissys Kombi.

25

Ben brauchte einen Moment, bis ihm auffiel, dass etwas nicht stimmte. Dass die Haustür offen stand, war noch nichts Ungewöhnliches. Im Flur stockte ihm der Atem. Er war übersät mit Krimskrams aus den Schubladen der Kommoden. Ben schlich sich bis zur Stube. Die Hände wurden ihm schweißnass. Langsam schob er die Tür auf. Zentimeter um Zentimeter. Er linste in den Raum. Keine Menschenseele. Die Stube war ein einziges Chaos. Stühle lagen umher, Polster waren aufgerissen, Schubladen zerbrochen. Ben stand regungslos da und lauschte. Die beiden Schläger! Sie waren gründlich vorgegangen. Nachdem er kein Geräusch vernommen hatte, stürmte er die Stiegen nach oben. Er musste nach seinem Vater sehen. Wer wusste, was sie mit ihm angestellt hatten.

Die Tür war verschlossen.

»Probiert es erst gar nicht«, kam eine Stimme von drinnen. Das Organ seines Vaters.

»Ich bin es, Ben«, brüllte er.

Der Schlüssel wurde umgedreht, und er konnte das Zimmer betreten. Sein Vater war dabei, umständlich wieder in den Sessel zu gelangen, und stützte sich auf eine doppelläufige Flinte.

»Kruzifix«, maulte er, »weil das Telefon nie funktioniert, wenn ich's brauch.«

Ben griff sich das Gerät und stellte fest, dass der Akku leer war.

»Mensch, Vater, was war hier los?«

»Ich hab sie gehört, wie sie raufgestiegen sind. Ich hab gewusst, das sind keine Gäste, sondern Haderlumpen.«

»Ja, die haben unten gehaust wie die Hunnen.«

»Und dann fliegt die Tür auf mit Karacho, und die glotzen dumm, nämlich in die Läufe von meiner Flinte. ›Ich putz euch Gesindel weg‹, hab ich gebrüllt. Da sind sie auf und davon. Sie würden wiederkommen, haben sie gemeint.«

»Ach du Scheiße.« Ben griff sich an die Stirn. »Und die Lehner?«

»War längst weg.«

Sein Vater saß jetzt und zupfte die Decke auf seinen Beinen zurecht.

»Seit wann sagt dir ein Einbrecher, er schaut wieder vorbei? Ja, spinn ich! Auf Wiederschauen, Herr Wiesegger, oder was?«, wollte er von Ben wissen. Der zuckte mit den Schultern.

»Gut, dass dir nix passiert ist. Ich schätze, die haben gedacht, es ist niemand da, weil alles ruhig war.«

»Bevor die wiederkommen, müssen wir sie austreiben«, flüsterte sein Vater, »austreiben muss man die, wie die bösen Geister!«

Ben fläzte sich in einen der Sessel und überlegte. Hatte die Polizei eine Chance, die beiden einzufangen? Würden damit seine Sorgen kleiner? Würde er seinen Artikel rechtzeitig fertig bekommen? Okay, er kreuzte im Geiste dreimal Nein an und warf einen Blick auf seinen Vater. Der ruhte mit halb geschlossenen Lidern im Sessel. Ben stand auf und nahm ihm die Flinte ab. Was hatte er mit »austreiben« gemeint?

»Schlaf ein wenig, Papa«, murmelte er, bevor er das Zimmer leise verließ.

In seinem Kabuff schloss er den Laptop an und begann in die Tasten zu hauen. Die ersten Sätze kamen stockend, aber fixer als gedacht hatte er sich hineingefressen. Es dauerte nicht einmal eine Stunde, und er war zufrieden. Nimm das, Vogel, und werde glücklich damit!

Danach fing er im Flur an und arbeitete sich durch die Zimmer, um notdürftig aufzuräumen. Zum Glück war die Lehner schon weg gewesen. Wer weiß, was die Typen mit ihr angestellt hätten.

Es dämmerte bereits, als Laura den Subaru vor dem Haus abstellte. Genug Viecher für heute. Sie war froh, dass sie nicht mit akuten gravierenden Verletzungen oder Erkrankungen zu tun gehabt hatte, sondern nur mit Verlaufskontrollen. Die Behandlungen, die sie in letzter Zeit initiiert hatte, verliefen erfreulich positiv. Ihrer Kundschaft hatte man die Erleichterung angesehen, jedes verlorene Tier bedeutete finanziellen Verlust. Ein Nutztier war eben ein Nutztier, auch wenn man es »Käthe« oder »Annabelle« rief und ihm den Hals tätschelte.

Während sie die Arbeitskleidung gegen Sportklamotten tauschte, hörte sie die Mailbox ab. Zweimal Ferstl, der wegen dem Veterinäramt und »knebelnden« Auflagen rotierte, die er ab sofort zu erfüllen hatte. Danach ein »Hallo, Laura«, das ihr die Luft abschnürte. Sie kannte die Stimme, kein Zweifel. Aufgetaucht aus der Versenkung, aus dem Loch, in das er sie beinahe mit hineingezogen hätte. Ihr war klar, dass er sie über kurz oder lang finden würde, sie hatte sich nicht versteckt. Was immer ihr Ex-Mann von ihr wollte, friedlich würde es nicht vonstattengehen, da war sie sich sicher.

Der mannshohe Boxsack im Kellerraum musste herhalten. Sie merkte, dass sie die Technik vernachlässigte, unsauber trat, aber sie ging auf in der Wucht und der Power, als sie ihre Fäuste und Füße gegen das Leder prallen ließ. Sie legte alles in die Schläge, hämmerte mit beweglichen Schultern und schnellen Beinen Kombinationen in den schaukelnden Sack, bis sie sich, ermattet keuchend, an die Wand lehnen musste. Sie zitterte am ganzen Körper, und von ihrem Tanktop tropfte der Schweiß.

Warum jetzt, fragte sie sich. Warum musste sich dieser Sauhund gerade heute melden? Hatte sie nicht genug Schwierigkeiten am Hals? Vielleicht hatte er auch die »Hure« an ihrer Hausmauer hinterlassen. Das würde zu ihm passen, dem feinen Herrn Doktor.

Doch so plötzlich, wie sie gekommen war, verschwand diese Wolke aus Verzweiflung, als hätte der Wind sie ins Gebirge getragen. Sie schuf Platz für eine Mischung aus Erschöpfung und Fatalismus. Na, wenn schon, sie war mit vielem fertiggeworden, also würde sie auch mit ihm fertigwerden.

Und wenn sie ihn unter die Erde bringen musste, dazu war Laura bereit.

Ben machte seinem Vater Brotzeit, scheuchte die Hühner in den Stall und war gerade damit beschäftigt, nach den Zimmern sich selbst zu säubern, als der Anruf der Kanzlei kam. So wie es aussah, würde Poschinger seine Schwester bis morgen früh dabehalten wollen. Dazu hatte er das Recht. Lissy hatte keine Aussage gemacht. Die Polizei erwartete sich Auskunft darüber, woher sie die fünfzehntausend Euro hatte, die sie einer Heizungsfirma gestern überwiesen hatte, um die Rechnung für die Erneuerung der Pelletheizung samt Kessel zu begleichen. Ansonsten wäre sie eine Verdächtige in einem Todesfall. Weitere Informationen würden folgen.

Zum Teufel! Ben hieb mit der Faust auf den Tisch, dass die Gläser schepperten. Ihm hatte Lissy erzählt, dass die Pandemie ein massives Loch in die Kasse gerissen hatte, und jetzt blätterte sie fünfzehntausend auf den Tisch des Hauses. Frage des Tages: Woher wusste die Polizei, in Gestalt Poschingers, dass der Tote so gestopft unterwegs gewesen war? Dann müssten sie längst wissen, wozu dessen Trip nach Garmisch gut war. Sollte Lissy tatsächlich das Geld des Drogentandlers abgezweigt haben? Wie wäre sie da rangekommen? Er hoffte, seine Eltern würden nicht nach ihr fragen. Er hatte keinerlei Bedürfnis zu erzählen, dass sie in einer Gefängniszelle schmorte.

Es schepperte. Das Geräusch war von unten gekommen. Ben sah sich um. Da gab es nichts, was er als Waffe benutzen könnte. Leise öffnete er die Tür und tapste barfuß die Stiege nach unten. Er hörte ein Knarzen. Jemand war im Haus, in der Stube. Er schlich sich zur Tür und lauschte. Keine Stimmen. Behutsam drückte er die Klinke hinunter und schob die Tür einen Spalt auf. Augenblicklich wurde die Tür von innen aufgerissen, und er stand Nas an Nas mit Frau Lehner.

»Jessesgott!«, schrie die und sprang rückwärts. Sie griff sich an die Brust. »Herr Wiesegger!«

»Wer sonst?«

Die Frau ließ sich auf einen Stuhl plumpsen und schnappte nach Luft.

»Ich wollte nachschauen, ob die Lissy schon da wär, am Telefon hab ich sie ja nicht erreicht. Und wenn nicht, hätt ich die Hühner ...«

»Die sind im Stall«, teilte er ihr mit geschwellter Brust mit. Niemand schien ihm etwas zuzutrauen. Er war bereit und fähig, das zu ändern. Lissy würde sich wundern, sobald sie wieder zu Hause war. Hatte er nicht gerade den ersten Schritt ins Arbeitsleben erfolgreich gestemmt? Vogel hatte ihm per Signal-App seine Zufriedenheit dargelegt. Der triviale Artikel, mit O-Tönen von Ferstl, seiner Schwester, Mutter, Pensionsgästen und Garmischer Bürgern, die er sich allesamt aus den Fingern gesogen hatte, erfüllte alle Erwartungen der Anzeigenkunden, der einflussreichen Persönlichkeiten und, zu guter Letzt, die der Leser und Leserinnen. Sie seien eben ein Blatt mit Anspruch. Diesem Anspruch fühlte sich Ben gewachsen. Das hatte er schon bei der Jagd auf Aliens unter Beweis gestellt. Er hatte es sogar geschafft, in Lissys Sätzen Mitgefühl anklingen zu lassen, neben Bestürzung und Unwissenheit. Niemand sollte auf den Gedanken kommen, sie könne etwas mit dem Rindvieh zu tun haben, zumindest falls man sich aus dem Kurier informierte. Scharfe Suppe aus der Gerüchteküche wurde geschwinder verteilt und aufgeschlürft. Nummer eins der Wiesegger'schen Lebensweisheiten. Das war in Garmisch-Partenkirchen nicht anders als in Geretsried, Los Angeles oder einem verhauten Nest bei Hintertupfing.

Frau Lehner wollte wissen, ob denn Lissy noch bei der Polizei wäre, und er antwortete ihr ausweichend. Alles stand unter dem Motto »Nix Genaues weiß man nicht«.

»Ich versteh das nicht«, meinte sie kopfschüttelnd, »die Lissy hat bestimmt nix zu tun mit dem Mord an diesem windigen Mistkerl! Warum sollte die ihrem Gast was antun?«

»Jaja, wird sich alles klären«, wiegelte Ben ab. Er war ganz bei sich. Fremde Bestürzung konnte er nicht ab, er musste zuerst mit der eigenen hantieren. Die war kochend heiß, und er fand keine Topflappen.

Sie musste ihm die Erleichterung angesehen haben, als sie verkündete, es sei besser, wenn sie wieder ginge. Dass Morgen auch noch ein Tag sei, konnte er ihr kopfnickend bestätigen, da war er unbedingt ihrer Meinung. Sein Schädel wackelte noch, quasi als Echo, als sie die Tür von außen zugezogen hatte.

Eine Fliege kreiste in elliptischen Bahnen um die Lampe. Alle Garmischer Hühner saßen brav im Stall auf ihrem Stangerl, sicher vor dem bösen Fuchs. Die Leut hockten beim Abendbrot und palaverten über die Schulnoten, die Inflation oder die Baustellen, welche täglich einen Stau verursachten von hier bis Köln-Müngersdorf. Alltag eben. Die Touristen machten sich fürs Ausgehen fertig, zünftig sollte es werden, anregend samt bayerischem Flair.

Und er? Hockte in der leeren Stube, die Schwester im Gefängnis, die Mutter im Krankenhaus, für den halben Ort vogelfrei und gestalkt von der Frau des Oberpolizisten. Im Kühlschrank fand er eine Schüssel Milchreis, den er in sich hineinlöffelte. Die Fliege gesellte sich zu ihm.

Er konnte nicht hier hocken bleiben. Der Trübsinn kroch aus allen Ritzen auf ihn zu und würde ihn verschlingen. Er ließ dem Insekt den Rest übrig und ruckte entschlossen hoch. Bei Luigi könnte er vorbeischauen, vielleicht war auch Paolo anwesend und könnte mehr erzählen von den Verbindungen mit dem Drogenkartell. Um den Wilden Hirsch würde er heute einen Bogen machen.

»Servus, Ben.«

Er hatte gerade das Rad aus dem Schuppen geholt, da fiel ihn die Stimme von hinten an. Er fuhr herum, da stand sie. Josefa. Sie trug weder ein rotes Blüschen, noch hatte sie einen Pinsel in der Hand.

»Treff sie halt«, hörte er Lauras Stimme in seinem Kopf. Taraa, nichts leichter als das.

»Da schau her, die Josefa«, stellte er fest. Unter den Floskeln müsste man lange kramen, bis man einen einfältigeren Satz fände.

»Ja«, hauchte sie, stemmte die Arme in die Seiten, wackelte mit den Hüften und schob den Oberkörper ins Hohlkreuz. Die Pose stand seinem Satz in nichts nach. Marilyn hatte sie perfektioniert, Josefa war noch im Praktikum.

»Ich war grad in der Nähe und hab mir gedacht ...«

»Schaust einfach mal vorbei«, ergänzte Ben.

»Ja.« Sie setzte ein Lächeln auf, bei dem Ben ahnte, dass dahinter etwas anderes verborgen war. Nur was?

Mit vierzehn hatte er nachts am Ammerseeufer mit ihr herumgeschmust. Eine einmalige Aktion, die passiert war, weil Zufall und Gelegenheit im Spiel gewesen waren. Er hatte ihr das Bikinioberteil nach oben geschoben und ihre Brüste unbeholfen betatscht, als würde er Hefeteig für »Auszogene« durchkneten. Mehr war seiner Erinnerung nach nicht passiert. Sonst war Josefa ein erweiterter Bestandteil des Freundeskreises gewesen. Wenn er diese Zeit Revue passieren ließ, fand er Momente, in denen Josefa ihm näherkommen wollte. Von einfühlend bis derb hatte das Repertoire seiner Abweisungen gereicht, und irgendwann war er sich sicher gewesen, sie hatte es begriffen. Wenn nur einer glaubt, zwei Menschen wären füreinander geschaffen, führt die Lovestory halt zum Absturz, wie bei King Kong und dessen blond gelocktem Rauschgoldengel, oder sie kommt gar nicht erst vom Boden weg.

»Bleibst du jetzt ganz da?«, fragte sie.

Er wusste nicht, wie lange er schweigend vor ihr gestanden hatte, in Memorandum alter Geschichten.

»Ich schau, wie es sich entwickelt«, gab er zurück.

Sie musste wissen, dass ihr Göttergatte Lissy weggesperrt hatte.

»Wirst sehen«, meinte sie, »das wird gut werden. Sogar sehr gut, glaub mir.«

Ben nickte zögerlich. Das einzig Gute, was ihm bisher widerfahren war, beschränkte sich auf eine Schinkenpizza und einen Grapparausch.

»Ich hab nicht viel Zeit, der Richard kommt gleich heim und ...«

»Muss sich bestimmt erholen von der harten Arbeit«, ergänzte Ben.

Sie ging nicht darauf ein. »Wir könnten, wenn die Geschichte rum ist, was unternehmen, findest du nicht? Zum Ammersee rausfahren oder ins Kino.« Warum nicht gleich zum Essen in den Hirschen? Die Geschichte rum? Konnte sie sich vorstellen, wie ihn das Leben in Garmisch gerade am Kragen packte und durchbeutelte? Ben ahnte, dass Josefa sich in ihren ganz eigenen Film verzogen hatte, in dem die Realität nur eine Nebenrolle spielte.

»Ich muss los«, sagte sie und ging ein paar Schritte. Ihr Mini parkte vor der Hofeinfahrt. Sie wandte sich noch mal zu ihm um.

»Wir sehen uns, ja?«

»Ja klar, Garmisch ist ein Dorf.«

»Weißt du, ich bin die Einzige, der es egal ist. Das solltest du wissen.«

»Was egal?«

»Manche sind sicher, du hast was Schlimmes gemacht, der Richard zum Beispiel. Und auf deine früheren Spezln kannst du nicht mehr vertrauen. Mich kümmert es nicht, ob du es getan hast, verstehst du? Ich bin die Einzige, vergiss das nie.«

Ben sah zu, wie sich der Wagen der »Einzigen« in Bewegung setzte. Bei ihren letzten Sätzen hatten sich seine Armhärchen aufgestellt, und sein Nacken prickelte. Der Leib sensibilisierte ihn für drohendes Unheil.

Josefas Auftritt hatte ihn davon überzeugt, dass sie für Lauras obszönen Wandschmuck verantwortlich war. Nach seiner Nacht im Auto der Tierärztin war er morgens nach dem Kaffee aus ihrem Haus gekommen. Das könnte Josefa beobachtet haben.

In ihrem Universum wär es nicht übel, wenn auch Lissy verschwinden würde. Ben allein zu Haus. Einsamkeit. Niemand, der für ihn da ist. Nur die Einzige. Er versuchte die Gedanken abzuschütteln, die wie haarige, fette Spinnen auf ihm herumkrabbelten. Oh Mann, er brauchte unbedingt Luigis Grappa! Und davon nicht nur einen Fingerhut.

Sein Vater stand mit einem Fernrohr, das auf ihn gerichtet war, hinter der offenen Dachluke. Er winkte ihm zu, bevor er sich mit dem Fahrrad auf nach Partenkirchen machte. Die Abendsonne tauchte die Häuser in ein mildes goldenes Licht. In Gedanken versunken radelte Ben dahin, bis er erstaunt registrierte, dass die Pizzeria bereits vor ihm auftauchte. Er war nicht einmal außer Atem, als er die Gaststätte betrat und sich an seinem Stammplatz niederließ.

Paolo trat an den Tisch und nahm die Bestellung entgegen. Sein Gesicht war noch gezeichnet von der groben Behandlung durch die Schläger. Er nickte Ben zu.

»Ich sag Daddy, dass du da bist«, meinte er. »Einen Roten à la casa?«

Ben nickte und blickte sich um. Das Wetter war für die meisten Gäste zu mild, um im Gastraum zu sitzen, er war nur spärlich besetzt. Eine Runde angejahrter Damen im Wanderoutfit machte sich über Pizzen her, wobei sie ihre Tageserlebnisse aufwärmten. Ben konnte heraushören, dass sie mit der Bahn zur Alpspitze gegondelt waren und von dort eine Gipfelwanderung unternommen hatten. Ideal für Menschen, die die bombige Aussicht und das strahlende Bergwetter genießen wollten, ohne beständig Höhenmeter machen zu müssen. In seiner jetzigen Verfassung hätte er dieser drahtigen, energiestrotzenden Damenriege kaum hinterherhecheln können, obwohl er sich zwei Jahrzehnte jünger schätzte.

Als Paolo mit dem Wein erschien, orderte er mit Seitenblick auf eine der grazilen Seniorinnen, die just ein Weißbierglas schwenkte, einen Insalata mista.

Er wollte sich gerade über sein Kaninchenfutter hermachen, als er eine Nachricht von Lissy empfing.

»Ich bin zu Hause. Danke für den Anwalt, der hat Poschinger die Ohrwaschl lang gezogen.«

Ben versuchte vergeblich zurückzurufen. Na, immerhin das hatte geklappt, auch wenn der Verdacht gegen sie nicht unter den Tisch gefallen war. Poschinger bastelte garantiert an einem Haftbefehl.

»Sperr gründlich ab«, schrieb er ihr, und: »Wir brauchen einen Hund.« Er überlegte kurz. »Schön, dass du wieder zu Hause bist«, tippte er ein.

Luigi erschien und setzte sich an seine Seite. »Gute Nachrichten?«, fragte er ihn mit einem Blick auf Bens Handy.

»Oh Mann, ich weiß nicht mehr, was gut ist, du etwa?«, kam dessen Gegenfrage, und er erzählte ihm, dass die Krawallos bei ihm zu Hause aufgetaucht waren, sich aber an seinem Vater die Zähne ausgebissen hatten. »Man muss sie austreiben, wie Geister, hat er gemeint. Sie wollten sicherlich kein Aufsehen erregen und einen alten Mann ausknipsen.«

Beiden war klar, dass das nicht der letzte Auftritt der Typen gewesen sein dürfte. Die ließen nicht locker, bis sie alles erfahren und die Kohle eingesackt hätten.

Luigi winkte seinem Sohn.

»Sag ihm, was du mir gesagt hast, Paolo«, forderte er ihn auf.

Ben sah ihn gespannt an.

Paolo setzte sich zu ihnen. Seine Finger trommelten auf die Tischplatte.

»Also gut, wir waren zu viert. Wer noch davon gewusst hat, war Justus …«

»Der Sohn vom Bauunternehmer Schimmelpfennig«, ergänzte Luigi.

»Eberhart und Katrin.«

»Katrin ist die Großnichte der alten Fuchs«, warf Luigi wieder dazwischen.

»Okay, und wem habt ihr erzählt, dass da ein Anwalt mit einem Sack Kohle über die Höfe zieht?«

»Niemandem«, rief Paolo, seine Stimme zitterte vor Empörung. »Zumindest ich nicht. Ich bin doch nicht verblödet, und Katrin ist in München.«

»Ihr haltet euch alle für oberschlau«, knurrte Luigi, »genau das ist euer Problem.«

»Und Justus Schimmelpfennig?«

»Kann schon sein, der hatte ziemlich Stress mit seinem Vater.«

»Urban hat euch eine Provision versprochen, oder?«

Paolo nickte zögerlich. »Er hat gemeint, wenn's klappt, würde für uns was abfallen, und wenn nicht, hätten wir ein Problem.«

»Hab ich mir fast gedacht.«

»Du läufst jetzt nicht zu den Bullen, oder?«, wollte Paolo von Ben wissen.

»Was hätt ich für einen Grund? Ihr habt mit Gras gedealt, keinen umgebracht. Ihr seid kleine Fische und habt euch saudumm angestellt. Mach dich locker. Und um die beiden Schläger mach dir keine Sorgen.«

»Ja, kleine, dumme Fische«, fügte Luigi an, »die im Meer mit den Haien schwimmen wollten. Verdammt, dir muss man auf die Flossen klopfen!«

»Ich lass die Finger von dem Zeug.« Paolo erhob sich und streckte die Arme abwehrend aus. »Keine Deals mehr, niente. Ich bin da komplett raus, ich hab keinen Bock auf so 'nen Kram mit Leichen und allem.«

»Das will ich dir geraten haben«, rief ihm sein Vater hinterher, »sonst …!«

Er deutete eine Watschn an und wandte sich an Ben. »Mehr weiß Paolo von der Sache nicht, da glaub ich ihm ausnahmsweise. Ich hätte mich mehr um ihn kümmern sollen.«

»Hey«, meinte Ben, »er hat ein bisschen Marihuana vertickt und deshalb mit den falschen Leuten Kontakt gehabt, blöd gelaufen, aber kein Weltuntergang. Er ist ein guter Junge.«

»Ja, das ist er«, bestätigte Luigi. »Wieso sagst du ihm, mach dir keine Sorgen um die Typen? Ich mach mir Sorgen.«

»Wir müssen sie austreiben, sagt mein Vater. Und der kennt sich aus.«

Luigi lachte auf. »Grappa?«

»Da fragst du?«

Als Luigi mit der Flasche wieder erschien, war Ben tief in Gedanken. Das Gespräch mit seiner Mutter ging ihm durch den Kopf.

»Sag mal, Susis Sohn, was weißt du da drüber?«, wollte er von Luigi wissen.

»Das, was jeder weiß. Sie hat ihn auf die Welt gebracht und ist futsch, keiner weiß, wohin. Basta.«

»Und wie heißt der Sohn?«

»Stefan. Vielleicht bist du ihm schon über den Weg gelaufen, bei Richie. Er ist der Freund von Melli, seiner Tochter. Ich hab dir gesagt, alles nicht so einfach.«

»Und dieser Stefan hat eine Maschine und Grund, mich zu hassen.«

»Du denkst, er hat dich von der Straße gefegt?«

»Geh ich von aus, ja.«

»Was willst du unternehmen?«

»Sag du es mir.«

»Nichts – vielleicht beruhigt es sich, je länger du hier bist. Und ich denke, Richie glaubt nicht, dass du Toni gestoßen hast. Er nimmt bestimmt Einfluss auf Stefan.«

»Du denkst, er glaubt?«

»Reinschauen kannst du in niemanden.«

Ben dachte an Josefas Verkündigung, auf seine früheren Freunde wär kein Verlass. Er hob das Grappaglas. »Salute!«

»Ja, auf uns«, meinte Luigi, und sie tranken.

26

Die Türklingel läutete Sturm, und Laura fuhr aus dem Bett. Natürlich war er es, und als taufrisch konnte man ihn nicht bezeichnen. Bens Fahne raubte ihr auch auf zwei Meter Entfernung den Atem.

»Ich geb dir den Autoschlüssel«, meinte sie und gähnte, »es liegt 'ne Decke drin.«

»Nein, nein«, protestierte Ben mit erhobenem Zeigefinger, »ich hab wichtige Sachen ... also Infodings.«

»Um halb zwei in der Früh? Wieso hast du nicht angerufen?«

»Hab ich versucht, du gehst ja nicht ran. Stell dir vor, ich wär eine Kuh gewesen und hätte kalben müssen.«

»Soll ich nachschauen? Kein Problem. Das vergisst du nie mehr.«

Sie stellte sich in den Türrahmen und wies schweigend mit ausgestrecktem Arm Richtung Flur. Er trottete durch bis ins Wohnzimmer und ließ sich aufächzend in den Ledersessel fallen.

»Wenn du einpennst, tret ich dir so in den Hintern, dass du in den Rasen segelst«, warnte sie ihn.

»Ja, M'am.« Er salutierte und schaffte es, sich halbwegs aufzurichten.

Er sah sie von oben bis unten an, und sein Blick blieb an ihren Füßen kleben. Wenigstens hätte er versuchen können, sein Kichern zu unterdrücken.

»Komm zur Sache«, fauchte sie genervt. Die plüschigen Häschenhausschuhe hatte sie von einem Mädel geschenkt bekommen, dessen Lieblingskarnickel sie erfolgreich die Beißer operiert hatte. Sie waren kuschelig und bequem. Sie liebte es, warme Füße zu haben.

»Hey, Petplay!«, rief er und schlug sich auf die Schenkel.

Ihr Blick wäre selbst für einen hartgesottenen Seebären nach drei Flaschen Rum ernüchternd gewesen.

»Sag, was du zu sagen hast. Ich muss schlafen.«

Sie sah ihn die Stirn in Falten ziehen.

»Erstens: Die beiden Schwachköpfe, die Paolo verprügelt haben, waren bei mir. Mein Vater hat sie vertrieben. Sie wollen wiederkommen.«

Laura sagte nichts, wippte nur mit einem der Häschen.

»Zweitens: Ich hab Josefa getroffen und bin sicher, dass sie dir die Wand verziert hat.«

Beide Häschen wippten abwechselnd.

Er reckte drei Finger in die Höhe. »Lissy ist wieder daheim, dank deines Anwalts. Sie hat fünfzehntausend Euro für eine Heizung ausgegeben, am Morgen nach dem Mord.«

»Gut«, sagte Laura.

»Gut?«, echote Ben. »Sonst nix?«

Sie zuckte mit den Schultern und gähnte.

Er hielt ihr vier Finger vor die Nase: »Ich weiß sicher, wer mich vom Rad gepfeffert hat. Und fünftens: Äh …«

»Immerhin bis fünf gezählt. Ferstls Bulle hat Urban nicht getötet. Er wurde also hingeschafft. Morgen fährst du mit zur Frau Fuchs. Vielleicht erzählt sie uns, ob dieser Urban bei ihr gewesen ist. Um halb vier, sei pünktlich.«

»Also ein Stier war es. Der steht in irgendeinem verdammten Stall rum, nur in welchem?«

»Frage aller Fragen.«

»Ich treff ja morgen den Whistleblower. Ich will wissen, woher er den Prospekt hat. Wer wusste alles davon? Und welche Grundstücke wollte sich der Baulöwe ergeiern?«

»Wie gut kennst du deine Schwester, nach all der Zeit?«

»Was soll das heißen?«

»Ich mein ja nur.«

»Du meinst ja nur, sie könnte Urban abgemurkst haben?«

»Nein, aber dass sie so viel Geld ausgeben konnte, sollte sie dir erklären, das mein ich, und jetzt hau ich mich ins Bett. Das solltest du auch tun. Überleg du dir, was du mit Josefa und deinem Radschubser anstellst.«

»Und du könntest deinen Privatpolizisten noch mal anwärmen. Vielleicht weiß er was Neues.«

Dass er alleine rausfinden würde, gab sie ihm noch mit, dann schlappte sie aus dem Zimmer. Sie hatte fast schon die Hoffnung aufgegeben, als sie endlich die Haustür zuschlagen hörte.

Ben bestieg sein schwarzes Ross. Es klappte im dritten Anlauf. Der Trick war, im Rhythmus der Pedaltritte zu atmen, ohne nachzudenken. Er keuchte voran, versuchte den Lenker gerade zu halten. Gleichgewicht und Grappa waren keine Freunde, sie mussten sich arrangieren. Er hatte konzentriert den ersten halben Kilometer gemeistert, als er es spürte. Jemand verfolgte ihn. Ein Lichtstrahl fiel immer wieder auf ihn, und er hörte einen Motor. Er trat heftiger in die Pedale. An Umdrehen war nicht zu denken, ohne mit der Nase auf dem Pflaster zu landen. Er hatte gegen ein Auto eh keine Chance. Wie ein Getriebener radelte er dahin, Schweiß brannte ihm in den Augen. Das Brummen hinter ihm blieb.

Als er auf den Kiesweg zum Hof einbog, hörte er einen Motor aufheulen. Ein Wagen rauschte vorbei. Er atmete durch und blieb stehen. Die Rücklichter entfernten sich. Niemand hatte angehalten. Die Paranoia war ihm im Nacken gesessen und hatte ihn vorangepeitscht. Bestimmt war bekifftes Feiervolk auf dem Weg nach Hause gewesen. Das erklärte die geringe Geschwindigkeit. Er durfte nicht überall Gespenster sehen, die Lebenden waren gruselig genug.

Lissy war noch auf. In der Stube brannte Licht.

Als er eintrat, saß sie am Tisch, die Ellbogen aufgestützt, die Hände umschlossen das Gesicht. Er trat zu ihr und setzte sich. Sie griff nach der Teetasse und nahm einen langen Schluck.

»Da bist du ja«, sagte sie.

War sie aufgeblieben, weil sie sich um ihn gesorgt hatte? Ben hielt den Rücken gerade, seine Füße stellte er fest auf den Boden. Sei eine Eiche, beschwor er sich. Die Fahrt mit dem Rad hatte seinen Schädel ausgelüftet. Er wischte sich mit dem Arm den

Schweiß aus dem Gesicht. Sein Puls hämmerte einen Industrial-Beat.

Seine Schwester war für ihn ein fleischgewordenes Fragezeichen. Antworten würde er nicht bekommen. Nicht jetzt. So wie sie dahockte, blass, still und mit hängenden Schultern, hätte er genauso gut das Weidenkätzchen im Hof ausquetschen können. Das Letzte, was sie brauchte, war ein Verhör durch ihren Bruder. Sie goss sich stumm Tee aus der Kanne nach. Ihre Hände vibrierten, und er bekam einen Blick aus geröteten Augen zugeworfen, deren Ränder dick geschwollen waren.

Er räusperte sich zweimal, bevor er sprechen konnte.

»Lass uns morgen reden«, schlug er vor, »du solltest auch ins Bett.«

»Gute Nacht, Ben«, sagte Lissy mit fester Stimme.

Er verließ die Stube, machte sich auf in seine Gästekemenate.

27

Ben fuhr im Bett hoch. Jemand hatte gegen die Zimmertür geklopft. Es fühlte sich an wie eine Faust, direkt an seine Schläfe gehämmert.

»Ich hab euch Frühstück gemacht!«, tönte Frau Lehners Stimme, viel zu fröhlich.

Hatte die kein Zuhause? Sonnenbrille, zwei Aspirin, dann trat er vor die Stube.

Er schlich die Stiegen nach unten, öffnete die Haustür und wankte der strahlenden Sonne entgegen. Unter seinen blanken Füßen spürte er etwas Weiches. Er stand auf den Überresten einer Ratte, die eine der Katzen angeschleppt hatte. Das gab dem Morgen gleich Qualität.

Ein dunkler BMW rollte auf den Hof. Ben rieb seine Sohle im Gras ab, während er zu erkennen versuchte, wer hinter der getönten Scheibe saß. Sie fuhr herunter. Zwischen Poschingers Pausbacken kämpfte sich ein Grinsen ans Licht.

»Die ganze Familie!«, rief er ihm zu. »Wir wissen noch nicht, wie sie es getan hat, aber das bekommen wir raus. Freut euch nicht zu früh. Ihr seid beide gleich.«

»Schleich dich!«, knurrte Ben. »Fragt ihr euch nicht, was der Tote gemacht hat in Garmisch?«

»Das wissen wir doch. Er hat mit deiner Schwester rumpoussiert, und das ist ihm schlecht bekommen. Eine Gottesanbeterin ist sie halt.«

Ben holte tief Luft und ballte die Fäuste. Er hoffte, Lissy hatte nichts gehört.

»Da fällt mir ein, hast du gewusst, dass die Josefa eine kreative Ader hat?«, meinte er. »Ihre Künstlerseele lebt sie aus – in der Nacht.«

»Halt dein loses Maul, du!« Die Scheibe fuhr wieder in die Höhe. Kies spritzte auf, der BMW stob in einer Staubwolke davon.

Hat das sein müssen, Ben Wiesegger? Nein, aber er war nicht der Dalai Lama. Und wenn er anstatt der Ratte in Poschingers Eingeweide getreten wäre, würde er sich nicht vor Kummer die letzten Haarbüschel ausreißen. So viel stand fest.

Sein Smartphone zeigte eine Nachricht von Laura an.

»Schon wach, Suffkopf? Heut halb vier, nicht vergessen.«

Es war bereits halb elf durch. Wenn er den Bärtigen am Wankgipfel treffen wollte, wurde es höchste Zeit. Kruzifix! Er hatte vergessen, die Batterie seines Bikes zu laden. Das dauerte zu lange. Lissys Kombi konnte er sich kaum borgen. Ratlos stand er vor der Haustür. Die wurde schwungvoll aufgerissen. Frau Lehner hätte ihn fast über den Haufen gerannt.

»Ich muss heim, sonst wird der Franz grantig. Der glaubt eh, er kommt zu kurz.«

Sie eilte an ihm vorbei und steuerte auf einen bejahrten Fiesta zu.

Ben hatte keine Zeit nachzudenken.

»Frau Lehner, könnten Sie mir einen Gefallen tun?«, rief er ihr hinterher.

Sie erklärte sich bereit, ihn zur Wank-Seilbahn zu fahren, wenn er sich beeilen würde. Er joggte die Stiegen hinauf zu seinem Zimmer und zog sich die Schuhe an. Handy, Geld, Sonnenbrille – mehr würde er nicht benötigen, schließlich hatte er nicht vor zu wandern.

Lissy war noch nicht aufgetaucht, also hinterließ er ihr eine kurze WhatsApp-Nachricht.

Dem Fiesta und seinem Wohlbefinden hätten ein neuer Auspuff gutgetan, aber nach ein paar Metern Straße hatte sich Bens Magen an die sanfte Massage durch das Wummern gewöhnt. Besser laut gefahren als leise gehatscht.

»Ich sag dem Franz immer, wann richtest du mir das mal, aber er hat nie Zeit, und die Werkstatt ist halt teuer.«

Sie plauderte noch ein wenig über die Inflation, und dass Sprit und Strom ihnen die Haare vom Kopf fraßen. Dafür spross auf ihrem Schädel noch jede Menge brünett gefärbte Wolle. Einen

Euro für jedes Kopfnicken, und er hätte das Geld für die Wank-bahn locker zusammen. Dass er einen Bergausflug vorhatte, be-grüßte sie, da der Mensch auf andere Gedanken kommen musste und nicht nur Trübsal blasen konnte.

»Ich glaub allerweil, um manche Gestalten ist es nicht schade«, wechselte sie abrupt das Thema. »Die sind selbst schuld.«

»Wie meinen Sie das?«

»Wenn der Tote vielleicht der Lissy arg übel mitgespielt hat, man weiß es ja nicht.«

»Wenn er wem übel mitgespielt hätte, gehört er amtlich zam-gestampft, meinen Sie? Damit eins klar ist: Die Lissy hat damit nichts zu tun! Bestimmt war es der Minotaurus.«

»Ja, ich glaub es ja auch nicht recht«, murmelte die Frau. »Ich hab ja nur sagen wollen …«

»Ja, passt schon«, unterbrach er sie.

Eine Spur zu schroff. Sie hatte immerhin geholfen, die Pension am Laufen zu halten, obwohl sie daheim wohl genug zu schaffen gehabt hätte.

»Ist halt nicht leicht«, schob er hinterher, um seinen Satz ab-zumildern.

»Ja«, seufzte sie, »das Schicksal möchtest manchmal erschla-gen.«

»… und aus seiner Haut eine Jacke schneidern«, ergänzte er und schob grimmig das Kinn nach vorn.

Der Fiesta wurde ihm zu eng und Frau Lehner zu viel Masse an Mensch neben sich. Der Gurt schnürte ihm die Luft ab. Be-wegung, er brauchte Bewegung! Beim Sitzen konnte er sich nicht abreagieren, vielleicht wär's klüger, auf den Wank zu hatschen. Die Uhrzeit sprach dagegen.

Gott sei Dank kehrte Stille ein.

Ben glotzte aus dem Fenster. Frau Lehner starrte mit zu-sammengepressten Lippen durch die Windschutzscheibe. Ihr Gesicht war nur Zentimeter vom Lenkrad entfernt. Sie hätte es abschlecken können, ohne den Kopf zu bewegen.

Die Frühsommersonne legte sich ins Zeug, den Tag aufzuwärmen, und sie rollten an diversen Gruppen vorbei, die sich auf Zeit in den Bergen freuten. Da marschierten grün-braun gekleidete Wandervögel durch den Ort, unbekümmert zwitschernd, Karten und Handys studierend. Der harte Kern der Tourengeher zog bereits seit Morgenanbruch zu Berge, im Frühtau nebst Fallera. Für die war der Wank keine Quest.

Auf dem Parkplatz der Seilbahnstation ließ Frau Lehner ihn aussteigen.

Mit einem »Dankschön« knallte er die Tür zu und hastete zur Schlange vor dem Häuschen. Sie hupte zweimal, und der Fiesta ruckelte dröhnend davon.

Als Ben mit ergatterter Fahrkarte die Gondel bestieg, versuchte er das mulmige Gefühl zu verdrängen, das sich von seinem Magen aus nach oben arbeitete. Es war schließlich nur ein kurzer Trip zum Wankgipfel, weiter nichts. Und los ging's.

28

Er fiel. Sein Körper zerschellte zwischen den Fichten auf dem Waldboden. Jetzt! Er konnte den Aufschlag spüren. Jede Faser, jeder Nerv in ihm vibrierte. Nicht nach unten sehen! Aber seine aufgerissenen Augen wurden angezogen vom Hang. Er triefte wie frisch geduscht. Sein Schädel glühte. Nur noch ein paar Minuten. Ben griff nach seinem Handy. Ruhig halten, er musste die Hand ruhig halten. Keine neuen Nachrichten. Das Display verschwamm vor seinen Augen. Mit dem T-Shirt-Zipfel wischte er sich Schweißtropfen ab. Ihm gegenüber schoss ein betagtes Paar Fotos von der Umgebung. Das Klappern der Wanderstöcke an der Kabinenwand, wann immer einer der Stützmasten passiert wurde, drang Ben bis ins Hirn. Am liebsten hätte er sie rausgeschmissen – die Stöcke, das Paar und sich hinterher. Es war nicht auszuhalten. Es war die nackte Furcht.

Die beiden in ihrem beigefarbenen Trekking-Partnerlook machten sich gegenseitig aufmerksam auf immer neue Motive, die sich lohnten. »Schau! Siehst du das!« – »Da unten wandern sie!«

Für das schlotternde Wrack, das sich mit ihnen die Kabine teilte, hatten sie keinen Blick. Er hasste sie! Er hasste ihre Begeisterung. Und er hasste diesen seltsamen Bärtigen, wegen dem er hier eingesperrt in einer Gondel hockte und bei jedem Knarzen plärren könnte wie der Seehund-Heuler nach seiner Mama. An der Zwischenstation musste er allen Willen aufbringen, um nicht aus der Bahn zu springen.

Eine Viertelstunde wie eine Ewigkeit.

Als die Gondel die Bergstation erreichte, drängte sich Ben als Erster aus dem Gefährt. Die Augen geradeaus, stakste er voran. Was war mit ihm los? Über Angst vor der Höhe hatte er früher nur gelacht. Sein Puls verlangsamte sich, als er mitten in einer

Gruppe sonnenanbetender Touristen dem Wankplateau entgegenstrebte. Sein Smartphone zeigte fünf nach zwölf. Er richtete seinen Blick auf das imposante Zugspitzmassiv. Oh Gott, wie hatte er sie geliebt, diese gewaltigen Felsen rundherum! Und jetzt schlotterten ihm die Knie bei der Vorstellung hinaufzusteigen.

»So ein herrlicher Tag«, wurde er angesprochen.

Der Bärtige hatte sich wieder in seine Krachlederne geworfen, und von den Augenwinkeln bis zum Kinn war er ein einziges seliges Lächeln. Ben hätte ihm aktuell den »herrlichen Tag« sonst wohin schieben können. Stattdessen streckte er sich durch, soweit seine Rippen es zuließen.

»Ja«, bestätigte er. Nach einem Rundumblick war er besänftigt. Das üppige Grün, das sich über die Hügel zog, streichelte seine Seele. Kitsch pur, aber wahr.

»Wissen Sie, warum ich eine Jahreskarte für die Gondel hab? Jeden Donnerstag bin ich mit meinen Spezln da heroben, seit fünfzehn Jahren.«

»Respekt.« Mehr brachte Ben nicht heraus.

Nichts an seinem Gegenüber erinnerte an die nächtliche Unterhaltung vor dem Wilden Hirsch. Der Mann war wie ausgetauscht. Locker und leutselig.

»Wir haben eine einzigartige Natur, die gilt es zu bewahren.«

Dem konnte Ben beipflichten. Seit an Seit schritten sie den breiten Wanderpfad entlang. Je länger er seine Füße auf festem Boden spürte, desto mehr entkrampfte sich sein Leib. Wandertherapie. Die Sonne wärmte ihn, und jeder Atemzug in klarer Luft ließ die Lungen jubeln. Fast hätte Ben vergessen, warum er sich hier heraufgequält hatte.

»Ich wollte Ihnen zeigen, dass es sich lohnt, für all das zu kämpfen, verstehen Sie?«, meinte sein Begleiter.

»Ich bin hier aufgewachsen«, sagte Ben.

Sein persönlicher Whistleblower blieb stehen. »Schauen Sie, wenn was gemauschelt wird, dann immer wegen Profit. Müssen wir die Zahl unserer Gäste verdreifachen? Die wollen die Natur, die Tradition, die Bauernhöfe, all den Genuss. Wenn das weg ist, kommt's nie wieder.«

Ben setzte die erwartet betroffene Miene auf.

»Wenn das so brisant ist«, kam er zum Thema, »wieso sind Sie damit nicht zur Süddeutschen?«

Mit heiserem Lachen blieb der Bärtige stehen. »Für die SZ zählen nur Papers über prominente Gierhälse. Wenn du das bayerische Kommunale anschaust, da könnten sie jeden Tag, den der Herrgott schuf, drei Aufreger ins Blatt hauen – da gähnen die Leut bloß.«

»Wie sind Sie an die Informationen gekommen?«

»Moment! Fragen Sie als Journalist? Schreiben Sie drüber?«

»Ich geb mir Mühe.«

»Aus der Familie Schimmelpfennig, quasi erster Hand.«

»Der Sohn?«

Der Mann nickte.

»Und warum Ihnen?«

»Ich und meine Spezln engagieren uns für den Erhalt von Kultur und Natur. Früher war ich im Gemeinderat, bis ich gemerkt hab, dieses beständige Geben und Nehmen, diese ewigen Kompromisse, das ist der Wahnsinn.«

»Und deshalb gibt ihnen der Bursch den Prospekt?«

»Vielleicht lag es auch daran, dass ich auch Schimmelpfennig heiße. Ich bin sein Onkel.«

Dem Mann entfuhr ein Kichern. Ben dachte an einen Waldschrat.

Beim Weitergehen erklärte Schimmelpfennig ihm, dass ihm die Geschäfte seines Bruders wurscht seien. Aber so ein aufgeblasener Luxuskomplex, der noch mehr geldige Besucher ins Gebiet spülen würde, ging ihm gegen den Strich. Und wenn es nur aufgrund von Gemauschel in der Gemeinde wäre, müsste man denen den Marsch blasen.

Schimmelpfennig steuerte mit seinem Begleiter die Terrasse des Wankhauses an. Er schien Privilegien zu haben, denn die Wirtsleute begrüßten ihn mit großem »Hallo« und fanden für sie freie Plätze inmitten des Wanderertrubels.

»Ich hab Ihren Artikel heut gelesen«, sagte Schimmelpfennig der Edle, »sehr brav.«

In Ben stieg Ärger auf. Brav? Na, wenn schon. Er nahm einen tiefen Schluck vom Weißbier. »Der Vogel frisst mir aus der Hand«, prahlte er.

Schließlich galt er als First-Class-Journalist. Langsam fing er an, daran zu glauben. Investigativ bis ins Mark, der Wiesegger Ben war mit allen Ölen gesalbt.

»Schauen wir mal, dann sehen wir es schon«, meinte der Bärtige mit gerunzelter Stirn.

»Was ich nicht kapier«, sagte Ben. »Wozu die Geheimniskrämerei? Läuten Sie doch die Glocken.«

»Ja mei, du machst dir keine Freunde, wenn du den eigenen Bruder anschwärzt. Da wirst du zum Judas gemacht, Nestbeschmutzer! Blut sollt halt dicker sein. Und da geht's um Millionen, da musst du aufpassen, dass du nicht zerbazt wirst. Und wer alles die Hände aufhält und profitiert – frag nicht. Da bist du ruckzuck Persona non grata und bekommst nicht einmal mehr die Wurstsemmel am Stand.«

Darin war Ben Spezialist. »Unerwünschte Person« stand auf seiner Visitenkarte.

»Und Ihr Neffe wollte nicht, dass sein Vater ein Geschäft macht?«

»Nicht dieses Geschäft. Aber mein Bruder weiß inzwischen Bescheid.«

»Alles klar – ich müsste wissen, um welchen Grund und Boden es geht.«

Schimmelpfennig zierte sich ein wenig, bis er ihm Hof und Grund von Frau Fuchs benannte. Ein danebenliegendes Grundstück hätte die Gemeinde schon ankaufen können.

Ben bekam noch einen Gratisvortrag über die Deppen, die ihren Müll rund um den Wank in der Pampa verstreuten. Dafür sollten sie den Abfall nach beider Dafürhalten serviert bekommen, knusprig frittiert mit Ketchup.

Ben brummte der Schädel, als er sich wieder zur Gondelstation aufraffte. Schritt für Schritt näherte er sich dem Grauen. Kein Entrinnen. Den Wank hinunterzuwanken kam nicht in Frage. Fünfzehn Minuten musste er aushalten, egal, wie. Um sich abzulenken, sinnierte er darüber nach, ob ihm Schimmelpfennigs edler Bruder geholfen hatte.

Die Gemeinde kauft der Füchsin Grund und Boden ab, und dem Baulöwen wird es für ein Butterbrot zugeschanzt. Der hätte ein Fetzen-Motiv! Millionen. Die wären weg, wenn Frau Fuchs zu Geld käme und nix verscherbeln müsste. Beschweren könnte er sich kaum, weil sonst sein Nachwuchs als Drogendealer auffliegen würde. Sauber! Wer könnte ihm gesteckt haben, dass seine Aktien schlecht standen? Der Sohnemann wollte den Deal seines Vaters sabotieren und war laut Paolo über Georgius Urbans Absichten im Bilde. Der Baulöwe wird ihn ordentlich hergewatscht haben, bis der einknickte.

Abwärts war es leichter. Der Schweißausbruch blieb ihm erspart. Zwar pochte seine Pumpe gewaltig, aber der Trick bestand darin, sich auf seine Zehen zu konzentrieren. Eine nach der anderen nahm er sich vor. Er dachte über sie nach, erspürte sie und wackelte mit ihnen. Geheimtipp. Die Augenlider senkte er bis auf einen Spalt, egal, was der rausgefressene Balg, der mit dem Smartphone daddelte, von ihm hielt. Dessen Mama versuchte den Nachwuchs zu motivieren. »Schau amal naus, Julius!« und »Uii, ich glaub, da springt ein Reh!«, verlor aber den Fight gegen die Minecraft-Umgebung klar durch K.o.

Erst als sie mit einer angebrochenen Tafel Schokolade vor seinen glühenden Ballonbäckchen wedelte, generierte sie Aufmerksamkeit. Dabei hätte dem Burschen eine Wank-Wanderung die Speckwaden gestrafft. Passend zu seinen blitzsauberen Bergtretern, mit denen er eine Woche outdoor im Himalaja überstanden hätte.

Ben saß, mit trübem Blick auf seinen »Airbag«, im Glashaus. Die Schokolade hätte er nicht verschmäht, immerhin mit Mandeln. Das Weißbier schwappte ihm ohne feste Grundlage im Magen umher.

Als er endlich vor der Talstation stehen durfte, ließ er seinen Blick schweifen, um einen Fahrplan für den Bus zu erspähen. Bis zum Termin mit Laura bei der Fuchs hatte er genügend Zeit. Eine Mahlzeit wär nicht schlecht. Frische Luft macht hungrig.

29

Hehnle hatte Laura gleich verkündet, dass er dieses Mal keinen Tropfen anrühren wollte. Sie saßen in einem gemütlichen Café am Marienplatz, und er hatte sich einen Kaiserschmarrn mit hausgemachtem Apfelmus bestellt. Offenbar Ausdruck seines kulinarischen Bestrebens, dazuzugehören. Es duftete wie früher bei ihrer Mutter in der Wohnküche, und wenn sie nicht üppig gefrühstückt hätte ...

Ob es an der Süßspeise lag, der Bursche wirkte entspannter. Keine fahrigen Bewegungen, die Miene wolkenlos wie der Himmel über Garmisch.

Zwischen zwei Bissen wollte er von ihr wissen, ob es in ihrem Leben jemanden gebe.

Das Dasein sei an sich kompliziert genug, gab sie zurück. Die nächste Frage lautete garantiert, warum sie Tierärztin geworden war. Als er sie formulierte, war sie ernüchtert ob seiner Berechenbarkeit.

»Schon von Kindesbeinen an befasste ich mich mit Schweinen«, zitierte sie Johann Strauss' »Zigeunerbaron«, wie stets bei dieser Frage, und ließ es dabei bewenden.

»Nicht jeder träumt davon, Polizist in Garmisch zu werden«, gab sie ihm Futter für die Selbstretrospektive.

Er hatte den Kaiserschmarrn verputzt und lehnte sich zurück. Er redete sich warm, von den Eltern, beides Beamte im gehobenen Dienst, der Kindheit, von Stuttgart und der Trennung von seiner Jugendliebe, die ihn zum Entschluss geführt habe, ein neues Kapitel aufzuschlagen.

»Und hast du es dir so vorgestellt, als Garmischer Polizist?«

Er kratzte Apfelmus aus dem Schüsselchen.

»Da gibt's halt viel, was unausgesprochen ist, aber als Regel gilt. Politik, und wen du beachten und nicht verärgern darfst und so. Das nervt.«

»Verstehe«, meinte sie und nippte vom Kaffee. »Bei Mord hört ja die Rücksicht auf, oder?«

»Ich sag dir was«, er beugte sich zu ihr, »zuerst hab ich vermutet, der Poschinger spinnt. Aber inzwischen, Respekt vor seinem Riecher. Ich lern was.«

»Die Wiesegger war es, oder?«

»Das sind Interna. Aber ja, spricht sich eh rum. Wie ich mir heut Morgen beim Bäcker eine Butterbrezn geholt hab, haben die Leut Theorien diskutiert. Der eine wusste dies, die andere das. Wir gehen stark davon aus. Die Indizien sprechen für sich.«

»Das ging ja ruckzuck«, meinte Laura lobend. »Den Ferstl und seinen Attila wird's entzücken.«

»Ja, mehr sollte ich nicht sagen.«

»Eh klar, aber für mich als Tierärztin schon interessant. Wird ja nicht immer jemand mit Hilfe eines Stiers umgebracht. Sie wollte es wohl als Unfall tarnen, doch ihr wart gewiefter.«

»Klar, ein Bauunternehmer hat ausgesagt, der Tote hatte vor, eine Wohnung zu erwerben. Du darfst ja in Deutschland alles bar hinblättern. Ob es Schwarzgeld ist oder Geldwäsche, interessiert im Endeffekt keine Sau. Wenn wir die Aktentasche und das Geld des Opfers bei der Wiesegger finden – bingo. Alles beieinander: Heimtücke, Motiv und Plan. Aber behalt das beim Brezlkaufen für dich, ja?« Er grinste sie an.

Laura lächelte zurück.

»Da müsst ihr die Pension auf den Kopf stellen. Das ist bestimmt nicht vergnügungssteuerpflichtig.«

»Ich stell mir vor, Tierarzt ist auch heftig. Den ganzen Tag in den Ställen umher, und immer auf dem Sprung, falls ein Notfall reinkommt.«

»Tierärztin«, verbesserte sie ihn. »Denk heut Nachmittag an mich. Während du in Müll und Schmutzwäsche herumwühlst, bring ich Zwillingskälbchen auf die Welt. Das ist zwar blutiger, aber positiver, denk ich.«

»Die Hausdurchsuchung ist erst morgen in aller Früh, du musst Personal anfordern und blablabla, aber ich denk heut

Nachmittag trotzdem an dich. Manchmal tät ich lieber gern was auf die Welt bringen. Hoffentlich geht alles gut.«

»Zur Welt bringen ist nie verkehrt, sonst wird das Kalbsgeschnetzelte rar.«

Sie schmunzelte ob seiner irritierten Miene. Der Löffel mit Apfelmus verharrte vor dem Mund. Den Satz musste er verdauen, bevor er weiterschlucken konnte. Ein Happs Realität zum Nachtisch war nie verkehrt.

»Ich wünsch dir, dass bei dir auch alles gut geht«, fügte sie an, »beim Ermitteln, und beim Leben in Garmisch-Partenkirchen sowieso.«

Sie leerte das Kaffeehaferl und zwinkerte ihm zu.

»Weißt du, Laura«, sagte er, »ich find es toll, dass wir dazu gekommen sind, was über uns, unser Leben und so zu plaudern. Das sollten wir öfter machen. Vielleicht kannst du mir in Garmisch was zeigen – quasi für Insider.«

»Unbedingt«, meinte Laura, während sie den Blick auf ihr Smartphone-Display richtete, »aber jetzt muss ich mich sputen. Die Viecher haben null Gespür für richtiges Timing.«

Er nickte und winkte der Bedienung. Sie hatte nichts dagegen, als er darauf bestand, sie einzuladen.

Vor dem Café trennten sich ihre Wege. Laura begab sich auf den Heimweg, und der kleine Gockel mit e konnte frohen Mutes zurück zum polizeilichen Hort. Ohne Alkoholfahne und von Laura mit bester Laune aufgepäppelt. Zwillingskälbchen hatte sie, respektive die Mutterkuh, vor zwei Wochen zur Welt gebracht. Es war nicht unkompliziert gewesen, Schufterei nebst Handarbeit, weil sie falsch im Mutterleib gelegen hatten. Inzwischen mischten sie, als muntere und propere Viecherl, den Kuhstall auf, zur Erleichterung der Bauersleute.

30

Bens Magen knurrte ungeduldig. Er sollte ihn möglichst bald füllen. Der Wandertag hatte ihn hungrig gemacht. Unschlüssig sah er sich um. Die Buslinie 4 könnte ihn in die Innenstadt befördern, aber er verspürte wenig Lust auf Gewusel und Trubel, die mit Menschenansammlungen gewöhnlich einhergingen. Hundert Meter von hier, bei der Wirtschaft in Spuckweite vom Polizeirevier, würde ihm das Essen schwer im Magen liegen, auch wenn eine knusprige Gans ganz nach seinem Geschmack wär. Bei der Fahrt zur Gondelstation waren sie an einem Burger King vorbeigekommen – er könnte sich den Texas Doppel Whopper einverleiben, den sein Gaumen aus San Antonio noch in bester Erinnerung hatte. Kein Leberkas, aber immerhin.

Er hatte den Gedanken kaum zu Ende gedacht, als ein schwarzer Range Rover neben ihm zum Stehen kam.

Der Fahrer ließ die Scheibe herunter.

»Sie sind der Wiesegger Benjamin«, stellte der Fahrer fest.

So angesprochen, trat er einen Schritt zurück, hob den Arm gegen die blendende Sonne und versuchte die Gestalt im Wagen zuzuordnen. Vollbart, weißes Hemd, Doppelkinn, goldfunkelnde Uhr am Handgelenk, irgendwoher kam er ihm bekannt vor.

Es brauchte einen Moment, bis der Groschen fiel.

»Wissen Sie, wer ich bin?«, fragte ihn der Bärtige.

»Wenn der Schriftzug auf Ihrem Auto stimmt, der Herr Schimmelpfennig.«

Bei genauerer Betrachtung sah er aus wie die mopsige Variante seines Bruders.

Der Mann lachte. »Wenn jemand an einem Donnerstag auf den Wank gondelt und Journalist ist, kann ich mir denken, mit wem er gesprochen hat. Jaja, der Kreuzzug meines Bruders ...«

»Woher wissen Sie, wer ich bin? Ich hab keinen Text auf dem T-Shirt.«

»Steigen Sie ein, ich lad Sie zum Essen ein, dann sag ich es Ihnen.«

Ben grübelte einen Moment, bevor er die Beifahrertür aufzog und sich auf den Sitz schwang.

»Speisen mit dem Paten von Garmisch«, sagte er.

»Zu viel der Ehre«, brummte Schimmelpfennig II. und reihte sich in die Schlange Richtung Innenstadt ein.

Er fuhr einhändig. Mit der anderen Hand drückte er auf seinem Smartphone herum und hielt das Display Ben vor die Nase. »Da hat wohl jemand Schnappschüsse gemacht.«

Das erste Foto zeigte Ben im Gasthof Wilder Hirsch mit Vogel diskutierend. Es war von vorn aufgenommen, er hatte nichts davon mitbekommen.

Beim nächsten setzte Ben gerade das Weißbierglas auf der Terrasse der Wankhütte an die Lippen. Ihm gegenüber gestikulierte Schimmelpfennig I. mit ernster Miene. Topaktuell.

»Ich finde es nötig, sich ein Bild von den Leuten zu machen«, kommentierte Schimmelpfennig II. schmunzelnd, »um einen richtigen Eindruck zu bekommen.«

»Da schau her, ein Bildersammler«, sagte Ben. Was oder wer Schimmelpfennig II. auch immer darstellte, er konnte sich offenbar auf Zuträger und Spitzel verlassen. Warum Ben so bedeutend sein sollte, erschloss sich ihm nicht.

Ein BMW drängte sich an ihnen vorbei, der Beifahrer blickte aus dem Seitenfenster. Er war jünger als Ben, mit gestutztem Drei-Tage-Bart, den Schädel zierte eine rote Baseballcap. Der Kerl nickte ihm zu. Als das Auto vorbeigezogen war, registrierte Ben eine Münchner Autonummer. Nicht ungewöhnlich, aber die Geste des Burschen hatte ihn irritiert. Waren das die beiden Schläger gewesen? Und was zum Teufel hatten sie vor?

»Da vorn – ist's recht?« Schimmelpfennig II. deutete auf einen Gasthof zu ihrer Linken. Ben nickte, hier war es so gut wie überall. Der Baulöwe war sein Hauptverdächtiger Numero uno, und er war gespannt, was dieser von ihm wollte.

Im Gasthof zum Bären wurde Schimmelpfennig II. mit großem Bahnhof und Handschlag begrüßt, es schien sein Revier zu sein. Das Personal reihte sich auf, fünf Personen im Pinguinoutfit, lächelnd wie japanische Geishas. Schimmelpfennig wechselte jovial einige Worte mit dem Chef der Truppe, worauf beide in Lachen ausbrachen. Ben hielt sich im Hintergrund und ließ den Raum auf sich wirken. Karierte Tischdecken, ölgepinselte Landschaften an den Wänden, Plastikblümchen in den Tischvasen nebst kunterbuntem Urlaubervölkchen. Für Einheimische war es die falsche Tageszeit, die verdienten sich ihre Brötchen.

Sie wurden an einen der rustikalen Eichentische geleitet und setzten sich. Ben erfuhr, dass die Gans formidabel sei. Er verzichtete auf Bier und bestellte sich ein Wasser zum gebratenen Vögelchen.

»Sie fragen sich sicher, was ich von Ihnen will«, begann der Baulöwe und nahm einen kräftigen Zug vom Hellen. Er wischte sich über den Mund und krempelte die Hemdsärmel hoch.

»Tu ich das?«, kam Bens Replik.

»Ach, kommen Sie, mein Bruder hat Ihnen von meinen Plänen erzählt, und Sie schreiben für den Garmischer Kurier.«

»Vielleicht interessiert mich das gar nicht.«

»Gute Einstellung. So sollt es bleiben. Ich weiß, Sie haben keinen leichten Stand in Garmisch-Partenkirchen. Freunde könnten nix schaden.«

»Und Sie wollen mein Freund werden? Ich kreuz vielleicht an.«

»Schauen Sie, eigentlich will ich nichts.«

Der Kellner servierte zwei geviertelte Gänse mit Semmelknödeln. Die Kruste versprach Genuss zum Niederknien. Die beiden Männer begannen am Tier herumzusäbeln. Während des Kauens warfen sie sich Blicke zu. Die Beißgeschwindigkeit nahm zu. Das Ganze entwickelte sich zum Duell. Sie schlangen die Knödel in wenigen Happen hinunter.

»Sie tun nichts, fragen nichts, schreiben Gutes, dann sind alle happy«, sagte Schimmelpfennig II. mit Fetzen der Gans zwischen den Zähnen. Dabei riss er mit fetttriefenden Fingern Fleisch vom Schenkel.

»Sonst was?«

»Das werden Sie herausfinden.«

Ben hatte seinen Gänsebraten gefinisht. Den letzten Bissen spülte er mit Wasser nach. Mit Siegerblick knallte er das Glas auf die Tischplatte.

»Also?«, fragte der Baulöwe.

Ben legte Messer und Gabel beiseite. Er griff zur Serviette und betupfte sich den Mund.

Schweigend betrachtete er Schimmelpfennigs auf und ab hüpfenden Kehlkopf, während dieser in enormen Schlucken seine Halbe leerte.

»Wissen Sie, Wiesegger, irgendwie sind Sie mir sympathisch, ich mag Sie.«

… sagte der Wolf zum Rotkäppchen. Nein, er würde ihn nicht einwickeln. Dieses Essen diente einzig dazu, Ben einordnen zu können. Falls Schimmelpfennig II. dachte, von ihm könnte eine Bedrohung für seine Geschäfte ausgehen, würde ihm Ben gern die Antwort geben: Nein. Er war eine kleine Funzel, quasi ein heruntergebranntes Streichholz. Jedes Foto, das ihn zeigte, wäre verschwendeter Speicherplatz. Er wäre nicht imstande, den Namen Schimmelpfennig zur Headline emporzuheben.

Dessen Immobiliengedöns war ihm egal wie eine abgesoffene Mücke in der Loisach. Aber hatte er sich Urbans entledigt? Zutrauen würde Ben es ihm jederzeit, jedoch wie sollten sie es ihm nachweisen? Es musste einen Weg geben, Lissys Unschuld festzustellen. Und dieser Weg führte über die Schimmelpfennige.

Verdammt, wie er da vor ihm auf dem Stuhl fläzte, in seiner Selbstgefälligkeit, gleich einer fetten Spinne, welche die Beute im Netz zappeln spürt. Diesen Happen wirst du nicht verdauen, eher fror die Hölle zu.

»Ich war als junger Bursch ein halbes Jahr in den USA«, sagte Schimmelpfennig II. im Plauderton, »Florida, Palm Beach. Phantastisch dort, ein Traum, bombige Frauen.« Er lachte auf und leckte sich das Fett von den Lippen.

»If you can make it there, you can make it anywhere«, rezitierte er die alte Sinatra-Schnulze.

Ben presste die Lippen aufeinander. Seine Hände wurden feucht.

»Der Vogel hat mir einiges zu verdanken«, fuhr er fort. »Gefällt mir, dass Sie für ihn arbeiten. Ich hab Ihren Artikel gelesen, Respekt. Herbie schreibt recht nett, aber bei Ihnen fließt es. Für die Großstädter sind wir ja Außerirdische, Wesen von anderen Planeten. Da ist es wichtig, dass ein Hiesiger die Dinge geraderückt. Wir verstehen uns? Sie sind ja einer von uns.«

Hatte er sich schräg ausgedrückt, oder war das eine Anspielung? Ben brach der Schweiß aus. Seine Wangen glühten. Er griff zum leeren Wasserglas, um seine Hände zu beschäftigen.

Einer von uns? Was war dieses »uns«? Er vermutete, die Garmischer Bruderschaft der klammheimlichen Geschäftemacher. Hatte Hauptkommissar Poschinger auch eine Clubkarte?

Schimmelpfennig II. erhob sich und unterdrückte ein Rülpsen. »Wenn Sie noch etwas bestellen wollen, geht alles auf mich. Ach, und falls Sie meinen Bruder treffen, grüßen Sie ihn schön von mir. Wir sehen uns, ja?«

Ben verharrte auf seinem Stuhl.

Er beobachtete den feisten Mann, bis der durch die Eingangstür verschwunden war, und stand just im selben Moment auf, da zwei Typen das Restaurant betraten. Er erkannte die rote Baseballkappe und das Gesicht des einen. Sein Kumpel trug wirres schwarzes Haar, als hätte ein Vogel sein Nest auf seinem Schädel gebaut. Ben dachte an Max und Moritz. Ohne die modisch barbierten Bärtchen würden die Visagen original passen, wie von Wilhelm Busch hingekritzelt. Wieder nickte der Bemützte ihm zu, bevor sich beide an einem Tisch niederließen. Ben verschwand rasch und ohne sich umzublicken aus dem Lokal. Wer an Zufälle glaubte, käme voll auf seine Kosten. Er tat das nicht.

Als Laura die Tür öffnete und Ben erblickte, wusste sie sofort, dass der Tag ihm einen gewaltigen Knochen zum Kauen vorgeworfen hatte.

Er fiel mit der Tür ins Haus und schilderte ihr augenblicklich, dass er eine Gans und Wut im Bauch hatte. Sein Aufeinandertreffen mit den Gebrüdern Schimmelpfennig bescherte beiden eine Denksportaufgabe. Über sein Gespräch mit dem Baulöwen ließ er sich nicht weiter aus, nur, dass der ihm ein Essen spendiert und ihn gebeten hatte, die Füße still zu halten. Gegenleistung verlangte er offenbar keine.

»Wenn das Geschäft nicht klappt, muss er wohl Häuser verscherbeln. Meines zum Beispiel«, meinte sie. »Das gehört ihm, oder bereits der Bank. Mich hätte er in der Hand, ich möcht nicht ausziehen und liebe meinen Garten. Gegen dich hat er nichts, oder?«

»Quatsch«, fuhr Ben auf, »was sollte er haben?« Er sah an ihr vorbei, auf den Druck eines Triptychons von Bosch, das über ihrer Couch hing. »Der Garten der Lüste«.

Sie ließ ihn zu Atem kommen – immerhin war er zu Fuß durch den Ort bis zu ihrem Haus getrabt –, bevor sie ihm den Magenschwinger verpasste:

»Morgen früh durchsucht die Polizei eure Pension. Sie erhoffen sich, das Geld zu finden. Räum deine Unterhosen und die Pornos weg.«

Er sah sie mit großen, staunenden Augen an. »WTF!« Mehr brachte er nicht heraus.

»Du bringst bitte den Laptop heut Abend zu mir, damit Veit keine Schwierigkeiten bekommt. Weiß der Kuckuck, wie er an den gekommen ist.«

Er nickte. »Klar, mach ich.« Noch immer studierte er das Bild. Wo war er gerade?

»Und jetzt fahren wir zur Füchsin, auf geht's«, warf sie ihm zu und zog ihre Sneaker an.

Er rührte sich nicht. »Weißt du, Sherlock, ich bin verdammt froh, dass du … was ich sagen will, ist, ich bin …«

»Merk dir den Satz für ein andermal, wir sollten los«, unterbrach sie ihn und schloss für einen Moment die Augenlider.

Fahrig strichen ihre Finger durch die blonde Mähne, während sie ihn dabei beobachtete, wie er die zerfransten Schnürsenkel seiner Uralttreter verknotete. Neue Schuhe wären eine lohnende Investition. Gluckenhafte Gedanken überkamen sie, weil er so achtlos mit sich umging. Zwischen verhaut interessant und bloß verhaut war ein Unterschied. Nicht jeder Schlechtrasierte ging als Jäger des verlorenen Schatzes durch und Speckpolster nicht als »stattlich«. Wenn Ben ein Viech wär, würde sie den Besitzern die Leviten lesen. Schlechte Haltungsbedingungen, zu wenig Zuwendung, falsches Futter.

31

Diesmal ließ Laura es langsam angehen. Sie zuckelten geruhsam Richtung Klais. Die dicht gebauten Häuserreihen wichen nach und nach den Wiesen und Äckern, die Gebäude wirkten wie Inseln in einem Meer aus Grün und Braun. Laura bog nach mehreren Kilometern in einen Feldweg ein, der wie mit dem Lineal gezogen zu einem Bauernhaus führte.

»Glaubst du, meine Schwester hat Urban umgebracht?«, fragte Ben nach längerem Schweigen.

»Nein«, kam es von ihr.

Sein Blick war auf sie gerichtet, als wollte er ihr das Hirn durchleuchten. Sein Zweifel an ihrer Aufrichtigkeit legte sich ihr schwer auf die Schultern. Sie seufzte auf. Die Antwort war zu rasch, zu reflexhaft gekommen, um durchdacht zu sein, die Wahrheit war: Sie wusste es nicht. Bei allem, was sie über den Toten erfahren hatten, blieben auch andere Möglichkeiten. Und sie wünschte sich, Schimmelpfennig wäre der Täter.

Ihr Mund wurde trocken, ihr Nacken schmerzte. Sie konnte diese fiebrige Anspannung, die sie seit Tagen begleitete, nicht mehr loswerden. Der Sandsack war keine Lösung. Warum hatte sie sich auf diese Geschichte eingelassen? Eins hatte zum anderen geführt, jeder Dominostein den nächsten umgerissen.

»Mal schauen, ob uns Frau Fuchs was zu erzählen hat«, murmelte sie. Es sollte leichthin und tatendurstig klingen. Der Mann neben ihr nickte entschlossen.

Das Anwesen der Fuchs sah aus wie aus der Zeit gefallen. Grobe Mauern, von denen der Putz großflächig abgefallen war, mickrige Fensternischen, fast wie Schießscharten, und eine Eingangstür für Zwerge. Diese wurde geöffnet, und eine Gestalt, in Karohemd, Stiefel und schwarzes Kopftuch gehüllt, schritt auf sie zu. Die Cordhose schlackerte um die dünnen Beinchen.

Die beiden stiegen aus dem Wagen. Dicht vor ihnen blieb die Frau stehen. In ihrem Gesicht spiegelte sich die harte Arbeit vieler Jahrzehnte wider.

Laura mochte die Alte, in deren Augen ein Feuer brannte, als würde sie jeden Morgen neu einschüren. Ein Fremder konnte hinter den Runzeln und Falten nicht die Energie wahrnehmen, die ihr zu eigen war.

»Hallo, Füchsin«, sagte Laura. Der Blick der alten Frau war auf Ben gerichtet.

»Ich kenn deinen Vater«, sagte sie. »Dieselben Augen. Du bist der junge Wiesegger.«

»Stimmt«, brummte Ben.

»Dein Vater, der war ein fescher Bursch. Die Madln waren hinter ihm her wie der Teufel hinter der armen Seele. Mei, oh mei. Wie geht's ihm denn?«

»Passt schon.«

Laura sah sich suchend um. »Wo ist denn der Joschi?«

»Den hab ich letzte Woche eingegraben. Über die Nacht ist er gestorben. Ich hab mich gewundert, dass er am Morgen nicht gleich gekommen ist, und …«

»Besser so als lang leiden, er war ja ein Methusalem. Wenn ich einen Wurf sehe, bring ich dir einen Welpen mit. Was meinst du?«

»Besser nicht. Wer weiß, wie lang ich noch hab.«

Sie wandte sich um, schlappte zu einem verwitterten Bänkchen neben der Haustür und ließ sich darauf nieder. Ben und Laura setzten sich zu ihr.

Es dauerte nicht lang, und Laura fachsimpelte mit der Füchsin über die Behandlung von Rindern. Die Alte war eine Wissensquelle für sie. Jahrzehntelang hatte sie einst als Sennerin den Sommer auf Almwiesen verbracht. Ihre Kenntnisse über heilende Pflanzen und Kräuter waren unerschöpflich. Laura zückte einen Block und schrieb sich den ein oder anderen Pflanzennamen und die Wirkung auf.

Ben saß stoisch neben ihnen. Er hatte die Augenlider geschlossen und schien zu meditieren. Sie konnte nur spekulieren, was in ihm vorging.

Nach einer Weile stand er auf und spazierte über den Hof. Laura legte den Block beiseite.

»Sag amal, hast du das mitbekommen, von dem Toten auf Ferstls Weide?«, wollte sie wissen.

»Freilich«, meinte die Alte, »der hat mich besucht.«

»Und was hat er gewollt?«

Ben war bei der letzten Frage zurückgeschlendert und setzte sich wieder zu ihnen.

Die Füchsin atmete tief durch. »Das muss unter uns bleiben, weil ich die Freunde von meiner Katrin nicht reinreiten will. Er hat mir Geld angeboten, viel Geld, wenn ich zulasse, dass sie hier die Scheunen und Schuppen nutzen können. Es wär so wunderbar abgelegen.«

»Er wollte Drogen herstellen?«

Die Frau nickte.

»Was hast du ihm gesagt?«

»Er soll sich wieder schleichen.«

»Aber das Geld hättest du gebrauchen können.«

»Ich war ja einverstanden, später, aber nicht wegen des Geldes. Er hat gemeint, das wär sehr ungesund für die Burschen, wenn ich ablehne. Deswegen hab ich zugestimmt. Aber dann ist er ja verstorben.«

Laura blies die Backen auf.

»Er hat gedroht, den Jungs könnte was passieren?«

»Mhm. Das wollt ich gewiss nicht auf meiner Seele lasten haben.«

Ein silberner Mercedes kam über den Feldweg zum Hof gehoppelt. Die Stoßdämpfer leisteten Schwerstarbeit. Der Wagen war mit Karacho unterwegs, denn er zog eine Staubwolke hinter sich her, als führe er durchs Death Valley. Er bremste scharf neben Lauras Subaru, und zwei Männer mit dunklen Sonnenbrillen entstiegen dem Gefährt. Sie trugen weiße Hemden und gedeckte Anzüge – nahm man ihre Körperformen dazu, könnten sie dem »Blues Brothers«-Film entsprungen sein. Der Hagere, Großgewachsene nahm sich das Wort.

»Grüß Sie Gott, Frau Fuchs, ich sehe, Sie haben Besuch. Ja, schön. Immer allein ist ja auch nichts.« Seiner Miene nach zu urteilen, fand er das eher störend denn schön.

Sein rundlicher Begleiter wischte sich den Schweiß von der Stirn und schaute gen Himmel.

»Was wollts?«, rief die Füchsin ihnen zu.

»Mei, noch mal reden halt, Sie wissen eh, wie es steht«, meinte der Schlaksige und trat näher heran.

»Den Kopf in den Sand stecken, bringt uns ja nicht weiter«, meinte sein Kumpan, »wir brauchen eine Lösung.«

»Sie brauchen«, sagte die Fuchs, »ich nicht.«

»Wir alle.«

»Es geht ums Verkaufen?«, fragte Laura nach.

»Entschuldigung«, meinte der Füllige.

Die beiden stellten sich vor. Sie hatten es offenbar mit einem Gemeinderat und einem Vertreter der Raiffeisenbank zu tun. Im Auftrag des Herrn waren sie nicht unterwegs. Eher im Auftrag der Gemeinde bezüglich eines Kaufvertrags für den Hof, Grund und Boden.

Laura wusste, dass sich Frau Fuchs nicht ewig würde dagegenstemmen können. Zwangsversteigerung wäre eine mögliche Folge.

»Was hat denn die Gemeinde mit dem Land vor?«, fragte Ben in zuckersüßem Ton.

»Ich wüsst nicht, was Sie …«, begann der hagere Banker, doch sein Begleiter legte ihm die Hand auf den Arm.

»Das Wohl der Gemeinde steht für uns im Vordergrund«, predigte er. »Es wird eine ökologische und pragmatische Lösung gefunden, dank der der Garmisch-Partenkirchener Kreis prosperieren kann.«

»Prosperieren klingt phantastisch.« Ben nickte den beiden Männern mit andächtiger Miene zu.

»Wir kommen besser später wieder vorbei«, meinte der Stadtrat, der den schönen Namen Filzhauser trug.

»Tuts euch keinen Zwang an«, sagte die Fuchs. »Dein Großvater, Filzhauser, das war ein Ehrenmann. Die Feuerwehr hat der geleitet und sogar die Blaskapelle. Wenn sich wer für die Leut eingesetzt hat, dann dein Opa.«

Filzhauser junior blieb die Sprache weg. Er schluckte zweimal. Sein Gesicht zog sich in die Länge, die Äuglein konnten, trotz verspiegelter Brille, dem strengen Blick der Füchsin nicht standhalten. Er drehte sich abrupt um. Kopfschüttelnd schritt er zurück zum Wagen.

»Nächste Woche müssen wir Nägel mit Köpfen machen«, beschied ihr der Banker. »So oder so. Stichtag Mittwoch.«

»Weltspartag?«, erkundigte sich Ben.

Ihm wurde ein düsterer Blick beschert, dann ritten die beiden Streiter fürs Gemeindewohl wieder vom Hof.

»Die Katrin, meine Großnichte, hat gesagt, ich sollt es verkaufen und nach München zu ihr ziehen, aber das ist nix für mich. Was soll ich da?«

»Vielleicht kein schlechter Rat«, sagte Laura, »bei aller Streiterei. Wenn es zwangsversteigert wird, hast du auch nix davon.«

»Ich weiß, was die Gemeinde vorhat. Katrin hat es vom jungen Schimmelpfennig gehört.«

»Vielleicht wär's ja schön, wenn sich wer um dich kümmert. Was macht die Katrin in München?«

»Wart«, sagte die Fuchs.

Sie stand auf und ging ins Haus. Kurz darauf erschien sie wieder mit zwei Fotos.

»Das ist die Katrin«, sagte sie und reichte die Bilder an Laura weiter.

Ben linste zu ihr hinüber. Ein fröhlich lächelndes Mädchen, rote Lockenpracht, auf dem Geländer einer Isarbrücke sitzend. Das zweite Foto zeigte sie mit vier Burschen. Alle fünf saßen hier auf dem Bänkchen, einer davon war Paolo.

»Sie sieht gut aus, so fröhlich«, sagte Laura.

»Krankenpflege im Harlacher Klinikum lernt sie. Die hat genug um die Ohren. Ausbildung zur Intensivkraft. Das Bild ist bei mir aufgenommen. Da waren sie alle noch beisammen, die ganze Bagage, und haben Gaudi gehabt. Letzten Sommer war das.« Die Fuchs lächelte versonnen, dann seufzte sie auf.

»Ich bin ja nicht verblödet«, sagte sie, »das Geld fehlt, und ich werde wegmüssen, aber dass ausgerechnet der Schimmelpfennig sich das alles unter den Nagel reißen will, gefällt mir nicht. Dabei ist sein Sohn, der Justus, so ein netter, anständiger Bursch.«

Immerhin hatten die »netten, anständigen Burschen« in Garmisch Dope vertickt, dachte Laura.

Sie legte der Frau den Arm um die bebenden Schultern. So schmal und knöchern wirkte sie unter ihrer Strickjacke. Eine zerbrechliche, betagte Bauersfrau, die nicht dort sterben würde, wo sie geboren worden war.

Die Füchsin ließ ihren Blick in die Weite schweifen, als wollte sie sich vom Land verabschieden.

Sie saßen eine geraume Weile schweigend nebeneinander auf dem Bänkchen. Die Sonne hatte sich bettfertig gemacht und erhellte rot strahlend den Horizont. Ben schob die Hände in die Hosentaschen und scharrte mit den Füßen im staubigen Boden. Solange er nicht anfing, Insekten aufzupicken und zu gackern, war alles okay.

Was immer sie sich vom Besuch bei der Fuchs erhofft hatten, überraschende Erkenntnisse waren nicht auf dem Gabentisch gelegen. Welche tragende Rolle Gemeinderat Filzhauser innehatte oder der Raiffeisen-Geselle, hinterfragte sie besser nicht. Gewiss fielen vom Kuchen ein paar Krumen für die beiden ab, umsonst tummelten die sich hier nicht wie die Waschbären um die Biotonne.

Genug Motivation, um dafür einen zwielichtigen Konkurrenten aus dem Weg trampeln zu lassen?

32

Ben wurde von Laura vor der Pension abgesetzt. Sie hatte ihm
eingeschärft, den Laptop abzuliefern. Er würde sowieso nicht
damit schreiben, Vogel hatte ihm aufgetragen, am nächsten Tag
in der Redaktion vorbeizuschauen, um die weitere »Strategie«
abzusprechen. Nach seinem Gespräch mit den Schimmelpfen-
nigen wusste er, in welcher Schublade er den Chefredakteur ein-
sortieren konnte. Er erwartete, Josefas roten Mini zu entdecken,
Lauras »Was schaust du?« tat er schulterzuckend ab.

Lissy stellte den Staubsauger ab, als er den Flur betrat.
»Ich war bei Mama«, sagte sie, »morgen wird sie aus der Klinik
entlassen, und sie kommt dann direkt nach Schwangau in die
Reha. Es wird werden.«

Zu einer weiteren Mitteilung war sie nicht zu bewegen. Sie
blieb stumm, und er war zu erschöpft, um sie zu drängen. Wenn
sie es mit sich ausmachen wollte, gut. Seinen Segen hatte sie. Er
starrte ihr auf den Hinterkopf, während sie sich mit dem Sauger
tummelte. Wieso sollte er sich ein Bein ausreißen, wenn sie nicht
einen Funken dazu tat, die Sache aufzuklären? Er spürte einen
Klumpen im Magen wie eine Faust, die sich zusammenballte. In
der Stube setzte er sich mit einem Bier an den Tisch. Feierabend.
Schicht im Schacht. Sollten sie ihnen die Bude auf den Kopf stellen.

Lissy kam herein und warf ihm einen Untersetzer zu.
»Morgen früh gibt's hier eine Hausdurchsuchung«, sagte er,
»die werden gründlich sein, mit etwas Glück reißen sie uns das
Unkraut aus dem Garten, und wir haben weniger Arbeit.«

»Woher willst du das wissen?« Lissys Stimme klang rau. Sie
drehte sich weg von ihm und hantierte an einer Schublade der
Anrichte.

»Von der Polizei selbst«, sagte er.

»Aha«, war ihr einziger Kommentar, bevor sie wieder nach
draußen ging.

»Kruzifix!«, brüllte Ben seiner Schwester hinterher und warf den Korkuntersetzer gegen die Wand. »Was hab ich bloß verbrochen?«

Als die Dunkelheit einsetzte, stieg er zu seinem Vater hinauf. Er fand ihn im Sessel bei der Dachluke, die Augen hinter seinem Teleskop.

»Magst ihn sehen, Bootes, unseren alten Ochsentreiber?«, wollte er wissen, ohne sich zu ihm umzudrehen.

»Freilich«, sagte sein Sohn.

Abwechselnd schauten sie durch das Teleskop zum Himmel. Ben kannte alle Einzelheiten des Sternbilds seit Kindertagen. Das gemeinsame Betrachten war ein Ritual gewesen. Er hatte es mit einem Drachen oder einer Eistüte verglichen. Sein Vater hatte ihm erzählt, es sei ein Pflüger, der seine Ochsen treibe, und ihre Bewegung halte den Himmel in Rotation. Ben liebte diese Mär, sie klang bodenständig und erdig.

Die Sternenbetrachtung fing ihn ein mit ihrer Ruhe. Zeit wurde bedeutungslos. Wer war er, ängstlicher Wicht, im Angesicht dieser Beständigkeit?

»Besorgst du einen Hund?«, wollte sein Vater von ihm wissen, als er es sich in seinem Sessel gemütlich machte.

»Wieso kommst du jetzt darauf?«

»Vorhin war der Fuchs da. Ich hab ihn gehört, wie er um den Schuppen strich.«

»Ich glaub, du hast dich getäuscht«, sagte Ben. Hoffentlich, dachte er. Hoffentlich war niemand um den Schuppen gestrichen, weder der Fuchs noch Josefa noch die zwei Halunken. Sicher war er sich nicht.

Sie beobachteten eine Weile schweigend den Himmel, als Ben ein Geräusch aus dem Hof vernahm.

»Hörst du es?«, fragte sein Vater. »Ich täusch mich nicht.«

Ben blieb nichts anderes übrig, als nachzusehen.

»Nimm die Flinte mit, Bub«, knurrte ihn sein Vater an. »Und wenn's der Fuchs ist, brennst du ihm ein Loch ins Fell.«

»Ist die geladen?«, wollte Ben wissen. Der Fuchs wäre einer der Protagonisten, bei denen er kein Bedürfnis empfand, sie mit Schrot zu spicken.

»Seit gestern.« Sein Vater ruckte auffordernd mit dem Kinn.

Er überlegte nicht lange, sondern griff zu. In San Antonio war er der »stupid German« gewesen, da er keine geladene 45er griffbereit im Trailer aufbewahrt hatte. Mit dem Gewehr in der Armbeuge trabte er die Stiegen nach unten und schob die Haustür auf. Er spähte umher. Nichts.

Pling! Ben erstarrte und lauschte in die Dunkelheit. Pling! Eisen schlug auf Stein. Er orientierte sich in Richtung des Geräusches und hielt den Atem an. Kein Fuchs, da war er sich sicher. Wer oder was dann? Er schlich geduckt weiter. An der Hecke, welche die Rasenfläche des Hofes begrenzte, nahm er eine Bewegung wahr. Er schritt darauf zu und hob die Flinte, ohne jedoch dem Abzug zu nahe zu kommen.

»Was machst du da?«, rief er der Gestalt in schwarzer Kapuzenjacke zu, die vor ihm neben einer Schaufel auf dem Boden kniete.

Sie fuhr herum. Lissy sah ihn mit aufgerissenen Augen an.

»Oh, verdammte Scheiße!«, entfuhr es ihm. Vor ihr, in einem Erdloch, lag eine Aktentasche.

33

Sie saßen sich in der Stube gegenüber. Die Aktentasche hatte Ben von Dreckklumpen befreit und in der Mitte des Tisches platziert. Beide starrten schweigend auf das schwarze Leder.

»Ich möcht nur eins hören«, flüsterte Ben, »dass du Urban nicht umgebracht hast.«

Lissy schüttelte den Kopf. Tränen liefen ihr über schmutzgraue Backen. Sie zupfte sich ein Taschentuch aus der Hosentasche, schnäuzte ausgiebig.

»Also gut«, begann er, »erzähl es mir. Alles.«

»Er hat mir die fünfzehntausend gegeben, für die Heizung. Der Wildmoser, der sie eingebaut hat, war ja selbst am Ende. Der hat mich angefleht zu zahlen. Ich konnt es mir ja nicht aus den Rippen schneiden, weil während der Pandemie plötzlich die Gäste ausgeblieben sind.«

»Wieso gibt dir Urban fünfzehntausend Euro?«

»Wegen unseres Ackers hinten beim Wäldchen, wo noch die zwei alten Schuppen stehen. Er hat gesagt, dass eh Cannabis legal wird und er Leute vertritt, welche die Ersten sein möchten, die Felder bewirtschaften und anbauen können. Es gäbe bestimmt einen Run, sobald das Gesetz geändert würde. Und die Schuppen wären ideal.«

»Klar, zum Zusammenbrauen von was weiß ich. Und den Schmarrn hast du tatsächlich geglaubt?«

»Ich weiß nicht. Ich hab an das Geld für den Wildmoser gedacht und einfach gehofft, dass es stimmen könnte. Und der Georgius war ja …«

»Schon klar – und die Tasche?«

»Ich hab beobachtet, wie er da das Geld rausgeholt hat, für mich, und wie ich in der Früh gehört hab, er ist tot …«

»Hast du sie aus dem Zimmer geholt, bevor der Poschinger gekommen ist.«

»Ja«, hauchte sie. »Ich hab mir gedacht, mein Gott, die Auftraggeber haben bestimmt mehr als genug, und uns würde es helfen.«

»Wie viel ist da drin?«

»Ich hab's nicht gezählt. Sehr viel. Was machen wir damit?«

»Ausgeben und abgeben nicht, sonst sitzt du morgen hinter Gittern.«

Er fuhr sich durch die Haare. Bald würden die letzten verschwunden sein, wenn es so weiterging.

»Ich kümmer mich. Die Tasche muss weg, bevor Poschinger morgen früh hier aufschlägt«, sagte er und griff seiner Schwester beim Aufstehen kurz an die Schulter.

Sie sah auf, und ein unsicheres Lächeln erschien auf ihren Lippen. Nur Mut, Benjamin Wiesegger. No risk, no fun.

Er packte die Tasche gemeinsam mit dem Laptop in einen Wanderrucksack und griff sich den Autoschlüssel vom Haken.

»Pass auf dich auf, ja?«, rief ihm seine Schwester nach.

Ihm fiel noch etwas ein. »Du bist nicht vor zwei Stunden um den Schuppen gestrolcht?«

»Nein, wieso?«

»Passt schon.«

Sein Vater musste sich getäuscht haben, oder er existierte, der ominöse Fuchs. Er hatte gehört, die Wölfe wären auf dem Vormarsch in der Region. Auch mit denen könnte man einfacher koexistieren als mit manchen Menschen.

Laura würde sich freuen. Drugs and Rock 'n' Roll.

Ben drückte auf die Tube. Es war schon bald Mitternacht, und er wollte Laura nicht erst wecken, bevor er die Aktentasche präsentierte. Miese Laune wäre eine schlechte Diskussionsgrundlage.

Die Straße war wenig frequentiert. Beim Blick in den Rückspiegel bemerkte er einen dunklen BMW. Die Insassen konnte er nicht erkennen, aber die Münchner Nummer. Sollten Max und Moritz ihn verfolgen? Er bog nicht ab in die Garmischer Innenstadt, sondern prügelte den Kombi auf die Hauptstraße und weiter auf die Münchner in Richtung Burgrain. Der BMW blieb dicht hinter ihm. Wie sollte er sich Gewissheit verschaffen? Er durfte die beiden nicht auf direktem Weg zu Laura führen. Erst müsste er sie abhängen. Vor der Loisachbrücke kam die Abzweigung zu den Loisachauen. Das Lenkrad begann in seinen Händen zu vibrieren. Verdammt, was war das? Der Kombi wurde zum bockigen Gaul. Er schlingerte. Da war die Abzweigung. Und los!

Er riss im letzten Moment das Lenkrad nach links und konnte im Spiegel noch erkennen, dass der BMW-Fahrer in die Eisen stieg. Vor ihm ging die Straße in eine Rechtskurve über. Himmel Herrgott, der Wagen spielte verrückt! Keine Chance, ihn auf der Straße zu halten. Das Heck schmierte weg. Es reichte für ein »Scheiße!«, dann schlidderte der Kombi über den Straßenrand hinaus in die Botanik. Bens Zähne schlugen aufeinander. Büsche und Äste prügelten auf die Karosserie ein. Wild zog er an der Handbremse und rammte den Schalthebel in den Leerlauf. Der Wagen schrammte an Bäumchen vorbei, drehte sich um neunzig Grad und wurde ausgehoben. Kurz stand er auf zwei Rädern. »Nicht umkippen!«, flehte sein Insasse. Der Kombi tat ihm den Gefallen und fiel wieder auf seine vier Räder zurück.

Ben blickte sich um. Er atmete schwer. Falls das alte Teil einen Airbag hatte, war der im Tiefschlaf. Der Gurt drosselte ihn. Er öffnete den Schließmechanismus und versuchte ins Freie zu gelangen. Die Fahrertür klemmte. Mit den Füßen trat er gegen die Beifahrertür. Samt seinem Rucksack sprang er heraus. Links plätscherte munter der Katzenbach, vor ihm lagen die Bahnschienen.

»Wiesegger!«, hörte er eine Stimme hinter sich plärren. »Warte, wir wollen mit dir reden!«

»Lasst euch einen Termin geben!«, schrie er zurück.

Er rannte los, ohne sich umzuwenden. Durch die Sträucher, den Katzenbach entlang, dann krabbelte er in Höchstgeschwindigkeit die Böschung nach oben, stolperte über die Bahngleise. Er wusste nicht, ob Max und Moritz ihn verfolgten. Er war jenseits von Gut und Böse. Nur weg von hier. Wenn sie die Aktentasche bekämen, würden sie schlussfolgern, die Wiesegger-Sippe hätte ihren Kumpel auf dem Gewissen. Wer wusste, ob sie Urban rächen wollten.

Immer weiter schlug er sich durch die Büsche. Als er nicht mehr konnte, blieb er ächzend stehen. Luft holen, tief atmen! Er hörte die Autos auf der Hauptstraße vorbeirauschen. Keine Stimmen, kein Knacken von Ästen.

Was war das eben gewesen? Verdammt, der Kombi war unkontrollierbar gewesen. Zu schnell? Reifenpanne? Er konnte den Kopf nicht zur Seite drehen, der Schmerz schoss ihm in den Nacken.

Er tastete nach seinem Handy. Zum Glück hatte er es in die Hosentasche geschoben.

Bei Laura erwischte er die Mailbox und hinterließ ihr ein verhalten vorgetragenes »Ruf mich bitte zurück, ja!«.

Er musste hier weg. Was sollte er mit dem Wagen machen? Er war fahrerflüchtig. Die Polizei würde Fragen stellen. Vielleicht könnte er sich mit Schock herausreden. Wenn er umkehrte, würde er den beiden Kerlen in die Hände fallen. Scheißaktion!

Er wählte Richies Nummer. Der hatte erstens früher hier in der Nähe gewohnt und war zweitens nicht am Arbeiten wie Luigi, denn der würde sein Lokal kaum verlassen können.

»Geh ran!«, flehte er, als er das Freizeichen hörte.

»Ja?«

»Servus, Richie – könntest du mich abholen? Ich bin von der Straße abgeschossen, mit Lissys Auto. Beim Katzenbach.«

»Bist du verletzt? Wie ist denn das passiert?«

»Nein, alles okay. Keine Ahnung, an der Karre war irgendwas plötzlich kaputt.«

Die Funkstille am Telefon erzeugte Death-Metal-Riffs auf Bens Nervensträngen.

»Bist du noch dran, Richie?«, brüllte er. »Hallo!« Mit Glück trug die Stimme ohne Handy bis zu dessen Wohnung.

»Was? Ja«, hörte er Richie stammeln. »Der Depp!«

»Wen meinst du?«

»Scheiße, verdammte! Ich hab ihn gewarnt!«

»Was ist denn los? Wen hast du denn gewarnt?«

»Den Steff!«

»Den Freund deiner Tochter?«

Ben brauchte einen Moment, bis sein unter Strom stehendes Hirn eins und eins zusammenzählen konnte. Oder war das ein Kurzschluss?

»Ich weiß, dass der Steff Tonis Sohn ist. Wir wissen beide, dass der mich vom Rad geschmissen hat.«

»Was hättest du denn gemacht mit ihm? Das war schwierig für mich. Ich hab gedacht, ich red mit ihm. Und er hat versprochen ...«

»Ach so, schwierig. Da redest du ihm relaxt ins Gewissen, und er verspricht dir was genau? Ja, spinn ich! Der glaubt, ich hab seinen Vater vom Grat geschmissen! Und jetzt denkst du, er hat mir am Auto gefummelt, oder was? Wo ist der Bursch?«

»Seit gestern hab ich ihn nicht mehr gesehen. Meine Tochter und der Werkstattmeister von seiner Arbeit wissen auch nichts.«

»Da hätt die Lissy drin sitzen können, ist dir das eigentlich klar?«, plärrte ihn Ben an. Ihm platzte gleich der Schädel.

»Ich hol dich ab, dann besprechen wir das.«

»Leck mich am Arsch, du depperter Kasperl!« Ben drückte ihn weg und wählte erneut Lauras Nummer.

Josefa konnte als Prophetin ihr Geld verdienen. Deine Freunde werden dich bis zum ersten Hahnenschrei verraten, oder wie war das gleich noch?

Diesmal ging Laura an ihr Handy. Er zwang sich, ihr zuzuhören, als sie ihm verklickerte, dass sie unter der Dusche grundsätzlich keine Gespräche annahm. Wo er denn mit dem Laptop bliebe, wollte sie wissen.

»Da gibt es ein minimales Problem«, sagte er.

Veit wirkte entspannt, als er ihn mit Mayers rollender Burgerschachtel bei der Loisachbrücke aufgabelte. Sie rollten slow speed die Auen entlang. »Jetzt fahren wir ganz easy peasy an deinem Wagen vorbei und peilen die Lage«, meinte er. Die Zillertaler Schürzenjäger sangen dazu: »Wenn's di gibt, dann musst du einer sein, ausm Berg von Problemen, da machst du an kleinen Kieselstein!«

Ja, dachte Ben, und ich bin in der Kiesgrube verschüttet.

Sie sahen das Blaulicht schon von Weitem.

»Das ist komplitückisch«, kommentierte Veit und wendete. »Ich setz dich bei der Laura ab, und dann schauen wir mal, was sich machen lässt.«

Ben atmete durch. Er hätte den Polizisten keine vernünftige Erklärung vortragen können. Nicht in diesem Zustand. Seine aufgeschürften Hände umklammerten den Rucksack auf dem Schoß, als wär er sein Baby. Den musste er in Sicherheit wissen, nur das zählte.

Veit stellte ihm keine Fragen. Ben war ihm dankbar dafür. Er wurde an Lauras Haustür abgeliefert wie ein Paket, der Bote machte sich gleich wieder vom Acker.

34

»Fahrrad nix, Auto nix, du nimmst in Zukunft besser den Bus«, sagte Laura.

Sie hatte sich in einen Jogginganzug und ihre Häschenschuhe geworfen und besah sich im Wohnzimmer den ramponierten Unfallfahrer.

»Nichts, was ein bisserl Jod nicht beheben könnte«, resümierte sie. »Einen Guten kann nichts entstellen.«

Sie verarztete die Kratzer und wartete auf seine Erlebniserzählung. Ben zog den Laptop aus dem Rucksack und platzierte ihn auf den Tisch.

»Auftrag erledigt«, sagte er. Ächzend lehnte er sich zurück.

»Ich hab noch was dabei«, meinte er, »hast du Schnaps daheim?«

Ein paar Minuten später nippte Laura vom Whiskyglas und fixierte schweigend die Aktentasche, die er ihr präsentiert hatte. Kommentarlos war sie auf der Couch gesessen, während Ben die Geschichte von seiner Schwester und ihrem toten Georgius vom Stapel ließ, und dass er wegen seiner zwei Verfolger und einer Autopanne von der Straße abgekommen war.

Sie konnte Lissy zu wenig einschätzen, um sicher zu sein, dass die Geschichte glaubwürdig war. Ben kannte sie seit ein paar Tagen. Er war vor zwanzig Jahren abgehauen, weil die halbe Welt ihn für einen Mörder hielt, und was er ihr aufgetischt hatte, war alles andere als leicht verdaulich.

Am Wochenende noch war sie eine zufriedene Tierärztin gewesen, und die einzigen Sorgen hatte sie sich darum machen müssen, ob die Behandlung einer Sau oder eines Rindviehs gut angeschlagen hatte. Falls Schatten auf ihr Leben gefallen waren, dann die unsägliche Geschichte mit ihrem Ex-Mann, die immer noch nicht ausgestanden schien.

Und jetzt war sie verstrickt in Mord und Totschlag, ein zerschundener Kerl lungerte auf ihrem Sofa herum und erwartete was?

»Was erwartest du genau von mir?«, wollte sie wissen. »Ob ich es glaub oder nicht, kann dir doch egal sein.«

»Glaubst du an Verschwörungstheorien?«, kam seine Gegenfrage.

»Lass hören«, sagte sie genervt von sich, weil sie drauf und dran war, sich wieder einwickeln zu lassen. Sie wusste nicht einmal, ob es Neugier war oder der Wunsch, diesem Burschen und seiner Schwester zu helfen. Helfersyndrom, befand sie, dabei war er kein verletztes Viech.

»Angenommen, dein Privatsheriff steckt mit den Burschen unter einer Decke und du solltest erfahren, dass morgen die Hausdurchsuchung geplant ist. Die haben mitbekommen, dass wir rumglucken zusammen und zu Recht angenommen, du würdest die Info an mich weitergeben.«

»Rumglucken? Aha.«

»Ja.«

»Arg weit hergeholt.«

»Ja aber ich fahr weg, und die verfolgen mich. Warum? Die können sich ja denken, dass wir die Geldtasche vor morgen früh wegschaffen müssen, falls wir sie versteckt hätten.«

»Vielleicht, weil du ihr einziger Anhaltspunkt bist.«

»Wieso gerade ich? Meine Theorie würde erklären, wer ihnen gesteckt haben könnte, dass die Polizei das Geld nicht bei Urban gefunden hat.«

»Und warum schlagen sie nicht hier auf und putzen uns vom Teller?«

»Zu auffällig. Die gehen nicht von Haus zu Haus und spielen den Krampus. Garmisch ist nicht Chicago. Dumm sind die nicht.«

»Und wie werden wir, ich meine du, sie wieder los, sodass nicht ständig Nachschub auftaucht?«

»Keine Ahnung. Hast du eine Idee?«

»Schön, dass wir ›rumglucken‹ und du mich bei diesen Schwachmaten mit auf die Speisekarte gesetzt hast.«

Ben schwieg. Hinter seiner Stirn schien es zu arbeiten. Immerhin ein Anfang. Falls sie dieser kleinen, miesen Ratte von einem Polizisten tatsächlich auf den Leim gegangen war, war das etwas Persönliches. Der würde sie kennenlernen. Und ja, Ben könnte leider recht haben – es klang zu logisch, um als Hirngespinst abgetan zu werden. Oder wurden sie beide langsam paranoid? »Wir hetzen grad nur hinterher, oder?«, fragte sie ihn. »Einen Masterplan haben wir nicht. Und an den Schimmelpfennig kommen wir nicht ran.«

»Aber dein Whisky ist first class«, gab Ben zurück.

Auf ihrem Handy erschien eine Signal-Nachricht von Veit. Sie hielt Ben das Display vor die Nase:

»Alles klar, ich komm vorbei.«

Verzwickte Situationen waren sein Ding, und er hatte sie nicht gefragt, warum er diesem dubiosen Ben Wiesegger zu Hilfe eilen sollte. Er gefiel sich in dieser Rolle. Es gab ein Problem, und Veit konnte es meistern, so einfach war das. Sie musste sich nur gut wappnen gegen die Fragen der Mayer. Die machte sich um ihren Veit beständig einen Kopf und war nicht leicht abzuspeisen mit fadenscheinigen Ausflüchten.

Es läutete. Laura hatte sich auf die Toilette verzogen, also ging Ben zur Tür, um Veit hereinzulassen.

Aber es war nicht Veit.

Ben stand einer hageren Gestalt gegenüber, die er noch nie gesehen hatte. Drei-Tage-Bart, hohlwangig, hellbeiger Leinenanzug. Oldschool, Humphrey-Bogart-Gedächtnis-Style. Der Kerl hatte ein Lächeln aufgesetzt, das er sich bei Bens Anblick sofort aus dem Gesicht wischte.

»Sie wünschen, mein Herr?«, fragte Ben butlerlike.

Die Frage hing in der Luft. Ihr Adressat blieb stumm.

Beide starrten sich in die Augen, ohne zu blinzeln. Den Niederstarr-Wettbewerb gewann Ben locker.

Humphrey drehte sich auf dem Absatz seiner Ledertreter um und spurtete los. Es schien, als wäre er einem bösen Geist begegnet. Optisch käme das bei Ben hin, Blut und Dreck inklusive. Der Flüchtende stolperte über die Kante einer Steinfliese und schlug der Länge nach hin.

»Hoppala«, kommentierte Ben, als der Typ sich aufrappelte. Sein schickes Höschen war am linken Knie aufgerissen. Er warf dem Türsteher einen finsteren Blick zu, bevor er über den Rasen setzte, bis die Dunkelheit ihn verschluckte.

»Ist Veit gekommen?«, kam es von Laura aus dem Flur.

»Nein, ich glaub, der Zirkus ist in der Stadt. Oder ich hab einen Ex mit meiner archaischen Männlichkeit verscheucht.«

Er bekam von Laura keine Antwort. Das war wohl nicht witzig.

Minuten später erschien Veit. Er erklärte Ben, dass der Kombi beim Huber Schorsch sei, der hätte ihn mit Veit abtransportiert. Da der leitende Polizist am Unfallort, der Walther Xare, zu seiner freitäglichen Schafkopfrunde im Hirschen gehörte, hätte sich dieses Problem befriedigend lösen lassen. Er müsst ihm halt ein bis drei Halbe spendieren, beim nächsten Mal. Der Schorsch würde sich den Wagen anschauen, einen Kostenvoranschlag machen, dann könnte man weitersehen. Er habe ihn gebeten, darauf zu achten, ob vorher etwas defekt gewesen war.

»Ihr lasst es euch gut gehen?«, erkundigte er sich mit Blick auf Laura, die gedankenverloren mit vollgeschenktem Glas auf der Couch saß, das sie anstarrte, als wäre es eine Glaskugel, welche die Zukunft offenbarte.

Veits Erscheinen konnte sie kaum in diesen Zustand versetzt haben. Ob es mit der Gestalt zu tun hatte, die er an der Haustür zufällig in die Flucht geschlagen hatte? Egal, jeder und jede hatte Geheimnisse. Er hatte ihr nicht von Tonis Sohn Stefan und dessen Connection zu Richie erzählt. Das war sein Menetekel.

Laura setzte das Glas an und kippte den Inhalt in wenigen Schlucken hinunter. Vermutlich das einzig Richtige, Besaufen war zwar keine Lösung, verschlimmerte jedoch keinesfalls ein Problem. Er schenkte sich großzügig ein und reichte die Flasche an Veit weiter.

Der besah sich das Etikett, nickte und tat es den beiden nach. Das hatte er sich verdient.

Nachdem sich Veit wieder auf den Weg gemacht hatte, die Mayer würde ihn sonst »mit der Kehrichtschaufel abbürsten«, saßen beide am Tisch und brüteten vor sich hin. Laura hatte sich ein weiteres Glas eingeschenkt. Bens Augen fixierten ihr Gesicht, als wollte er sie sezieren.

»Wer war das vorhin im Garten?«, fragte er unvermittelt.

»Mein Problem.«

Er setzte sich auf. »Dann kümmern wir uns zur Abwechslung um dein Problem.«

»Ben, der große Kümmerer? Träum weiter.«

Sein Blick blieb unbeirrt. Lauras Rüstung schien zu schmelzen. Sie ließ sich Bens unbekannte Gartenbekanntschaft beschreiben.

»Ja, das war mein Ex.«

»Der dich immer noch heiß und innig liebt?«

»Klar. Liebe zum Geld.«

»Wieso das?«

»Die ganze Story, da quatschen wir bis morgen früh.«

»Egal.«

Laura streckte den Rücken durch und kniff die Augen zusammen.

»Kurz und schmerzhaft: Pascal und ich hatten vor zehn Jahren eine Tierarztpraxis in Rosenheim. Lief bestens, bis herauskam, dass er im großen Stil mit illegalen Pferde-Anabolika gedealt und eine Menge Geld abgestaubt hatte. Das naive Schaf Laura hat er reingezogen. Er ist untergetaucht, mir hummeldumme Trutschn wurde der Prozess gemacht. Um ein Haar die Approbation verloren, Freispruch wegen mangelnder Beweise und abgezocktem Anwalt. Deine Schwester hat den kennengelernt. Die Konten leer geräumt, dafür türmten sich Schulden auf – lass den Mitleidsblick, Ben, ich war zu vertrauensselig, er hat mich eingewickelt.«

»… und taucht auf und will Geld?«

»Was sonst? Es gab Gerüchte, er hätte sich nach Venezuela abgesetzt. Ich hab auf die Piranhas gehofft.«

»Und wenn du dich weigerst?«

»Pascal ist manipulativ und hat nix zu verlieren. Soll ich mir, was ich hier aufgebaut habe, zerstören lassen?«

»Gib ihm zehntausend aus der Aktentasche und – Adiós tonto! Der Amazonas ruft.«

Laura lachte auf. »Du kennst den nicht.«

»Wenn er dich belästigt, werde ich zum wilden Stier.« Ben zwinkerte ihr zu. »Deine Probleme, meine Probleme.«

Sie warf einen Blick auf die Aktentasche. »Entweder so, oder ich vergrab Pascal unter dem Wacholderstrauch im Garten.«

35

Laura fuhr vom Sofa hoch. Die Fensterscheibe hatte ein Loch. Sie war geborsten. Der Krach hatte sie geweckt. Auf dem Fußboden lag ein Stein. Sie rieb sich die Augen, um sich zu orientieren. Sie waren beide eingenickt.

Ben beugte sich im Sessel vor und hob ihn auf. Ein Zettel war daran befestigt. »Letzte Warnung«, entzifferte er und griff sich an die Stirn.

»Ich bring die Alte um!«, fauchte Laura und stolperte in den Häschenschuhen nach draußen.

Sie hörte einen Motor aufheulen, weit und breit war niemand zu sehen.

Mit einem Wutschrei schlug sie mit der Faust gegen eine Eiche am Straßenrand. Der Schmerz verdoppelte ihre Rage. Die Rinde hatte ihr die Fingerknöchel aufgescheuert. Einen Fußtritt musste die Eiche wehrlos einstecken.

Lichtschein hinter dem gegenüberliegenden Fenster ließ sie innehalten.

Sie marschierte zurück ins Haus, eine Furie war ein Dreck dagegen.

»Sie war es!«, blökte sie den schlaftrunkenen Ben an, der am Fenster stand, seine Schläfen massierte und gähnte.

»Ich fass es nicht!«, stöhnte sie. »Früher hätt man dich auf der Werdenfels-Burg als Hexer abgefackelt. Du ziehst die Scheiße an wie ein Magnet.«

»Scheiße ist nicht magnetisch«, gab er zurück.

Das brachte das Fass zum Überlaufen.

»Ruf dir ein Taxi. Sofort. Bevor du das nicht geklärt hast mit dem gamsigen Stück, kommst du nicht mehr in meine Nähe – haben wir uns verstanden?«

Er nickte schweigend und griff sich ein halb volles Whiskyglas vom Tisch. Er leerte es auf einen Zug, bevor er zum Handy griff.

»Was kommt als Nächstes? Überfährt mich Josefa bloß oder sprengt mir gleich die Bude in die Luft«, sinnierte Laura halblaut. »Die könnte sich mit Pascal zusammentun. Phänomenales Duo.« Ihr Blick wanderte zu den Scherben auf ihrem Parkett. »Soll ich die 110 wählen?«, knurrte sie Ben an.

Der besah sich den Zettel. »Das ist handschriftlich.«

Sie riss ihm das Papier aus der Hand.

»Taxi gerufen?«

»Wo soll ich mit der Aktentasche hin?«

»Oh mein Gott – dann lass sie halt in drei Teufels Namen hier. Und hau endlich ab!«

Er öffnete den Reißverschluss der Tasche, entnahm schulterzuckend ein Päckchen Scheine und verschwand aus ihrem Haus. Und mit ihm hoffentlich der Hexenfluch.

36

Sie kamen, ehe der Hahn Gelegenheit fand, sich aufzuplustern. Zwei Polizeivehikel und ein ziviler BMW entleerten sich, und die Insassen schwärmten über den Hof aus wie ein Bienenschwarm auf Blütenjagd. Vorneweg Poschinger, der mit einem Blatt Papier wedelte. Digitaler Durchsuchungsbeschluss war offenbar Zukunftsmusik.

Vom Fenster aus beobachtete Ben das blau uniformierte Treiben. Er hatte drei Stunden geschlafen und verspürte kein Bedürfnis, das Empfangskomitee zu geben. Palmwedel und Fähnchen waren eh vergriffen. Hoffentlich hatten sie Anstand und klopften an. Er legte sich in Jeans und Shirt aufs Bett und harrte der Dinge, die da kommen mochten. Lissy durfte sich um die ungeladenen Gäste kümmern, dafür hatte er heute Nacht unter Einsatz des eigenen Lebens ihren Hintern gerettet – zumindest vorläufig. Richie hatte ihm die Mailbox zugetextet, inklusive WhatsApp-Sprachnachrichten, Luigi und Vogel hatten versucht ihn zu erreichen. Wollten sie ihn vor einem bevorstehenden Meteoriteneinschlag warnen oder warum die frühe Uhrzeit? Es war noch nicht sieben durch. Die Herrschaften mussten sich gedulden. Benjamin Wiesegger war unpässlich.

Es klopfte zart, und ein blutjunger Beamter, mit Latexhandschuhen ausgestattet, erklärte ihm die Regularien einer Hausdurchsuchung. Er war zuvorkommend und freundlich, sodass Ben den Anweisungen zügig nachkam.

Er wies den Polizisten darauf hin, beim Auseinandernehmen des Spülkastens im WC Vorsicht walten zu lassen, da es mit dem Wasserdurchlauf Probleme gebe.

Der Beamte versprach ihm, darauf zu achten, und empfahl, einen neuen Schwimmer einzusetzen. Das sei meistens die Lösung. Sein Schwager könnte das erledigen, zum günstigen Preis. Dessen Visitenkarte hinterlegte er auf dem Tisch.

Ben stieg die Treppe hinauf zu seinem Vater. Hier war ein Polizist in Zivil ihm zuvorgekommen.

Die Flinte lehnte Gott sei Dank nicht neben dem Fenster, sein Vater offerierte gerade den Waffenschein und erläuterte, dass ein Gewehr im gesicherten Schrank im Keller aufbewahrt wurde. Er drückte dem Polizisten einen Schlüssel in die Hand.

Ben war baff. Der Alte zwinkerte ihm zu. Von dem jungen Kerl im Sweatshirt bekam er einen forschenden Blick. Er drehte sich einmal um die eigene Achse, wobei er sein T-Shirt anhob. »Was immer Sie suchen …«

»Hehnle«, stellte sich sein Gegenüber vor. »Oberkommissar. Wer suchet, der findet, heißt es so schön.«

Wart nur, Bürscherl, was wir bei dir finden werden. Hier hatten wir also Lauras Lieblingspolizisten. Ben erinnerte sich daran, dass der Kerl bei Poschingers erstem Auftritt in der Pension dessen Begleitschutz gewesen war. Jetzt nahm er sich Zeit, ihn ausgiebig zu mustern. Zartrosa Wangen, blonder Schopf, markantes Kinn. Frauentyp. Bestimmt verbarg sich ein Sixpack unter dem Sweatshirt. Ben mochte ihn nicht.

»Die Erde hat sich weitergedreht, i hab nie an Wunder glaubt«, zitierte er die Zillertaler Schürzenjäger und kam sich dabei mysteriös vor. Dreimal hatte er den Text vorgejodelt bekommen, des Nachtens in Veits Auto. Zeit, ihn weiterzuverbreiten.

»Den Balken in deinem eigenen Auge wirst du nicht gewahr?«, setzte sein Vater noch einen drauf. Ben fand, dass er mit dem Lukaszitat goldrichtig lag.

Hehnle schüttelte den Kopf. Für ihn war offensichtlich die ganze Familie gaga. Immerhin wühlte er nicht unter der Decke seines Vaters nach einer Aktentasche.

Die Inspektion des Zimmers war abgeschlossen, Hehnle trat den Rückzug an. Sollte Bens Theorie zutreffen, war der Oberkommissar nicht bekümmert darüber, keinen müden Euro zu finden. Zumindest wäre das ein Hoffnungsschimmer für seine kriminellen Kumpane, Max und Moritz, das Geld noch abgreifen zu können.

»Du hast die Flinte in den Schrank im Keller gesperrt?«,
staunte Wiesegger junior.
»Was suchen die?«, fragte sein Vater zurück.
»Egal – sie finden nix.«
»Dann ist ja gut – und jetzt muss ich mich ausruhen.«
Er schloss die Augen, und Ben trollte sich.

Auf dem Hof traf er auf Poschinger. Der hatte sich eine Zigarette
angesteckt.
Mit zusammengekniffenen Augen sah er Ben entgegen.
»Mir wär's auch lieber, die Lissy hätt nix damit zu tun«, sagte
er zu Bens Überraschung.
»Ah, da schau her.«
»Du hättest nicht mehr zurückkommen sollen.«
»Warum nicht, ich hab niemandem Leid zugefügt.«
»Dir konnte man nix beweisen, das ist ein Unterschied.«
»Und jetzt reibst du es der Lissy rein? Was kann die dafür?«
»Der werde ich es spielend beweisen – glaub mir.«
»Auch wenn sie es nicht gewesen ist?«
»Du solltest endlich mit der Wahrheit rausrücken. Das könnte
deiner Schwester aus dem Schlamassel helfen – falls sie doch keine
Mörderin ist.«
Ben drehte sich um und schlappte wortlos ins Haus zurück.
In der Stube setzte er sich an den Tisch. Poschinger wollte Lissy
an die Wand nageln, es sei denn, er würde einen Mord an Toni
gestehen. War das dessen Botschaft gewesen? Nicht zu fassen.
Laura hatte recht, er war ein Hexer, der allen Unglück be-
scherte.
Vogel hatte ihm per Smartphone einen Link geschickt, mit der
Anmerkung, er habe nichts damit zu tun.
Zumindest hatte er damit Bens Neugier geweckt. Schlimmer
ging immer. Es war ein kleiner Artikel auf der Online-Seite des
Kuriers. »Ufo in Garmisch gesichtet?« Ben musste sich zwingen,
den Artikel zu Ende zu lesen. Ihm war die Zielrichtung klar. Er
war das Thema. Sein Lügengebäude stürzte zusammen. Hier

war für alle zu lesen, was für ein Hochstapler Ben Wiesegger war. Münchhausen war ein blutiger Anfänger dagegen. Punkt.

Der Autor berichtete, dass ein Journalist, der in den USA als Alienflüsterer unterwegs gewesen war, zurück nach Garmisch gekommen war. Vielleicht suchte er hier Ufologen, die eine Begegnung der dritten Art hinter sich gebracht hätten. Die dürften sich gerne beim Kurier melden, insbesondere wenn sie ein Körperteil verloren hatten. Verlinkt war das Ganze mit einem von Bens Uralt-Artikeln, der in den Staaten einst bei einem dubiosen Magazin online erschienen war. Das Foto von ihm nebst dem Ex-Präsidenten durfte nicht fehlen.

Respekt. Herbie hatte akribisch recherchiert.

Ben war sich sicher, im Laufe des Tages wusste ganz Garmisch-Partenkirchen, ja ganz Bayern Bescheid. Seine Eltern, Laura, Lissy. Allen würde klar werden, er hatte ihnen etwas vorgemacht, sie verarscht. Und das hatte er. Mit dem Ex-Präsidenten war er zufällig aufs Foto geraten. Der hatte sich ein Nachwuchs-College-Spiel angesehen mit guten Freunden, deren Sohn talentierter Quarterback gewesen war. Ja, es war schäbig, damit zu prahlen, aber was hätte er seinen Eltern sagen sollen? War es nicht besser, sie in dem Glauben zu lassen, er wäre erfolgreich und glücklich? Müßig, darüber zu grübeln – es war vorbei.

Er schritt aus dem Haus, zum Schuppen, ohne Poschinger eines Blickes zu würdigen, schwang sich auf sein E-Bike und radelte los. Er hatte kein Ziel.

37

Laura stand vor dem Spiegel. Sie fühlte sich exakt so mies, wie sie aussah, mit absteigender Tendenz. Die Mayer hatte ihr die Leviten bezüglich Veits Engagement gelesen – und einen Artikel über Ben, den sie ihr nicht vorenthielt. Er war ein Trickser und Täuscher. Sie bereute nicht, ihn gestern davongejagt zu haben. Sollte er mit seinen Problemen klarkommen, sie hatte beschlossen, dass sie das Ganze nichts mehr anging. Schlüpf bei einer anderen Glucke unters Federkleid! Josefa würde den Job bestimmt nur zu gerne übernehmen. Belügen würde sie kein Mann mehr ungestraft. Farewell, my dear, farewell! Dabei war sie gerade dabei gewesen, ihm Vertrauen zu schenken. Für sie ein rares Geschenk, wie der Anblick eines kreisenden Bartgeiers über der Zugspitze.

Viecher waren ehrlich. Und zu den ehrlichen Viechern musste sie aufbrechen. Genauer gesagt zu den Ochsen von Bauer Lehner, um den Heilungsprozess nach der Kastration zu begutachten. Routinetermin. Sie war erleichtert, sich heute durch Arbeit ablenken zu können und gleichzeitig nichts Kompliziertes vorgesetzt zu bekommen.

Beim Blick auf ihre zugeklebte Fensterscheibe ballte sie die Fäuste. Sollte ihr Josefa über den Weg laufen, würde sie sich nur schwer beherrschen können. Abgesehen davon, dass sie ihr Geld zum kaputten Fenster rausschmeißen musste. Sie schleppte ihr Equipment zum Subaru und startete in einen übersichtlichen Tag.

Der Bauer wartete vor dem Stall auf sie. »Schaut aus, als ob der Ferstl raus ist.«

»Guten Morgen«, antwortete Laura. »Gehen wir rein?« Über den Biobauern wollte sie nicht diskutieren.

Lehner ließ nicht locker.

»Bei der Wiesegger Lissy war heut die Polizei. Hausdurchsuchung, sagt meine Frau.«

»Ach ja?«, murmelte Laura und folgte dem Bauern in den Stall.

»Er soll ja Dreck am Stecken haben, wie es war, weiß man nicht. Und von wegen Star-Journalist, dass ich nicht lach.« Laura begutachtete einen Jungochsen nach dem anderen. Das größte Rindviech stand neben ihr und monologisierte weiter.

»Wer einmal lügt, dem glaubt man nicht, und wenn …«

»Und wenn Sie nicht stad sind, kann ich mich nicht konzentrieren«, bremste sie ihn ein.

»Ich hab ja nur gemeint. Meine Frau sagt, die Lissy ist sympathisch, sie muss es wissen, sie hat ja in der Pension geholfen. Und die alte Wieseggerin ist eine Seele von Person. Nur der Bursch halt …«

»Ihre Ochsen sind fidel und gesund. Da fehlt sich nix«, meinte Laura nach einer halben Stunde, in der sie das Gefasel ignoriert hatte.

Warum er so aufgedreht war, konnte sie sich bei dem sonst so wortkargen Bauern nicht erklären. Vielleicht war sie empfindlich heute. Er war kein übler Zeitgenosse, nur zu fix bei der Hand mit einem Urteil über andere Leute. Wenn alle so dachten, konnte Ben einem leidtun.

Als sie in den Wagen steigen wollte, kam Frau Lehner mit einem Korb Eier um die Scheunenecke. »Hallo, Frau Schmerlinger«, rief sie ihr aus zwei Meter Entfernung zu.

Laura winkte ihr.

»Nehmen Sie ein paar Eier mit, frisch aus dem Nest.«

Laura nahm der Bäuerin zwei Eier ab, die sie in einer Box verstaute.

»Sie haben sich die Ochsen angeschaut, oder? Meinen Ochsenschädel auch?«, lachte sie.

»Der schaut gesund aus«, meinte Laura. »Aber Sie sehen müde aus.« Die Augenringe waren unübersehbar.

»Viel Arbeit halt, Sie wissen ja, wie das ist – und dann hab ich ja der Frau Wiesegger geholfen, mit der Pension.«

»Ja, die Plackerei kann einen schon auffressen«, meinte Laura.

»Mhm«, sagte Frau Lehner, schmallippig geworden, »ich muss. Auf Wiederschauen.«

»Bis zum nächsten Mal.«

Laura sah ihr nach, bis sie im Haus verschwunden war. Ging es ihr mit der Arbeit anders? Nicht darüber nachdenken.

38

Der grüne Allrad-Lada überholte ihn, kaum hatte Ben die ersten Kilometer bewältigt, und stellte sich schräg. Er bremste das Rad ab. Aus dem Seitenfenster schob sich ein bartumrankter Schädel. »Ich hab meine Zeit mit Ihnen verschwendet!«, plärrte ihm Schimmelpfennig I. wutschnaubend entgegen. »Sie sind nix weiter als ein trauriger Depp. Nix auf dem Kasten, nur Lügen. Sie passen haargenau zu meinem Bruder!«

Ehe Ben etwas erwidern konnte oder wollte, setzte sich der Allrad in Bewegung. Eine graue Abgaswolke umhüllte Ben. Er hustete. Begegnungen dieser Art könnte er im Dutzend sammeln.

Der traurige Depp suchte sich einen Radweg abseits befahrener Straßen. Je weiter er strampelte, desto klarer ging ihm auf, dass es nur einen Ausweg gab.

Er musste wieder verschwinden.

Laura wäre nicht mehr Josefas Unberechenbarkeit ausgesetzt, Lissy wäre nicht bedroht durch Steffs Anschläge, selbst Poschinger würde Ruhe geben, wenn er nicht mehr auf dem Tablett stünde. Er könnte sich einen Teil des Geldes schnappen, um nach München abzuziehen. Laura könnte ihrem Hilfssheriff mitteilen, dass Ben ihr gebeichtet hätte, die Aktentasche zu besitzen. Und Ruhe kehrte ein in Garmisch-Partenkirchen. Ein Ticket nach San Antonio und ab dafür. Er musste sich nicht vorwerfen, es nicht versucht zu haben.

Wie besessen trat er in die Pedale, ließ Garmisch-Partenkirchen hinter sich. Die Häuser von Farchant tauchten vor ihm auf. Zur Rechten ging es hinauf zu den Kuhfluchtwasserfällen. Ben bremste und stieg vom Rad. Er blickte ins Rund. Die Erkenntnis fiel ihn an wie ein hungriger Fuchs das Hühnchen. Nirgendwo gab es diesen Ort, an den er sich würde flüchten können – vor sich? Und wenn schon, musste er gerade jetzt das Selbstmitleid auspacken? Für alle, an denen ihm etwas lag, wäre es besser, er würde sich in Luft auflösen, als hätte es ihn nie gegeben. Basta.

»Hau endlich ab«, murmelte er.

Ein älteres Ehepaar, mit Wanderstöcken bewaffnet, war stehen geblieben und starrte ihm misstrauisch entgegen.

»Ihnen auch einen guten Morgen«, sagte Ben, hob grüßend die Hand und befahl seinen Lippen zu grinsen.

»Du siehst keinen Sinn, die Liebe dahin!«, sang er lauthals, während er sein Rad wendete. Die Wildecker Herzbuben waren Veits zweite musikalische Liebe.

Er spürte die Blicke der Wandervögel im Rücken, ohne sich noch einmal umzudrehen.

Der Hexer würde verschwinden, auf Nimmerwiedersehen, und die Leute konnten zufrieden leben. Wer auch immer den Unterweltanwalt ins Jenseits befördert hatte, das war nicht mehr seine Baustelle. Während er in die Pedale trat, fiel ihm die Nachricht ein, die, an dem Stein befestigt, durch Lauras Fenster gesegelt war.

»Letzte Warnung«. Er hatte verstanden.

Laura hatte einen Gutshof und eine Schweinezucht abgeklappert sowie einer Ziegenherde in Freilandhaltung einen Besuch abgestattet. Deren Besitzerin hatte sie beglückt, indem sie das Heilwissen der alten Füchsin in Form von Kräuteressenzen angewandt hatte.

Am frühen Nachmittag wollte die Mayer vorbeikommen, und sie würden sich wieder administrativen Belangen widmen. Proben mussten fertiggestellt und abgeschickt werden, und last, but not least wollte Glasermeister Hendrich vorbeischauen – falls es einzurichten wäre. Diese Zusatzbemerkung war bei einer kaputten Scheibe im Wohnzimmer ein ärgerliches No-Go. Ihr inzwischen ausgenüchtertes Hirn hatte zwei Stunden Zeit, sich eine Erklärung für den Scheibenbruch auszudenken. Sie dachte über Vogelflug nach, aber das müsste ein bekiffter Uhu mit Adipositas gewesen sein. Die beste Lösung sah sie in »Keine Ahnung, wie das passiert ist« oder »Fluch eines Hexers«.

Sollte sich Hendrich das zusammenreimen.

Kaum zu Hause angelangt, traf eine WhatsApp von Veit ein. »Der Schorsch meint, schräg eingeschlagene Zimmermannsnägel in zwei Reifen wären kein Zufall, sondern Absicht!!!«

Drei Ausrufezeichen hatte sie von Veit noch nie gelesen. Nicht einmal, nachdem er sie letztes Jahr angefleht hatte, bei der Mayer ein gutes Wort einzulegen. Angeblich war er der Liesl, ihres Zeichens dirndlsprengende Bedienungsinstitution vom Hirschen, zu nahe gekommen.

Lauras Ärger vervielfältigte sich, als Hendrich durchrief und ihr mitteilte, dass er es heute leider nicht mehr schaffen würde. Sie sandte Veit eine Nachricht, ob er Rat wüsste, bekam aber keine Antwort.

Sie stieg in den Keller hinab, um den Boxsack zu malträtieren. Jeder Schlag ein Wort. Ben. Idiot. Mordanschlag. Lügner. Arme. Haut. Was. Willst. Du. Von. Mir. Dumm. Dumm. Dumm. Dumm. Dumm.

»Hallo, Laura!« Das war die Stimme der Mayer. »Bist du im Keller?«

Die Pflicht rief. Aber die Mayer war ein Überraschungspaket. Kaum betrat Laura mit Handtuch um den Hals das Arbeitszimmer, sprang sie wie ein Hüpfball aus dem Bürostuhl und verschränkte die Arme. Sie reckte ihr das Dreifachkinn kampfeslustig entgegen.

»Jemand wollte Ben umbringen, behauptet der Veit. Schwindeln ist nicht okay, aber so geht's ja auch nicht. Also, was tun wir?«

»Ich glaub, der bräucht Freunde, falls es die in Garmisch noch gibt«, sinnierte Laura.

39

Ben saß auf dem Bett und warf Wäsche in den Rollkoffer, der aufgeklappt zu seinen Füßen lag. Das Radfahren hatte ihn geschafft und die Dusche nicht geholfen, ihm Energie einzuhauchen. Unterwegs hatte er immer wieder den höhnisch lächelnden Gesichtsausdruck wildfremder Menschen eingefangen oder das Tuscheln bemerkt, das einsetzte, wenn er vorbeikam. Nein, in Wahrheit war er Garmisch egal. Er musste sich eingestehen, dass ihn der Verfolgungswahn in den Klauen hatte. Wütend stopfte er T-Shirts in den Koffer. Mit einem geklauten Shirt hatte es angefangen. Laura wäre bestimmt erleichtert, wenn der Hexer sich in Luft aufgelöst hätte.

Als er fertig mit Packen war, stapfte er die Stiegen zum Zimmer seines Vaters hinauf. Seit dem ersten Besuch war der aufgeblüht. Ihm war klar, dass er nicht damit rechnen konnte, den Vater bald oder überhaupt wiederzusehen.

Der alte Wiesegger saß in seinem Sessel und aß eine Banane. Er deutete auf einen Stuhl, und Ben setzte sich.

»Ich wollt mich verabschieden«, sagte er. Munter und beiläufig sollte es klingen, aber er hatte den Satz herausgebellt wie ein heiserer, altersschwacher Köter. Sein Vater legte die angebissene Banane auf einen Teller und nickte.

»Aha«, sagte er. »Dann gehst du halt, wenn dich nix hält.«

»Das ist besser. Wegen der Arbeit und so. Aber ich komm bestimmt …«

»Die Polizei durchwühlt uns die Schränke, die Lissy heult bloß noch Rotz und Wasser.«

»Ja«, bestätigte Ben, »und ich denk, es ist wegen mir. Also besser, ich verschwinde.«

Sein Vater beugte sich nach vorn, und sein Blick durchdrang ihn.

»Früher wolltest du deiner Mama oft helfen beim Abtrocknen, und da ist dir manchmal ein Teller runtergefallen, weißt du es noch? Du hast Schaufel und Besen aus dem Schrank geholt und die Scherben zusammengekehrt. Die Mama hat gemeint, du wärst ein depperter Hirsch, weil du nicht aufpassen kannst, und damit war es gegessen und gut. Und jetzt rennst du vor den Scherben davon, bloß damit du sie nicht mehr sehen musst, wurscht, ob die andern reintreten und sich wehtun? Haben wir dich so erzogen, die Mama und ich?«

Ben schwieg.

»Der Luck hat vorher durchgeklingelt, weißt schon, mit dem ich früher gekartelt hab. Der hat mir das erzählt von dir und den Außerirdischen. Ich sag dir eins, Bub, wenn du auf einem Foto mit unserem bayrischen Oberkasperl gewesen wärst, das hätt ich dir übel genommen.«

Ben sah ihn erstaunt an. Sein Vater griff zur Banane. »Du musst wissen, was du tust.«

Es klopfte an der Tür.

Lissy steckte den Kopf herein. »Er hat sich nicht abwimmeln lassen«, meinte sie.

Vogel drängte sich an ihr vorbei ins Zimmer.

»Wollen Sie sich vergewissern, dass ich auf dem Hund bin, Vogel? Soll ich was vorwinseln?«, knurrte Ben und winkte ihm müde zu. »Und servus, Abgang.«

»Hör dir an, was er zu sagen hat«, mahnte sein Vater, »und dann kannst du ihn die Stiegen runterschmeißen.«

»Hören Sie zu«, sagte Vogel hastig. »Es ist nicht, wie Sie denken!«

»Ich denk nix. Wozu auch?«

»Ich halte viel von Ihnen. Und ich möchte, dass Sie weiter für uns schreiben. So schaut's aus.«

»Weil ich eine Attraktion bin?«

»Ja.« Vogel grinste. »Weil Sie bekannt sind. Die Leut werden Sie lesen, egal, warum. Und weil mir der Schimmelpfennig auf die Nüsse geht, wenn er glaubt, er könnte jeden in die Tasche stecken. Zeit wird's, dass wir aus der Tasche hüpfen wie die Springteufel, und Sie haben doch nix zu verlieren.«

»Das kann sein, aber Sie schon.«

Vogel nickte, seine Miene zeigte Entschlossenheit. »Lassen wir es drauf ankommen. Gerade heute hätt ich Lust dazu. Wer weiß, wie es mit meinem Geschwätz morgen ausschaut.«

Sie hörten Getrampel auf der Treppe. Die Tür wurde aufgerissen.

»Hier geht's zu wie beim Viehmarkt«, staunte der Alte. »Ein Rindvieh nach dem anderen.«

Luigi schob sich ins Zimmer und zerrte Richie hinter sich her. »Warum gehst du nicht an dein verdammtes Handy?«, zeterte er los. »Warum müssen wir uns Sorgen machen, du blöder Hund?«

Richie rieb seine Hände aneinander und sah zu Boden.

Luigi schlug ihm klatschend die Hand zwischen die Schulterblätter. »Richie ist ein Idiot, aber was will man machen?«

Ben sah von einem zum anderen und schnaufte durch. In seinem Hirn blies ein Wind die Gedanken wie Herbstlaub durcheinander. Sein Hals wurde trocken. Er hätte nur krächzen können. Die dummen Kerle!

Von draußen hörte er laute Stimmen.

Richie bekam die Tür ins Kreuz, als sie aufgeschoben wurde. »Vielleicht spinnt ihr alle, oder was?«, begrüßte sein Vater die Neuankömmlinge aufgebracht. »Trefft euch doch im Wilden Hirsch!«

Veit und die Mayer sahen sich im Zimmer um und nickten ihm zu.

»Wenn ich gewusst hätte, dass hier eine Party abgeht, hätt ich Nudelsalat mitgebracht«, sagte Laura, die sich hinter den beiden in den Raum schob.

Sie fingen an, wild durcheinanderzuschnattern. Sein Vater knabberte seelenruhig an der Banane, während Ben das Stimmengewirr auf sich einprasseln ließ und das Gefühl hatte, alle redeten in einem ihm unbekannten Dialekt.

»Tatsache ist, die beiden Misthammeln laufen rum und schaufeln Ärger ran wie die Maulwürfe den Dreck«, hörte er Veit sagen.

»Die haben meinen Paolo zusammengedroschen, einfach so«, ergänzte Luigi.

»Ihr redet von denen, die bei uns eingebrochen sind?«, erkundigte sich sein Vater, »ja, Himmelherrgott, treibt sie raus aus dem Ort, die Haderlumpen! Seids Leut oder Mäuschen?«

Alle Blicke wandten sich ihm zu.

»Dann kommen die Nächsten«, sagte Ben und winkte ab. »Nachschub haben die genug.«

»Nicht, wenn ihr es gescheit macht«, merkte sein Vater an. Er griff neben sich zur Schublade einer Kommode und entnahm ihr einen Schlüssel. Den warf er seinem Sohn zu.

»Bursch, mach die Truhe auf«, wies er ihn an.

Ben ging zur Eichentruhe neben der Tür und sperrte sie auf. Als er den Deckel hob, stieg ein modriger Geruch auf. Lange war sie verschlossen gewesen. Er wusste, was sie enthielt.

»Ihr kennt euch aus mit den Maschkera? Ich könnt mir vorstellen, ein paar von euch tun mit – wenn's nicht auffällt. Jetzt sind leibhaftig schieche Gesellen im Ort. Zeigt ihnen, was es geschlagen hat, so wie es allerweil der Brauch war.«

Ben zog das überdimensionierte handgeschnitzte Koboldgesicht des »Untersberger Mandl« heraus. Die Maske roch erdig, als wäre sie im Moor gelegen. Er wusste, dass in seiner Familie seit Generationen eine Holzlarve von einem Mittenwalder Geigenschnitzer aus dem 18. Jahrhundert weitergegeben wurde. Ob sein Vater sie immer noch in der Truhe aufbewahrte, blieb sein Geheimnis.

»Wenn man die zur falschen Zeit aufsetzt, bleibt sie dir im Gesicht.« Die Stimme des Alten wurde zum Flüstern.

»So ist es«, ergänzte Veit, »Heilig Drei König ist lang vorbei. Also müssen die Larven weggesperrt bleiben. Niemand darf sie aufsetzen, so ist es der Brauch.«

»Das zeig ich euch nur, damit ihr wisst, wovon ich rede«, begann der Alte. »Wenn die Maschkera rumziehen, im Fasching, da gibt's Schellenrührer, Krätznweiblein, die Biggalan und so weiter. Die sind überliefert. Und ihr wisst schon, wofür die Biggalan früher gut waren? Da gab es einen einzigen Gendarmen im Ort. Und wenn's eine Rauferei gab oder sonst eine knifflige Sache zu klären, da war ein Mannsbild zu wenig. Der Gendarm ist ins Wirtshaus rein und hat sich kräftige Burschen gesucht. Die haben sich Ruß ins Gesicht geschmiert und mit Mützen und weißem Hemd verkleidet. Ein Kissen daruntergestopft, falls eine Keilerei zu erwarten war. Dann haben sie für Ordnung gesorgt. Vom Gendarm gab es eine Halbe Bier dafür.«

Der Vater verschnaufte. Ben reichte ihm ein Glas Wasser. Er trank es in langsamen Schlucken. Auf seiner Stirn perlte der Schweiß. Ben sah ihn besorgt an. War es zu viel für ihn?

»Jetzt gebt ihr die Biggalan!«, beschwor sein Vater das Grüppchen mit lauter Stimme. »Da braucht es keine Holzlarven. Lasst euch was einfallen, ein ›Rügegericht‹ hätten die Misthammel verdient, oder nicht?«

Veit sah die Mayer an und grinste bis über beide Ohren. Auf ihn war der Funken übergesprungen.

Alle schwiegen.

»Warum nicht?«, platzte Luigi heraus. »Wir treiben sie aus dem Ort!«

»Ich bin zwar nicht im Bilde, was es mit den beiden auf sich hat«, sagte Vogel, reihum schauend, »aber wenn es spektakulär ist und einen Artikel hergäbe – quasi gelebtes Brauchtum.«

»Ihr seid so was von gaga«, sagte Laura kopfschüttelnd.

»Stimmt«, setzte Luigi hinzu, »aber Rache ist wie eine Blutwurst, oder?«

»Wenn, dann gescheit«, meinte Veit. »Die müssen sich in die Hosen scheißen. Und wenn wir nicht als Maschkera gehen, weil das verboten ist, bin ich dabei.«

»Sieben Gefährten«, sinnierte Richie und sah sich um.

Sechs davon glotzten ihn verständnislos an.

»Kennt man doch. Ring, Hobbits und so«, schob er nach.

»Von den glorreichen Sieben sind vier erschossen worden«, verkündete die Mayer, »aber Yul Brynner war ein Sahneschnittchen zum Niederknien.«

»Der Glatzkopf? Und warum sollt ich mir das sauteure Koffein-Shampoo kaufen?«, brummte Veit.

»Ach was«, rief Richie dazwischen. »Es geht nur einer der sieben drauf.«

»Nur? Und wer genau?«, wollte Luigi wissen.

»Wenn ich euch so zuhöre, seid ihr original die sieben Zwerge«, bemerkte Bens Vater. »Dass ihr's wisst.« Sein Blick wanderte zur Zimmerdecke. »Und jetzt gehts runter in die Stube, heckt was Gescheites aus und lasst mich in Ruh essen, ich bekomm Platzangst da herin!«

Sein Mund verzog sich zu einem Lächeln. Er wandte sich an seinen Sohn, der als Letzter das Zimmer verließ.

»Schau, Bub, und jetzt kehrst du die Scherben zam.«

In der guten Stube ging es hoch her. Laura sah Vogel an, dass er nur Bahnhof begriff. Was sollte er auch verstehen? Mit offenem Mund lauschte er Veit und Luigi, die über den Folterkeller der Burgruine fachsimpelten.

»Einundfünfzig Hexen haben sie gepiesackt, erdrosselt und verbrannt«, merkte Laura an.

»Angebliche Hexen«, korrigierte die Mayer, »und ein Mann war auch darunter.«

»Du bist schon ein bisschen fixiert auf den Hexenkram«, bemerkte Ben.

»Ja, und warum?«, brauste Laura auf. »Weil es Leut gibt, die fix dabei sind, Frauen anzuprangern, oder sie schmieren ihnen was Dreckiges an die Wand. Du kannst froh sein, dass Scheiterhaufen nicht mehr en vogue sind, wahrscheinlich wegen der Umweltbelastung.«

Ihr Ausbruch brachte alle kurzzeitig zum Schweigen.

»Und ein Mann«, murmelte Ben. »Ein Hexer, immerhin.«

Veit räusperte sich zweimal.

»Bis zur Ruine müsste man ganz schön hatschen. Wie willst du das machen?«, stellte er fest. »Außerdem sind es nur bröckelnde Mauerreste.«

»Jammerschade«, sagte Luigi. »Das müsste doch trotzdem gehen. Abgelegen wär doch perfekt.«

Langsam reifte ein Plan heran. Sie heckten etwas aus, wie es Bens Vater vorgeschlagen hatte.

»Diese beiden Dreckhammel wollten mit dem Auto Leut umbringen!«, stieß die Mayer hervor.

Laura beobachtete, wie Richie den Mund öffnete. Ben legte ihm seine Hand auf den Unterarm und bedeutete ihm kopfschüttelnd zu schweigen. Was hatten die beiden am Laufen? Konnte man sich auf Ben verlassen? Sie wurde gepackt von dieser Euphorie, die sich im Raum ballte. Die Energie griff auf alle über. Handeln, nicht mehr Maulheldin spielen, nicht darauf warten, was als Nächstes über sie hereinbrechen würde. Bei Richie lag das Motiv in seiner Freundschaft zu Ben, Luigi gedachte seines misshandelten Sohnes, Veit war per se rauf- und abenteuerlustig und die Mayer voller gerechtem Zorn. Vogel war mitgefangen, mitgehangen und sensationslüstern. Was war mit ihr? Besser nicht nachhaken. Sie alle verhielten sich wie ein Bergsteiger im Angesicht des Gipfels. Der fragt nicht, warum und weshalb, der steigt weiter und hat nur sein Ziel vor den glänzenden Augen.

»Ich hab ja begriffen, dass ihr, wir, zwei Gangster proaktiv abservieren wollen, die halb Garmisch terrorisieren«, resümierte Vogel. »Sollte da nicht die Polizei …?«

Laura war froh, dass Lissy die Obstschale vom Tisch geräumt hatte. Vogel hätte geworfene Äpfel und Pflaumen einstecken müssen.

»Okay!« Er musste schreien, um das zynische Gelächter zu übertönen. »Kann der Garmischer Kurier wenigstens darüber schreiben?«

»Machen wir glatt, bebildert«, meldete sich Ben zum ersten Mal zu Wort.

Vogel wirkte zufrieden. Er lehnte sich grinsend zurück und ließ sich von Veit den Plan erklären.

40

Erster Handlungsort in ihrem vogelwilden Drehbuch war das Café am Marienplatz.

»Mittlerweile hast du ein Stammcafé«, sagte Laura zu Hehnle. »Schön, dass du Zeit hast.«

»Bloß eine Viertelstunde, dann muss ich wieder – leider«, sagte er. »Du hast gemeint, es wäre wichtig?«

Die Bedienung brachte ihnen die Kaffeehaferl. Laura wartete mit dem Sprechen, bis sie wieder vom Tisch verschwunden war.

»Ja, es geht um Ben Wiesegger. Bloß weil ich ihm zugehört habe bei seinen Problemen, glaubt der jetzt, da wär mehr.«

»Er ist ein Stalker?«

»Nein, er hat mich ins Vertrauen gezogen, verstehst du?«

»Was hat er dir erzählt?« Hehnle rückte näher an sie heran.

»Er hätte viel Geld von diesem Urban, und er wollte, dass ich mit ihm nach Texas fliege.«

»Weißt du, wo er das Geld hat?«

»Vielleicht.«

Hehnle starrte sie an. Man sah, dass es ihn Beherrschung kostete, ihr ruhig zuzuhören.

»Er hat Andeutungen gemacht, er wollte es heute Nacht bei der Burgruine holen, da hätte er es vergraben, wir sollen uns dort treffen. Er will, dass ich einfach so mitkomme. Er ist komplett verrückt!«

»Warum dort oben?«

»Er glaubt, er wird verfolgt. Völliger Blödsinn. Und er wollte einen abgelegenen Platz, wo nachts niemand vorbeikommt.«

Hehnle räusperte sich. »Eindeutig paranoid, plemplem. Wer sollte ihn denn verfolgen? Lachhaft.«

»Siehst du, das macht mir Angst«, hauchte Laura. Sie strich sich über den Hals, als könnte sie dort Bens würgende Finger spüren.

»Wann will er dich treffen?«

»Gegen Mitternacht.«

Hehnle schwieg einen Moment. Seine Finger spielten mit dem Teelöffel.

»Mach dir keine Sorgen«, sagte er. »Die gute Nachricht, Laura: Er wird dich nicht mehr belästigen. Ich geb es gleich Poschinger weiter. Den wird's freuen, wenn das Geld auftaucht. Wir werden ihn heute bei der Ruine in Empfang nehmen und verhaften. Dein Alptraum wird vorbei sein. Ganz wichtig: Du gehst auf keinen Fall zur Ruine!«

Laura nickte eifrig.

Hehnle leerte hastig seine Tasse. »Ich muss leider wieder los. Sei ganz beruhigt. Wir kriegen das hin«, sagte er und griff nach ihrer Hand. »Er wird dich nie wieder belästigen. Wahrscheinlich hat die ganze Familie Wiesegger den Mord geplant. Und er haut jetzt seine Schwester übers Ohr und will verschwinden. Was für eine Bagage!«

Laura entzog ihm ihre Hand. Genug getätschelt.

»Du hörst wieder von mir«, sagte er. »Ich ruf dich morgen an – wenn Wiesegger bereits in der Zelle schmort.«

Der Polizist eilte davon, und Laura schaltete die Aufnahmefunktion ihres Smartphones ab. Sicher war sicher. Falls Hehnle, wie erwartet, mit falschen Karten spielte, würde die Aufnahme ihn in ein Lämmchen verwandeln.

Sie bestellte sich Kaiserschmarrn – wo sie schon einmal hier war, wäre es schade, sich den entgehen zu lassen. Die Nachrichten an Ben und Veit konnten warten. Erst zehn Minuten abschalten und genießen. Der Tag würde anstrengend genug werden. Hehnle hatte es, wie erhofft, geschluckt, dass Ben ausgerechnet bei der Ruine das Geld vergraben hatte.

Laura lächelte. Gier und Jagdfieber waren in seinen Augen gestanden und hatten jeden Zweifel übertönt. Kein Wort mehr vom einsamen Sheriff in der fremden Stadt. Ja, vielleicht waren Außenseiter leicht zu beeinflussen. Als Schauspieler war er mittelmäßig.

Und sie war ihm naiv auf den Leim gegangen und hatte sich noch als die Überlegene gefühlt. Peinlich, Laura! Die Vorstellung, er kauerte verzweifelt auf einer Zellenpritsche, gefiel ihr außerordentlich.

Ben hatte den Auftrag, sich tagsüber entweder in Menschenansammlungen aufzuhalten oder unsichtbar zu werden. Auf keinen Fall sollte er in der Pension bei seiner Familie bleiben, als wandelnde Zielscheibe. Niemand konnte wissen, ob das Gangsterduo nicht auf die Idee kam, das Versteck des Geldes aus ihm herauszuprügeln. Immerhin glaubten sie, sicher zu wissen, dass er es hatte, falls Hehnle ein falscher Fünfziger war.

Ursprünglich hatte er geplant, mit Lissy die Mutter zum Rehazentrum zu begleiten, aber als »Public Enemy Number One« kam das nicht in Frage. Lissy hatte den gecrashten Kombi mit einem Schulterzucken kommentiert, nach dem Motto: »Auch schon egal, wenn alles den Bach runtergeht.«

Vom Fenster aus sah er sie in ein Taxi steigen.

Nein, er konnte den Bach weder stauen noch aufwärts fließen lassen, aber umleiten allemal. Ben, der fleißige Biber. Wer wollte ihm das Fell abziehen? Herbie, der missgünstige Schmierfink, Max und Moritz auf Splatter-Tour, Steff, der Racheengel, Poschinger, die Eifersucht auf Plattfüßen, und Steck, die Makrele auf dem Trockenen. Dazu gesellte sich Josefa, die wandelnde Zeitbombe. Illustre Runde. Zur Feier des Tages sollte er eine Party schmeißen für alle sieben. Hoch die Tassen, ihr traurigen Gestalten. Wer will ein Stück von mir? Packt zu und lasst es euch schmecken!

Wonach er sich sehnte, waren Bewegung und Ablenkung. Stundenlanges Herumsitzen samt Kreisverkehr im Schädel würde ihn zum Platzen bringen.

Er griff sich die halb leere Whiskyflasche aus dem Koffer und betrachtete den braun glänzenden Inhalt. Er konnte ihn auf der Zunge spüren, sein Mund wurde trocken. Toxische Mischung! Einmal angefangen, würde er sich nicht stoppen können. Er rammte die Flasche in den Wäschehaufen, bis nur noch der Verschluss zu sehen war. Über den warf er ein T-Shirt. Heute würde er kein Date mit Jack haben.

Ihre Vorbereitungen für die Nacht waren abgeschlossen. Laura hatte den Köder ausgeworfen, und ihr Polizist hatte gebissen. Alle fieberten der Nacht entgegen, da war Ben sich sicher. Es gab nur die Premiere, keine Generalprobe.

Er rief Luigi an und verabredete sich mit ihm beim »Haus zum Schloapferer«. Etwas Besseres als den Tod findest du überall, sagte der Esel, oder war es die Katze gewesen? Dieses Lüftlmalerei-verzierte Bauwerk war die erste Location, die ihm in den Sinn kam, um von dort weiter durch die Fußgängerzone zu ziehen. Wahrscheinlich, weil hier anno dazumal die Gerichtsbarkeit, und unter einem Schindeldächlein auch der Pranger, seinen Platz hatte. An Letzterem würde so mancher Ben gern sehen. Davor aufstellen könnte er sich probehalber.

Luigi war ein Springmesser in der Hand eines Betrunkenen. Ben hatte sich eine Taxifahrt von Urbans Geld gegönnt und war gleich beim Aussteigen von dem Pizzabäcker angefallen worden. Er umfasste ihn beidhändig, als wäre er von den Toten auferstanden. Das sollte er sich für später aufheben.

Ben machte sich los und klopfte ihm auf die Schulter.

»Hör auf, dich ständig umzusehen und herumzuhopsen wie ein Geißbock!«, zischte er Luigi an.

Vielleicht war die Idee doch nicht so genial gewesen.

»Hey, ich bin die Ruhe selbst«, bekam er zur Antwort. Autosuggestion war der erste Schritt zur Besserung.

Sie schlenderten im Strom der Touristen die Fußgängerzone entlang. Es fiel leicht, mit dem munteren, unbeschwerten Treiben zu verschmelzen, das sie umgab. Luigi schaffte es, fünf Zigaretten in einer halben Stunde wegzupaffen, Ben, für denselben Zeitraum zu schweigen. Am Ende der Fußgängerzone gönnten sie sich im Bistro eine Bio-Currywurst mit Pommes vom Feinsten, während im Hintergrund Suzi Quatro von der Liebe trällerte, die es sein musste. Ja, it must be love, wo immer sie sich gerade versteckt hielt.

Der Abend kam schneller als erwartet. Laura hatte den Nachmittag damit verbracht, im Hallenbad zu planschen, und sich hinterher mit Netflix vergnügt. James Bond war ein guter Einstieg ins Nachtprogramm.

Pünktlich um acht schlugen Veit und die Mayer auf. Vogel würde die anderen drei aufgabeln. Treffpunkt Wanderparkplatz bei der Burgruine. In der Werdenfelser Burg hatten sich unter der Herrschaft der Freisinger Bischöfe grausige Szenen abgespielt, jetzt konnten ihre Mauerreste als Kulisse zur Vertreibung »des Bösen« dienen. Eine Art zweite Chance. Sie hofften, keine Nachtschwärmer oder kiffenden Jugendlichen vorzufinden, diesbezüglich hatten sie keinen Alternativplan.

41

Alle waren beinahe so ausstaffiert, wie es der alte Wiesegger beschrieben hatte. Sollte wider Erwarten die Polizei aufschlagen, wären sie ein Fall für die geschlossene Psychiatrie.

Unter weiße lange Hemden hatten sie sich vorn und hinten Kissen geschnallt, die sie aussehen ließen wie wandelnde Marshmallows. Statt der überlieferten Zipfelmützen hatten sie allerdings zu Strumpfmasken greifen müssen.

Die Füße steckten in Gummistiefeln, und Laura hatte eine Runde Latexhandschuhe ausgegeben.

Ben war der Einzige, der in Zivil geblieben war. Dass er nicht dabei sein durfte, fuchste ihn sichtlich. Laura hatte ihn mühsam überzeugt, schließlich wäre er leicht zu identifizieren. Er hatte einen anderen Job.

Das Warten war eine harte Nummer. Sie saßen nebeneinander auf den Steinen der Burgeingrenzung und schwiegen. Als könnte jedes Wort sie verraten. Ein Kauz läutete mit seinem »Uhhuu« die Nacht ein.

Es war halb elf, als Veit vom Parkplatz aus eine WhatsApp schickte, dass die beiden tatsächlich unterwegs waren.

Als sie erschienen, waren sie zu dritt. Hinter Max und Moritz schritt Veit mit grimmiger Miene und Wieseggers Flinte in der Armbeuge. Sie wollten sich nicht die Mühe machen, die beiden im Gelände zu suchen, so hatte Veit sie auf dem Weg »aufgegabelt«.

Niemand sprach ein Wort. Die Gruppe kam zwischen den Mauern hervor und umringte sie.

Die harten Jungs waren sichtlich verwirrt. Ohne Licht erkannten sie nur Silhouetten. Laura entzündete eine Fackel.

»Was soll der Scheiß, hä?«, blökte der eine und wandte sich zu Veit um. »Wer seid ihr denn?« Er riss sich sein rotes Käppi vom Kopf und strich sich durch die schweißnassen Haare. Seine

Augen wanderten von einer Gestalt zur nächsten. Panik war in ihnen zu lesen. »Was immer ihr wollt ...« Seine Stimme zitterte. »Willst du uns erschießen, Alter, oder was?«, knurrte sein schwarzhaariger Kumpan. Seine Selbstsicherheit hatte er offenbar noch nicht verloren. »Ihr wisst wohl nicht, mit wem ihr es zu tun habt.«

»Wir sind Biggalan, und ihr seid hier, weil ihr schuldig seid«, donnerte Vogel die beiden an. Wiegenden Schrittes ging er auf sie zu. Sein ausgestreckter Zeigefinger stieß hervor. Er fuchtelte ihnen damit vor dem Gesicht herum.

»Schuldig, Unfrieden gestiftet zu haben.«

»Schuldig!«, kam es von den anderen im Chor.

»Schuldig der Gewalt an Menschen und Dingen.«

»Schuldig!«

»Schuldig, mit Drogen unsere Kinder zu vergiften und Tränen über das Land zu bringen!«

»Schuldig!«

»Dafür sollt ihr büßen.«

»Büßen! Schuldig! Büßen! Schuldig!«

»Schuhe aus, Hosen runter«, befahl Veit.

»Hey, Moment mal ...«

»Das könnt ihr doch nicht ...!«

»Schweigt und gehorcht!«, rief Vogel. Die Rolle des Zeremonienmeisters war ihm auf den Leib geschneidert.

Die Hähne des Doppelläufers klickten.

Die Jungs entledigten sich ihrer teuren Sneaker und ließen die Hosen fallen. Laura sammelte sie ein und verschwand damit hinter dem Gemäuer. Wie erwartet: Handys und Autoschlüssel nebst zwei Teppichmessern. Brave Handwerker halt.

Ben schnappte sich die Beinkleider und machte sich ungesehen an den Abstieg. Zwanzig Minuten Trab warteten auf ihn.

Inzwischen begannen Luigi und Richie, mit Schweinsblasen auf sie einzuprügeln. Wenig Schmerz, maximaler Effekt.

Laura tauchte mit zwei Gläsern einer roten Flüssigkeit auf.

»Trinkt!«, donnerte Vogel.

»Verdammt, wollt ihr uns vergiften?«, schrie der Bemützte. Die Stimme überschlug sich. »Das ist Mord!«

Sein Leidensgenosse biss auf die Lippen und mimte den Tapferen.

Pamp! Die Schweinsblasen landeten in ihren Gesichtern.

»Trinkt!«, wiederholte Vogel.

Erst als Veit einen der beiden mit dem Gewehrlauf anstupste, griffen sie zu und leerten die Gläser.

»Vergesst nie eure Schandtaten und verschwindet von diesem Ort!«, beschwor sie Vogel.

»Verschwindet, verschwindet, verschwindet!«, tönte der Chor.

»Und lasst euch nie mehr blicken«, ergänzte Richie.

Er sammelte die Schuhe ein und schleuderte sie talwärts über das Gemäuer. Es würde dauern, bis sie ihre teuren Treter im abschüssigen Gelände wiedergefunden hatten.

Laura tauchte die Fackel in einen Wassereimer. Schicht im Schacht.

Alle außer Veit verschwanden aus dem Blickfeld der beiden und machten sich an den Abstieg.

Veit hatte den Auftrag, sie noch zehn Minuten zu bewachen, um dann ebenfalls zu verschwinden. Er würde nicht den Wanderweg nehmen. Es würde genug Zeit verstrichen sein, damit alle außer Reichweite wären.

Ben hatte alles erledigt. Die tote Sau, die Veit besorgt hatte, lag im Kofferraum des BMW. Er hatte ihr, nach Anweisung von Laura, einen roten Stringtanga übergestreift und eine Familienpackung Kondome dazugeworfen. Daneben kamen dreißigtausend Euro in bar, aus Urbans Täschchen, und ein Tütchen Gras, das Paolo spenden musste – sein letztes, wie er hoch und heilig versicherte. Die Hosen der beiden legte er, samt Inhalt, ordentlich auf die Motorhaube und betete, dass Max und Moritz nicht in den Kofferraum schauten, bevor sie abrauschten. Die Gefahr war gering, sie würden schnellstmöglich verschwinden wollen. Die beiden Schlagringe im Handschuhfach hatte er nicht angerührt.

Wenn alles planmäßig verlief, hatte Veit in der Zwischenzeit seinen Schafkopfkumpel über die arg merkwürdigen Insassen eines BMW nahe der Burgruine informiert, die sich im Ort schon öfter verdächtig benommen hatten. Veit war hundertprozentig sicher, dass der Walther Xare sich nicht zweimal bitten lassen würde. Er war Jäger aus Leidenschaft. Den beiden stand eine Kontrolle gleich unten an der Straße bevor. Auf die Polizeimeldung waren alle gespannt.

Viel Spaß allen Beteiligten! Er hatte berechtigte Zweifel, dass die Streifenpolizisten die Geschichte vom Überfall durch die Biggalan als glaubwürdig einstuften.

Die erwarteten Ben am Parkplatz.

Sie hatten sich bereits auf dem Weg umgezogen und sahen wieder ganz manierlich aus. Eine freundliche Abendgesellschaft.

»Was war das für ein Gesöff, Laura?«, wollte Richie wissen.

»Stierviagra. Hält mindestens drei Tage an.«

»Uuh, nice!«

»Denk nicht mal dran«, sagte sie, »falls du nicht zum Onkel Doktor willst. Priapismus ist nix Schönes. Harte Burschen halt.«

Ben hatte den Eindruck, in die Belustigung der Männer mischte sich eine Spur Mitgefühl.

»Was wollt ihr?«, grummelte Laura. »Wenn schon, denn schon.«

Die Mayer nickte. »Schuldig«, sang sie.

»Schuldig«, bekräftigte Luigi.

»Wir sind so blöd!«, rief Laura plötzlich.

Bens verwirrter Blick bestätigte ihre Aussage.

»Wiederholen Sie noch mal, was Sie den beiden Deppen gesagt haben«, wandte sie sich an Vogel, »den genauen Wortlaut.«

»Ich hab improvisiert. Unglück über die Familien und blablabla.«

»Nein, Wort für Wort! Das mit dem Bösen übers Land.«

»Mit Drogen habt ihr unsere Kinder vergiftet, Tränen über das Land gebracht, meinen Sie das?«

»Ja, mein Gott, Ben! Luigi hat auch ein Motiv, Urban umzubringen!«

»Was, ich? Madonna!«

Bei Ben rollte der Groschen langsam, aber stetig zu Tal.

»Drogen sind des Teufels«, murmelte er.

»Ja, jetzt verstehst du es!«

»Ich versteh nix«, maulte Luigi. »Ich war's bestimmt nicht! Das musst du mir glauben, Ben.«

»Vielleicht ging es nicht um Geld. Alle hatten ein Motiv!«

Es war nicht ums Geld gegangen. Der Schimmelpfennig hatte einen Sohn, Luigi hatte einen Sohn, die Fuchs hatte eine Großnichte. Was war mit der Bagage?

»Das heißt, die Verdächtigen vermehren sich wie die Karnickel?«, fragte Ben.

»Wer ist ein verdächtiges Karnickel?«, empörte sich Luigi.

»Wer weiß«, zischte Ben ihm zu. »Nicht Karnickel, wilder Stier würde zu dir passen.«

»Ja klar, Mafioso, her mit den Betonschuhen, so sind sie, die Italiener, hä?«

Ben legte ihm den Arm um die Schulter.

»Hey, komm, Bruder, du hättest einen Grund gehabt, warst es aber nicht, okay?«

»Aha, und wieso nicht? Bin ich zu weich? Traust du mir nicht zu, dass ich Paolo mit meinem Leben schützen würde?«, knurrte Luigi.

»Willst du es nun gewesen sein oder nicht?«, fragte Ben. »Entscheide dich halt.«

Luigi hob die Hand, seine Finger zeigten ihm ein nonverbales »Stronzo«.

Richie war schweigend danebengestanden. Jetzt nahm er Ben am Arm und flüsterte ihm etwas zu.

»Wir telefonieren morgen, wegen Steff«, sagte er zu ihm und stieg in seinen Van.

Langsam verschwand das Adrenalin aus Bens Adern. Ernüchterung machte sich breit. Er dachte an Tonis Sohn. Was hatte er in der Hand, um ihm die Wahrheit nahezubringen? Nichts außer seinem Wort, und was war das schon wert? Einen Scheißdreck angesichts eines toten Vaters und einer verschwundenen Mutter.

Die Biggalan verzupften sich vom Parkplatz. Vogel war elektrisiert davon, dass Ben offenbar rauszufinden versuchte, wer Urban das Licht ausgeblasen hatte. Schnell war allerdings klar, dass Ben und Laura diesbezügliche Fragen ignorierten. Er wollte von der Festnahme der beiden Schläger Fotos schießen, deshalb ließ Laura ihn aussteigen, damit er ein geeignetes Versteck finden konnte.

Das Nachtprogramm war beendet, die Kasse geschlossen.

Ben wurde von Laura bei der Pension abgesetzt. Die Fahrt über waren sie einsilbig gewesen, die Euphorie wich der Erschöpfung. Bens Akku war leer. Um Pläne zu schmieden, war morgen Zeit genug.

Im Haus angelangt, stieg er die Stufen hoch zu seinem Vater. Er war sich sicher, er war noch wach und betrachtete die Sterne.

Als er das Zimmer betrat, saß sein Vater vor dem Teleskop. Er wandte sich um und warf seinem Sohn einen forschenden Blick zu.

»Sternenklare Nacht«, sagte er, »wenn du den Himmel sehen willst, musst du nach Garmisch kommen.«

»Das wäre ein Werbespruch für den Tourismusverband«, meinte Ben. Er trat neben seinen Vater und überzeugte sich davon. Der alte Wiesegger hatte recht.

42

Der Samstagmorgen war zu früh hereingebrochen. Laura lag im Bett und starrte an die Decke. Alles kam ihr irrwitzig vor. Hatte sie einen schrägen Traum gehabt? Vor sechs Stunden war sie maskiert auf der Werdenfelser Burgruine herumgetanzt, um zwei Kriminelle aus dem Ort zu vertreiben. Sie rekelte sich und beschloss, den Tag ruhig angehen zu lassen. Als die Türklingel schellte, war ihr klar, dass sie diesen wohligen Gedanken in die Tonne treten konnte. Besuch um halb sieben. Die unchristliche Zeit verhieß nichts Gutes.

Richie stand vor der Haustür.

»Ich konnte nicht schlafen«, verkündete er ihr mit einem gequälten Lächeln.

Sie winkte ihn schweigend in die Küche.

Die Kaffeemaschine tat, was sie tun musste, und fünf Minuten später stellte Laura zwei Kaffeehaferln auf den Bistrotisch. Alles vollautomatisch, samt ihrer Bewegungen.

»Ist dir deine eigene Gesellschaft zu fad?«, fragte Laura, streckte sich und gähnte ausgiebig.

»Pass auf. Meine Melli ist ja die Tochter von der Reitschuster Michaela.«

»Bitte nur die Kurzfassung, mehr nimmt mein Hirn nicht auf.«

»Ja, kommt gleich«, sagte Richie ungerührt. »Mit der hab ich maximal drei Nächte verbracht, damals. Das weiß ja jeder. Die hat sich mit ihrem Mann wieder ausgesöhnt. So, warum hat der geahnt, dass er nicht der Vater sein kann? Weil er mit Gummis verhütet hat, und zwar absolut gnadenlos. Sie hat die Pille nicht nehmen wollen und so weiter.«

»Wo führt das jetzt hin?«

»Wart's ab. Der Toni und der Ben haben den Jubiläumsgrat nicht zum ersten Mal gemacht. Ich war auch schon dabei. Und dass er abgestürzt ist, konnt ich erst kaum glauben, weil er ein Überkorrekter war, verstehst du? Lieber doppelt gemoppelt, als zu wenig zu sichern. Einmal wollten wir mit der Susi die Riffelspitze machen und auf der Höllentalangerhütte übernachten und ...«

»Richie, du kommst daher und erzählst mir um halb sieben deine Memoiren? Bist du die Reinkarnation vom Luis Trenker, oder was?«

»Bin gleich fertig. Also Hüttenübernachtung. Und dem Toni sollt ich mit Kondomen aushelfen, zur Sicherheit. Man weiß ja nie. Der Toni war korrekt, der hat sich immer einen Kopf gemacht, ja kein Kind zu früh. Erst verheiratet und blablabla. Und besoffen auf dem Heubodenfest ist dir der Pariser nimmer so wichtig, kapierst du?«

Lauras »Nein« ging in herzhaftes Gähnen über.

Er zog zwei Tütchen aus der Tasche und platzierte sie auf dem Tisch.

»Das ist eine Zahnbürste vom Steff, Tonis Sohn. Und das andere sind Haare vom Ben. Die hab ich von meinem Sessel gezupft. Begreifst du es jetzt? Kennst du jemanden, der das vergleichen kann?«

Laura lehnte sich auf dem Stuhl zurück. Sie sah erst Richie an und dann die Tütchen.

»Für saublöde Witze ist es mir echt zu früh.«

»Seh ich so witzig aus? Toni hat gesagt, kein Kind, bevor er dreißig ist.«

»Das hat ja wohl geklappt. Und jetzt kommst du daher?«

»Mein Gott, ich wollt es darauf beruhen lassen, wie es ist. Der Steff hat bei seinem Großonkel gelebt, und der Ben war weg. Ich hab andere Sachen im Kopf gehabt als diesen Scheiß. Aber jetzt, wo die Sache mit Steff so hochkocht, hab ich mir gedacht ...«

Laura fröstelte. Sie griff sich eine Wolldecke vom Stuhl und wickelte sich ein.

»Hochkocht«, murmelte sie. »Er war das mit dem Fahrrad und hat ›Mörder‹ an die Wand gesprüht?«

»Ja, und er war es wahrscheinlich mit den Nägeln im Reifen von Lissys Auto. Und jetzt ist er verschwunden, und bevor was Schlimmeres passiert …«

»Was Schlimmeres? Du musst es Ben sagen. Ihr seid alle so was von drüber, ich fass es nicht!«

»Was soll ich ihm denn sagen, bevor wir es sicher wissen? Der dreht uns am Rad. Schauen wir erst mal, ob was dran ist.«

Laura spürte, wie sich die Gänsehaut ausbreitete.

»Nur weil dein Oberstübchen gerülpst hat, denkst du, ich spring gleich? Da kommt man in Teufels Küche. Zudem ist es illegal. Bestell es im Internet.«

»Damit kenn ich mich null aus – aber der Steff muss das erfahren, wer weiß, was der anstellt!«

Laura schloss die Augen, schlug die Hände vors Gesicht und schüttelte den Kopf. Konnte es sein, dass sie schräge Vögel magisch anzog? Was sagte das über sie aus? Und wieso konnte ihr Morgen nicht sein wie der Morgen anderer Leute im Ort? Das einzige Problem wäre dann das zu harte Frühstücksei und wie man den Hansi-Burli zum Kirchgang überreden konnte.

»Kruzifix«, knurrte sie, »lass das Zeug da – ich kümmer mich drum.«

Richie nickte wie ein kreuzbraver Viertklässler.

Laura nahm die Tütchen und legte sie in eine Küchenschublade.

»Du nimmst zur Bergtour Kondome mit?«, wunderte sie sich.

»Könnt ja sein, dass ich zufällig wen treff, eine Wonder Woman wie dich.« Er grinste sie an.

»Du suchst keine, die was fordern könnte«, meinte sie und stand auf. »Ich mach uns noch einen Kaffee, oder brauchst du was zum Abkühlen?«

»Was ist mit dir und Ben?«, wollte er wissen.

»Was soll sein?«

»Das seh ich. Und deine Hände zittern grad, nein, die ganze Frau schüttelt es.«

Das Blubbern des Espressoautomaten musste ihm als Antwort genügen.

»Ach komm«, legte er nach, »warum hängst du dich so rein bei der ganzen Geschichte, doch nicht nur wegen Lissy?«

»Da kennt sich ein verhinderter Psychologiestudent natürlich aus. Wie viele Semester hast du durchgehalten – zwei?«

»Aua, der tat weh, voll unter die Gürtellinie gedroschen!«

»Spezialität des Hauses. Trink deinen Kaffee und sei stad.« Sie knallte ihm das Haferl auf den Tisch. Hatte sich was mit Ausschlafen. Sie müsste nach München aufbrechen. Alte Zeiten aufleben lassen. Den hoffentlich erfreulichen Teil alter Zeiten. »Spätestens übermorgen wissen wir Bescheid«, fügte sie an. »Mir ist jemand eingefallen, den ich fragen könnte.«

Sie scheuchte Richie aus der Küche und schloss mit einem Seufzer hinter ihm die Haustür. Wann immer du glaubst, es geht nix mehr, schleppt ein Kasperl ein neues Problem daher. Nummer eins ihrer Lebensweisheiten, oft bewährt und erlebt.

Ben fühlte sich nicht wohl in seiner Haut. Er hätte sich heut Morgen gern eine neue, unverbrauchte übergezogen, aber es hing keine im Schrank. So musste man sich im Auge des Orkans fühlen. Alles ruhig, doch machst du einen Schritt nach draußen, bläst es dich aus dem Anzug, und die Welt fliegt dir um die Ohren.

Nicht einmal das frisch gelegte Frühstücksei schmeckte ihm – zu hart gekocht. Er war aus der Übung. Zu lange hatte er sich übersüßte, in Ahornsirup ertränkte Cornflakes reingeschaufelt, falls er überhaupt Frühstück hinunterbekommen hatte. Beim bloßen Gedanken daran grummelte sein Magen. Damit war Schluss. In Garmisch-Partenkirchen fanden sich Bäcker, die ihren Brotteig händisch fabrizierten – in San Antonio konntest du nur vermuten, dass diese luschigen Weizenhäufchen mit Lebensmitteln verwandt sein sollten. Überhaupt schmeckte es ihm im Ort, als wär's zu Hause von der Großmutter im Küchlein gebacken und gebrutzelt worden. Da war nix lieblos hingemanscht, weder Luigis Nudelkreationen noch die Gans im Wirtshaus. Seinem Airbag würde er die Luft herauslassen, wenn erst wieder Ruhe eingekehrt war. Ja, wenn …

Er schob den Teller zur Seite. Seit gestern war er eine Lachnummer. Der selbst ernannte größte Journalist aller Zeiten hatte sich als Null entpuppt. Der schillernde Schmetterling war nichts als eine braungraue Motte.

Vogel hatte ihm erzählt, dass sie nach dem Online-Artikel regen Verkehr auf ihren Social-Media-Netzwerken vermelden durften, Sarkasmus war der vorherrschende Duktus gewesen. Es habe auch Stimmen gegeben, die sich um Begegnungen mit Aliens gedreht hatten, und diesbezüglich sollte man über eine Kolumne nachdenken. Eine Kolumne über Außerirdische im Werdenfelser Land? Wenn sich hier Touristen aus Peking, Wyoming und Bottrop wohlfühlten, wär das sicher ein kommodes Platzerl für Meister Yoda oder die Klingonen.

Ben war restlos bedient. Klar, falls du pillenbedröhnt auf die Alpspitz gegondelt bist, kann's vorkommen, dass du im Drachenflieger oder dem Bergwacht-Heli ein unbekanntes Flugobjekt vermutest. Hier wie überall gab es bewusstseinsoriginelle Leut.

Er hatte dem Vogel ein »Nur über meine Leiche« hingeworfen. Heut brisant, wär morgen beerdigt, wurde er vom Chefredakteur getröstet und mit Gelächter verabschiedet. Späße auf seine Kosten gab es gerade im Sonderangebot.

Ja, gestern Nacht war er voller Power gewesen, Max und Moritz hatten sie es gezeigt. Davon spürte er nichts mehr. Er hatte kein Gefühl dafür, ob es so etwas wie Normalität für ihn geben konnte. Einfach am Tisch hocken, mit Leberkas und Weißbier übers Wetter fachsimpeln, ohne dass in jeder Hirnwindung die Schmutzbrühe herumschwappte. Im Moment war er für jeden Rettungsanker dankbar.

Er kippte die Reste vom Ei in den Müll und räumte seinen Teller in die Spülmaschine. Schau, Vater, keine Scherben!

Sein Magen knurrte vor sich hin, während er die Stiegen zum Zimmerchen hinaufging, um sich »ausgehfertig« zu machen.

Lissy hatte mit dem Anwalt telefoniert und ihren Bruder auf den neuesten Stand gebracht. Poschinger könnte jederzeit einen Haftbefehl beantragen, aber mit Indizien war es mau. Kein Geldfund – kein Motiv. Über Lissys fünfzehntausend konnte man nur spekulieren, solange sie eisern schwieg. Bliebe verschmähte Liebe samt Streit und Lissys nächtliches Techtelmechtel vor Zeugin samt Zamperl.

Es stand die Tatsache, dass Lissy kein Alibi vorweisen konnte und Urban nach ihrem Stelldichein vom Erdboden verschluckt worden war. Offenbar mutmaßte die Polizei inzwischen, dass seine Leiche nicht zwingend vom Täter auf Ferstls Weide geschafft worden war. Nicht jeder Bauer schätzt verdorbenes Fleisch im Stall. So weit waren Laura und er auch gekommen.

Poschinger müsste sich strecken, um Lissy dranzukriegen, indes, Ben blieb argwöhnisch. Der Kerl war ein verkappter Bullterrier.

Während er sein E-Bike aus dem Stadel schob, sinnierte er über Lauras modifizierte Theorie. Konnte Urban gestorben sein, um zu verhindern, dass Drogen Unheil über Garmisch brachten? Sie war am Handy nicht zu erreichen, deshalb schrieb er ihr eine Nachricht: »Hat die Fuchs mit den Eltern der Burschen über Georgius Urban gesprochen? Haben wir jemanden übersehen?«

Sein Körper füllte sich allmählich mit Energie. Justus Schimmelpfennig fiel ihm ein. Der hatte bei der Bagage fleißig mitgemischt. Kaum vorstellbar, dass die beiden Schläger sich nicht auch ihn vorgeknöpft hatten. Er würde zu gern seinem Vater auf den Zahn fühlen, aber er konnte schlecht in dessen Büro aufmarschieren. Es gäbe für den Baulöwen keinen Grund, zu beichten. Er war weder Polizist noch Priester.

Mit dem Visitenkärtchen in der Hand läutete er stattdessen bei ihm an. Er durfte auf die Mailbox sprechen.

»Servus, hier ist der Wiesegger. Haben Sie Zeit für einen Plausch? Ich würd mir heut Mittag eine Gans gönnen.«

43

Schimmelpfennig saß bereits am Tisch. Und er speiste nicht allein. Zwei seiner Begleiter kannte Ben nicht, ebenso wenig die braun gebrannte Blondine im weit ausgeschnittenen Landhauskleidchen. Sie knipste ein Retortenlächeln an und schüttelte die blondierten Löckchen, als sie ihn näher kommen sah. Nur keine Mühe, er war kein Geschäftspartner. Nummer vier wandte ihm den Kopf zu und glotzte, mit offenem Mund kauend. Der Steckerlfisch. Auf Schimmelpfennigs Männchen für alles hätte er liebend gern verzichtet, den Heiratsschwindler, den lausigen.

Als der Baulöwe ihn bemerkte, winkte er mit ausladender Geste. Für Ben war es zu spät, um umzudrehen, er schlängelte sich durch die Tischreihen.

»Da schau her«, sagte Schimmelpfennig. »Ich glaub, der ist wegen dir da, Steck. Ich hab mir alleweil gedacht, du schaust aus wie ein Außerirdischer.«

Er wies auf einen freien Stuhl. »Nix für ungut, Spaß gehört dazu, sag ich immer.«

Er gab der Bedienung ein Zeichen, ein junger Bursch kam diensteifrig herbeigewieselt.

Ben beließ es bei Apfelschorle. Essen konnte er sich in dieser illustren Runde verkneifen.

»Für Späße bin ich zu haben«, sagte Ben, »wenn sie was taugen. Gibt ja sonst nicht viel zu lachen, gell, Steck?«

»Wie meinst du das, Wiesegger?«, sagte der. »Für dich vielleicht nicht. Die Schwester bald im Knast, dein Journalistengetue aufgeflogen, keiner will mehr ein Stückerl Brot von dir.«

»Geh, Steck«, mischte sich Schimmelpfennig ein, »das weiß er doch selbst, der Herr Wiesegger. Vielleicht gehts ihr schon mal vor, ich komm dann nach«, löste er den Tisch auf.

»Aber ich …«, protestierte Steck und trank hastig vom Bier. Sein Jägerschnitzel lag noch beinahe unberührt auf dem Teller.

»Auf geht's«, meinte Schimmelpfennig, und die Apanage gehorchte.

»Mach brav Männchen, Steck«, kommentierte Ben, »wo ist das Balli?«

Dem Steckerlfisch sah man an, wie viel Kraft er für die Kontrolle aufbringen musste. Er trollte sich mit pochenden Schläfenadern.

Schimmelpfennig schwieg, bis sie allein am Tisch saßen.

»Viel Feind, viel Ehr, das haben wir gemeinsam«, stellte er fest.

»Sie behalten die Ehr, und ich tausch meine gegen gutes Karma«, sagte Ben.

»Wissen Sie«, meinte der Baulöwe lächelnd, »ich täusch mich selten in Menschen. Und bei Ihnen sollte man genau hinschauen, was Sie treiben in Garmisch. Für manche bringen Sie alles durcheinander, sagen wir, Sie sind ein Bewegungstalent. Und deswegen sitzen Sie jetzt hier.«

»Danke für die Blumen«, antwortete Ben. »Meine Schwester wird des Mordes beschuldigt.«

»Ja, das ist bedauerlich für sie.«

»Und Sie haben der Polizei Schmarrn erzählt.«

»Soso, hab ich das.«

»Es gibt keine Immobilienkäufe, die Georgius Urban mit Ihnen hätte tätigen können. Sie wissen das, ich weiß das, und Ihr Sohn kann ein Lied davon singen.«

»Gehen Sie zur Polizei und erklären Sie das denen – falls Sie Beweise für die Behauptungen haben.«

»Haben Sie Angst um Ihren Sohn?«

»Ach Gott, ich hab gedacht, mit Ihnen ist es unterhaltsam. Ich hab Sie überschätzt, es ist armselig. Sie blasen sich hier als Detektiv auf. Fragen Sie sich mal, für wen es wirklich schlimm wär, dass ein Drogenkartell sich hier breitmachen will. Und damit das klar ist: Sie wissen von meinem Bruder, dass ich profitiere, wenn die Fuchs verkaufen muss. Deswegen schmeiß ich niemanden vor ein Rindviech. Schon gar nicht, weil ich nicht weiß, kommt

da eine Bürgerinitiative, eine Umweltgruppe oder ›Errettet Garmisch von dem Bösen e.V.‹ ums Eck. Früher war es simpel. Also, halten Sie mich für dermaßen blöd? Das beleidigt mich.«
Er nippte vom Bier.
»Und so nebenbei«, fuhr er fort, »ich hab der Fuchs heut ein Wohnrecht auf Lebenszeit angeboten, wenn sie ihren Grund an die Gemeinde verkauft. Sie könnte in einem der Tiny Houses wohnen.«
»Im Tiny House? Sie sind ein wahrer Wohltäter.«
Schimmelpfennig lehnte sich nach vorn, sodass Ben seine rot geäderten Augäpfel aus der Nähe betrachten konnte. Nichts, von was du träumen willst.
»Jetzt sag ich Ihnen was, das hat mein Bruder nie kapiert. Ja, meine Geschäfte stinken ihm. Aber von überallher reisen die Deppen mit ihren Koffern voller Scheine an, wie der Urban. Heuschrecken, Oligarchen, Mafia, Chinesen – und die scheißen alles und jeden mit ihrem schmutzigen Geld zu. Das sind Wertanlagen oder Geldwäsche, was kümmert sie die Gegend? Ich bin hier geboren, und ich werd hier irgendwann mal auf dem Garmischer Friedhof liegen.«
»Amen«, sagte Ben voller Inbrunst. »Haben Schläger Ihren Sohn verprügelt?«
»Ja, und das hat mich unbändig geärgert. Verdient hatte er es, so dumm, wie er sich angestellt hat, aber nur durch mich. So, Sie Möchtegern-Marlowe, es ist besser, wir lassen es gut sein. Und ehrlich gesagt, wer weiß, ob Ihrer Schwester nicht der Gaul durchgegangen ist? Bei Männern soll sie unberechenbar sein, deswegen hauen sie alle ab. Das meint auch der Steck. Und der sollt es am besten wissen.«
Ben stand auf. »Wiederschauen, Herr Schimmelpfennig. Hüten Sie Ihren Sohn gut, der sollte die Drogenkarriere beenden.«
»Für endende Karrieren sind Sie die Koryphäe, Wiesegger.«
Dass er ein gemurmeltes »Mach ich« hinterherschob, zeigte Ben, dass Schimmelpfennig, bei aller Maskerade, die Aktionen seines Sprösslings nicht unbeeindruckt gelassen hatten.

Draußen hatte sich Steck aufgebaut. Von den anderen dreien war nichts zu sehen.

»Bist ein ganz ein Braver«, sagte Ben, »mach schön Sitz und wart aufs Herrchen.«

Er wandte sich um und ging zu seinem Rad.

Wamp! Ein Faustschlag traf ihn in den Nacken. Er wurde nach vorn geworfen.

Stecks Nachteil war, dass Ben kein notorischer Raufbold war. Körperlichen Auseinandersetzungen war er meist aus dem Weg gegangen. Sein Blut brodelte jetzt, und die Beherrschung machte sich davon. Ungewohnte Raserei! Ein Gefühl, das er nicht zügeln konnte. Er fuhr herum. Brüllend warf er sich Steck entgegen. Der schlug blindlings zu, der Hieb streifte Bens Ohr. Er umklammerte den dürren Kerl beidhändig und warf sich mit ihm zu Boden. Wrestling für Arme. Steck knallte auf den Rücken, er versuchte zur Seite wegzukrabbeln. Zu spät. Keine Chance. Ben lag über ihm. Er begrub ihn unter seinem Leib, als wäre er ein Schneebrett, und presste ihn auf dem Teer fest. Auf alles, was er von ihm erhaschen und sehen konnte, prügelte er ein. Er wollte ihn zerquetschen, in den Boden stampfen, nichts mehr übrig lassen von dem Kerl.

Zwei kräftige Hände rissen an seinen Schultern.

»Hoh, steigen Sie ab, ich glaub, er hat es kapiert«, sagte Schimmelpfennig.

Ben ließ die Fäuste hängen und erhob sich keuchend. Steck stöhnte. Er versuchte, auf die Knie zu kommen. Blut lief ihm aus der Nase.

Der Champion marschierte schnaufend wie ein Kutschpferd davon. Er schloss sein Rad auf und fuhr los, ohne sich umzudrehen.

»Du kommst mir nicht davon, du Mörder!«, schrie ihm Steck mit sich überschlagender Stimme hinterher.

Je weiter er radelte, desto besser wurde seine Laune. Nach fünfhundert Metern fühlte er sich großartig. Er hätte Bäume ausreißen können. Wenn all die Leute mit ihren Konfliktlösungsstrategien wüssten, wie es sich anfühlte, einfach für Ruhe zu sorgen und dreinzuschlagen. Das war für Lissy, nimm das! Ja, es war soziopathisch, und nein, es brachte ihn nicht weiter. Aber er hatte es genossen, und wenn es einer verdient hatte, dann der Steckerlfisch.

Er war einer der Ersten gewesen, der mit dem Finger auf ihn gezeigt und überall verkündet hatte, er hätte Toni hinuntergestoßen. Mit einer Tracht Prügel war er billig davongekommen. Ben pfiff die »Kill Bill«-Melodie, während er in die Pedale trat.

Laura war noch immer nicht zu erreichen. Er hatte Lust, mit seinem Abenteuer zu prahlen, kam aber bald von dem Gedanken ab, es Laura aufs Brot zu schmieren. Sie würde die Begeisterung nicht teilen, eher den pubertären Gewaltausbruch tadeln.

Als er auf den Hof fuhr, bemerkte er den geparkten roten Mini. Was wollte Josefa bei ihnen? Mit einer einzigen fließenden Bewegung sprang er vom Rad und schmiss es gegen die Mauer neben der Haustür.

Er eilte geradewegs zur Stube.

Josefa saß mit Lissy am Tisch. Die suchte Bens Blick. »Ich habe keine Ahnung, was sie will«, sagten ihm die hochgezogenen Augenbrauen.

»Ich war grad in der Nähe, und wir haben über alte Zeiten geplaudert«, meinte Josefa und nippte am Wasserglas.

»Josefa wollte auf dich warten«, ergänzte Lissy.

»So«, meinte Ben. Er postierte sich am Büfett.

»Ja, weißt du noch, wie wir am Ammersee waren«, schwärmte Josefa, »das waren Zeiten.«

»Ist mir ganz entfallen«, brummte Ben.

Lissy stand auf. »Ich muss zum, äh, Friseur«, sagte sie, an Ben gewandt. »Mach's gut, Josefa.«

»Wenn mein Mann jetzt wüsst, dass ich hier bin, bei dir …«, sagte die, sobald Lissy die Stube verlassen hatte.

»Pass auf«, sagte Ben, »wir müssen was klarstellen.«

»Ja?« Ihr Lächeln war erwartungsfroh.

»Was immer du denkst – so ist es nicht.«

»Ich weiß.«

»Herrgott, du hast Frau Schmerlinger einen Stein durchs Fenster geschmissen!«, brauste Ben auf.

Sie schüttelte tadelnd den Kopf, als hätte er an der Tafel die falsche Antwort auf eine Rechenaufgabe gegeben. »Ben, du musst besser aufpassen. Nicht alle Leute meinen es gut mit dir. Ich seh das halt.«

Er öffnete den Mund, um etwas zu erwidern, klappte ihn dann wieder zu. Himmel hilf!

»Josefa, lass mich bitte einfach in Ruhe!«, brachte er heraus.

Sie nickte. »Ich versteh dich besser, als du glaubst. Es war viel für dich, auch das mit Lissy. Du brauchst Zeit, dich einzuleben. Aber wir haben ja Zeit. Alles wird gut.«

Auf dem Hof fuhr ein Wagen vor. Durchs Stubenfenster sah Ben, dass es sich um Poschingers BMW handelte. Josefa war aufgesprungen und zur Tür gelaufen.

Er blieb sitzen. Vom Flur her hörte er den Polizisten brüllen und beobachtete, wie Josefa unbeeindruckt zu ihrem Mini catwalkte. Der Blick, den sie Poschinger zuwarf, ließ Ben frösteln. Verachtung und Eiseskälte spiegelten sich in ihren Augen. Falls ihn jemand so ansähe, würde er ihm nicht den Rücken zukehren.

»Wiesegger!«, schrie der Hauptkommissar außer sich und pappte mit der Nase am Stubenfenster. »Du lässt die dreckigen Pfoten von meiner Josefa! Haben wir uns verstanden!«

»Jep. Nix lieber als das«, murmelte Ben.

Bevor er sie nach Josefa ausstreckte, würde er sie eigenhändig abhacken und Salz in die Stümpfe reiben. Er zog es vor, nicht zu reagieren. Poschinger sollte auf der Hut sein, der nächste Stein flog vielleicht in seine Richtung.

»Verschwind vom Hof, Poschinger! Sonst hetz ich den Hund auf dich!«, hörte er seinen Vater vom Dachfenster aus brüllen.

»Wir haben keinen Hund, Papa«, seufzte Ben, stand auf und schlurfte in sein Zimmer.

Was könnte er tun? Jack wartete in seinem Koffer und wusste

Rat. Bei allem, was ihm heilig war, jetzt half ihm nur ein Schluck aus der Pulle. Beim nächsten Aufeinandertreffen durfte er nicht vergessen, Josefa nach seinem Motörhead-T-Shirt zu fragen. Am liebsten gewaschen und gebügelt.

Lange hielt er die Flasche in der Hand, öffnete sie jedoch nicht. Er schob sie zurück in den Koffer.

Die Dusche würde ihm helfen. Er hatte das Gefühl, er könne sich reinwaschen von Poschinger, Josefa, Schimmelpfennig und Steck. Oder waren sie ihm unter die Haut gekrochen wie Krätzmilben? Lange ließ er das Wasser auf sich einprasseln. Frisch bekleidet stieg er die Treppe nach oben. Vorsichtig öffnete er die Tür.

Sein Vater hatte die Augen geschlossen und atmete regelmäßig. Behutsam verließ Ben das Zimmer wieder. Er setzte sich unten in der Stube an den Tisch.

»Für wen wäre es schlimm, wenn ein Drogenkartell sich hier breitmachte?«

Er sinnierte über Schimmelpfennigs Frage. Abgesehen vom gesteigerten Arbeitsaufwand der Polizei, kämen ihm besorgte Eltern in den Sinn. Er hätte es gern gehabt, dass der Bauunternehmer mit dem Mord zu tun hatte. Grübeln brachte ihn nicht weiter.

Er stand auf und brühte sich einen Kamillentee. Es fühlte sich ungewohnt an, auf die Gesundheit zu achten.

44

Laura verließ das Haus mit einem lachenden und einem weinenden Auge. Sie freute sich auf München, und sie haderte damit, dass Richie sie bequatscht hatte. Aber die Entscheidung stand. An ihrer gepimpten Gartentür stoppte sie ab.

Ein BMW parkte schräg vor der Schnauze ihres Subaru. Der Fahrer machte sich nicht die Mühe, auszusteigen. Die Fensterscheibe senkte sich summend.

»Grüß Sie, Frau Schmerlinger, auf ein Wort.«

Laura ging näher. Poschinger zog an einer Zigarette, dann schnippte er sie auf den Asphalt.

Sie trat schweigend neben die Fahrertür.

»Es gibt Gerüchte, Sie wären mit Ben Wiesegger, so quasi, wie sagt man? Verbandelt.«

»Sagt wer?«

»Ich will Sie nur warnen. Ich meine es gut. Die Wieseggers haben Dreck am Stecken. Und ich möcht nicht, dass Ihnen …«

»Herr Hauptkommissar, wieso warnen Sie mich nicht vor Ihrer Frau?«, brach es aus ihr heraus. Genug war genug.

Sie griff nach ihrer Brieftasche und pflückte daraus die »Letzte Warnung«.

Sie reichte ihm den Zettel.

»Der kam, samt einem Stein, in mein Wohnzimmer geflogen. Kennen Sie die Handschrift?«

Er riss sich die Sonnenbrille herunter und starrte den Zettel an. Sein Schädel färbte sich tomatenrot. Nun hatte sie Gewissheit.

»Das ist Wieseggers Schuld! Wäre er nicht wiedergekommen, hätte alles seine Ordnung! Und ich sag Ihnen, ich sperr sie alle beide weg, ihn und seine mörderische Schwester!«

»Er ist nun mal da. Und Ihre Frau scheint das zu verstören. Sie sollten ihr helfen, einen klaren Kopf zu bekommen. Herrschaftszeiten, Sie haben sie geheiratet!«

Er steckte sich die nächste Zigarette ins Gesicht. Hastig zog er daran. »Tut mir leid wegen des Steines«, murmelte er. Er sah an ihr vorbei und versteckte seine Augen wieder hinter verspiegelten Gläsern.

Sie überlegte, ob sie ihm als Zugabe noch den roten Faden präsentieren sollte. Der Mann hatte mehr zu schlucken, als er verdauen konnte. Lass es gut sein, Laura.

»Ich hab drei Wochen Florida-Rundreise gebucht, im August«, sagte er, den Blick zur Windschutzscheibe gewandt. Er sprach zu seinem Duftbäumchen. »Ich hoffe, dass ein neuer Wind unsere ... Sie verstehen schon, belebt. Ja, schwierig. Das geht Sie eigentlich nichts an. Aber Ben Wiesegger soll Josefa in Ruhe lassen, und Sie sollten ihn auch besser meiden!«

»Ja, schon klar, dass Sie sich Sorgen machen«, sagte Laura.

Er sah sie an.

Sie konnte ihr Spiegelbild in seinen Gläsern betrachten.

»Zefix, ich kann meiner Frau doch keine Vorschriften machen«, fauchte Poschinger. Seine Stimme wurde zum heiseren Flüstern. »Aber ich pass auf, dass Ihnen ... Ich pass einfach auf.«

Laura nickte.

Die Scheibe fuhr nach oben. Der Motor brüllte, als hätte er einen Tobsuchtsanfall. Sein Fahrer unbedingt. Laura sah dem BMW hinterher, bis er hinter einer Kuppe verschwand.

Poschingers Offenbarung ließ sie perplex zurück. Purer Leidensdruck war ihm aus allen Poren gequollen. Florida war besser als Camping in der Eifel. Ob er allerdings nur wegen ein paar sonnenbeschienener Tage samt durchgeknallter Gattin seinen Kreuzzug gegen die Wieseggers beenden würde, stand auf einem anderen Blatt.

Grübelnd stieg sie in den Subaru und erlebte sich ein paar Gassen weiter als Gefangene der Blechlawine, die sich die Bundesstraße entlangschob. Stau war ein ständiger Begleiter in der Region, verlässlicher als Schneefall, und im Gegensatz zum Zugspitzgletscher nahm seine Masse Jahr für Jahr zu. Die Leute hatten entschieden, was ihnen lieber war.

Sie sollte es schaffen, in zweieinhalb Stunden in München zu sein. Was war sie happy, rauszukommen! Einen Tag weg von alledem. Die Besitzer ihrer vierbeinigen Patienten wussten, dass sie in Notfällen Dr. Stangassinger in Murnau vertrauen konnten. Mit ihm hatte sie ein Arrangement, auch wenn er als Pferdeflüsterer, sprich Fachtierarzt für Rösser aller Art, bekannt war. Zumindest hielt er sich zwei »Bergstädter Knirpse«. Diese Minischweine mischten den Alltag der Familie Stangassinger auf, gleich einer Horde Pubertierender.

Über die Freisprechanlage rief sie bei Hehnle an.

Er ging sofort ans Handy.

»Ja?«

»Habt ihr Ben Wiesegger erwischt?«

Das Schweigen dauerte eine Ewigkeit. Sie hörte nur seinen Atem.

»Das war nicht nett«, stieß er schließlich hervor.

»Warst du denn nett?«, kam es honigsüß von ihr.

»Redest du mit Poschinger darüber?«

»Wenn wieder ein Schlägertrupp auftaucht, sicher.«

»Die beiden haben es vermasselt, sie sind verhaftet worden. Es wird niemand mehr kommen, Garmisch ist verbrannt. Zu viel Aufmerksamkeit.«

»Und, lässt du dich versetzen?«

»Ja, kann gut sein, Murnau soll interessant sein.«

»Das Herz vom Blauen Land. Ist schön erholsam da.«

»Weißt du, Laura, ich wär gern einmal mit dir ins Kino.«

»Tja, das hast du sauber vergeigt.«

Sie beendete das Gespräch. Wenn ihr Hirn eine Löschtaste hätte, wäre jetzt ein guter Zeitpunkt, sie zu betätigen. Sie gab sich einen Song von Depeche Mode, während der Subaru unbeirrt Richtung München zottelte.

Hannah hatte sie in München bei der WG-Zimmer-Suche kennengelernt. Sie hatten gleich gemerkt, dass es zwischen ihnen funktionieren könnte, und mit diversen Mitbewohnern vier Jahre zusammengehaust. Danach war Laura zurück nach Rosenheim, und Hannah war in München geblieben, samt Ehemann und Job im Labor. Dass sie sofort auf ihren Anruf reagiert und ihr angeboten hatte vorbeizukommen, war für Laura wie ein Sechser im Lotto. Spaß! Zusammen weggehen und für einen Tag eintauchen ins Stadtleben war genau, was sie brauchte. Haidhausen, ihr altes Viertel!

Hannah war überraschenderweise sofort bereit gewesen, das Material für sie zu untersuchen. »Sag nichts, frag nichts, mach ich.«

Sie klang wie Veit. Allerdings könnte sie Laura das Ergebnis natürlich nur mündlich mitteilen und nicht als Institutsanalyse. Sie würde selbstredend jede Beteiligung an der Durchführung einer illegalen DNA-Untersuchung vehement abstreiten.

»Eine Frau Schmerlinger kenn ich nicht.«

Laura war ganz ihrer Meinung. Richies Tütchen würde sie ihr im Café am Wiener Platz in die Hand drücken.

45

Das Café hatte sich seit ihrem letzten Besuch nicht verändert. Alles war, wie es sein sollte. Hannah hatte Lauras Überraschungstütchen eingesteckt. Was für ein Genuss, hier beim Cappuccino zu sitzen und sich keinen Kopf zu machen. Ihre Freundin hatte vor, ins Institut zu fahren, und sie würde die Isar entlang in die Innenstadt flanieren und sich treiben lassen.

»Gehst du mit mir heut Abend einen trinken?«, riss sie Hannah aus den Gedanken.

»Ich weiß nicht, ob das eine gute Idee ist. Ich wollte heut Abend eigentlich wieder …«

»Arndt ist auf einer Geschäftsreise – ja, mehr Klischee geht nicht, ich weiß.«

»Hat er wenigstens eine putzige Sekretärin mitgenommen?«

»Wie kommst du drauf, er liebt mich.«

»Ich weiß schon.«

»Übermorgen hast du die DNA-Ergebnisse.«

»Morgen früh brauch ich es.«

»Weil du es bist – und was ist mit einem Schluck?«

»Okay, um sieben, wenn du eine Zahnbürste für mich hast.«

Hannah lächelte ihr zu. Während sie den Cappuccino durch Prosecco ersetzten, gingen sie die Reihe ihrer gemeinsamen Bekanntschaften durch und tauschten Anekdoten aus.

»Übrigens, hast du gewusst, dass Robert Zahnarzt in Murnau war?«, fragte Hannah.

»Unser Robert aus der WG? Weißt du noch, wie der uns immer belauscht hat, wenn wir zusammen gebadet haben?«

»Wir haben nur besoffen zusammen gebadet.«

»Stimmt. Vielleicht mussten wir uns erst gegenseitig schönsaufen. Oder es gab niemanden, der uns anfassen wollte.«

»Der Robert hätte bestimmt gewollt.«

»Armes Hascherl, der Robert.«

»Ja, die Dielen haben immer geknackst vor der Badtür.«

»Der kleine Lauschbub! Er hatte ja auch das kleinste Zimmer.«

Laura stutzte. »Wieso hast du ›war‹ gesagt?«

»Weil er vor drei Monaten gestorben ist. Er hat mir einen Diamantring vererbt. Arndt hat geschätzt, um die sechstausend wert.«

»Du machst einen Witz, oder?«

»Nada. Ein Notar hat sich gemeldet. Ring und Brief waren im goldenen Kuvert. Den Ring hat er gekauft, weil er ihn mir einmal schenken wollte. Er hat sich aber nie getraut. ›In ewiger Liebe‹, hat er dazugeschrieben. Hätte mich nie vergessen können. Ich wär die Einzige in seinem Leben gewesen.«

»Die einzige was – Frau? Das ist total psycho. Er hat ja nie den Mund aufgemacht, oder? Nix probiert?«

»Nein, mein stiller, ferner Verehrer, über zwanzig Jahre lang. Tragisch oder kitschig, das ist hier die Frage.«

»Ach du Scheiße, Hannah. Vielleicht hatte er einen Schrein mit Fotos und Haarlocken, wie im Horrorfilm.«

»Hör auf damit, das wär gruselig. Der ist mir ja nach unserer WG-Zeit nie mehr über den Weg gelaufen.«

»Ewige Liebe, nie vergessen, über zwanzig Jahre.«

Josefa tauchte vor Lauras innerem Auge auf. Ben war ein Trouble-Magnet. Mit einem »Ich will nichts von dir, lass mich in Ruhe« wäre es nicht getan. Josefas Besessenheit spielte in der Psycherl-Liga um die Meisterschaft. Mahnende Worte halfen wie Wattebäuschchen werfen. Sie hoffte, Poschinger hatte den Mund nicht zu voll genommen und würde sich bei der Frau Gemahlin ordentlich ins Zeug legen, von wegen aufpassen. Eines nahm sich Laura vor: Sollte die Frau ihr erneut ans Leder wollen und Schaden zufügen, würde sie ihr die Augen auskratzen und an Bauer Haslingers Säue verfüttern. Es ging nichts über Phantasiebegabung.

»Was hast du mit dem Ring vor?«, wollte sie von Hannah wissen.

»Skrupellos verscherbeln«, antwortete die und nippte vom Prosecco. »Gold ist nicht mein Stil.«

»Und an was ist Robert gestorben?«
»Prostatakrebs, hat der Notar gesagt.«
»Ach, schon traurig.«
Hannah nickte. Sie verfielen beide in Schweigen.

Ben putzte akribisch das Fahrrad, bis es funkelte wie ladenneu. Er wusch seine Wäsche und hängte sie im Hof zum Trocknen auf. Lissy war noch nicht zurück. Er schlenderte mit dem Kehrbesen über den Hof, schob Laub zusammen, riss Unkraut aus und verräumte alles in der Scheune, was er für nutzlos hielt. Danach brachte er die Hühner zu Bett und brutzelte seinem Vater Rühreier mit Speck und Zwiebeln. Dazu gab es Holundertee. Rechtschaffen kam er sich vor. Die Ablenkung funktionierte.

Während sie sich die Eier schmecken ließen, sahen sie sich zusammen die Nachrichten und eine Dokumentation über Alaskas Wälder an. Sein Vater hätte sich gern seine Alpen-Krimiserie gegönnt, aber Wiesegger junior zuliebe verzichtete er.

Veit rief ihn an, um ihm mitzuteilen, dass Lissys Auto morgen aus der Werkstatt käme. Er wisse auch nicht, wo Laura abgeblieben war. Sie hätte nur Frau Mayer Bescheid gegeben, dass sie heute nicht in Garmisch sei. Richie teilte ihm mit, dass Steff noch nicht aufgetaucht war, aber sobald er Neues wüsste, würde er sich melden.

Als sein Vater eingeschlafen war, ging er hinunter in die Stube und gönnte sich ein Helles. Beschaulich war es im Auge des Orkans, solange er nicht die Nase herausstreckte. Was immer wer gerade ausheckte in Garmisch, Ben wünschte ihm viel Glück und eine gute Nacht.

Laura erwachte in Hannahs ehelichem Boxspringbett. Sie lag auf dem Rücken, und auf ihrem Bauch ruhte ein graziles Händchen mit eheringtem Finger. Sie schob es vorsichtig beiseite und setzte sich auf. Wie viel Piña Coladas hatte sie sich gegeben? Von Prosecco und Mai Tai ganz zu schweigen. Carpe noctem! Ihr Blick wurde von einer Fotografie auf dem Nachttisch angezogen, der gute Arndt nebst beflocktem Schäferhund vor einer Hütte am Chiemsee. Er sah zufrieden aus, der Sales Manager, wie er so dastand im legeren Naturburschenlook, den obersten Hemdknopf geöffnet.

Hannah neben ihr atmete ruhig. Ihre blanken, knochigen Schultern hoben und senkten sich rhythmisch.

Mit einem Seufzer ließ sich Laura zurück aufs Laken fallen. Sie spürte akut heftigste ganzkörperliche Symptome, und um sie zu lindern, gab es nur ein probates Heilmittel. Lust war schließlich kein Hexenwerk, Aufstehen keine Option.

Ihre Augen glitten andächtig über Hannahs blasse Haut, über den schmalen Rücken, bis zum Ansatz ihrer Pobacken, und weiter. Aufgewühlt schob sie sich über die Frau und wischte deren verstrubbelte Mähne beiseite. Ihre Lippen streichelten den freigelegten Nacken, während sie mit beiden Händen zufasste.

Hannah drückte sich ihr entgegen und maunzte wie ein Kätzchen. Laura würde sie – und sich – keinesfalls ungesättigt lassen – die Fahrt zurück nach Garmisch konnte ein Stündchen warten. Ben hatte sich zu gedulden. Ihr entfuhr ein Glucksen, während sie daran dachte, ob sie ihm kundtun sollte, wie sie, unter extremstem Körpereinsatz, seine vermeintliche Vaterschaft überprüft hatte.

Der Hahn weckte Ben mit heiserem Gekrächze. Mandelentzündung? Es mochte gerade mal sechs sein. Die Stiege knarzte. Lissy konnte sich zwar bemühen, leise zu sein, aber die alten Holzdielen ließen ihr keine Chance. Er lächelte. Die Tür öffnete sich. Er starrte in einen Pistolenlauf.

Der Bursche, der damit auf ihn zielte, legte einen Finger auf den Mund und schloss die Tür hinter sich.

»Die ist von meinem Großonkel«, flüsterte er. »Wenn du einem Eber damit den Fangschuss geben kannst, reicht's für dich allemal, verstehst du?«

Ben verstand und nickte.

»Zieh dich an.«

Immerhin wollte er ihn nicht abknallen wie eine waidwunde Sau.

Es musste Tonis Sohn sein. Er war schmaler als Ben und überragte ihn um einen Kopf. Und er trug Tourenoutfit, die schwarze Mütze tief ins Gesicht gezogen. Der Blick aus den klaren blauen Augen nagelte ihn fest. Wut und Bestimmtheit spiegelten sich darin.

»Hör zu, Steff …«, begann Ben.

»Du hältst das Maul und ziehst das an.«

Er öffnete einhändig seinen Rucksack und warf Ben ein paar Bergschuhe, eine Hose und eine Jacke zu.

»Wozu?«, fragte Ben.

»Mach einfach.«

Die Schuhe drückten, Jacke und Hose waren zu weit. Der Großonkel war wohl von stattlicher Statur.

»Gehen wir – und leise, sonst schieß ich auf wen.«

Ben musste voraus die Treppe hinunter und hoffte, dass ihnen Lissy nicht über den Weg lief.

»Wo hast du deinen Helm?«

»Ich hab keinen.«

»Sicher hast du einen.« Steff hielt ihm die Waffe an den Hinterkopf.

»Im Schuppen«, beeilte sich Ben zuzugeben.

»Dann holen wir ihn jetzt.«

»Wozu?«

»Du sagst jetzt nix mehr.«

Er wusste nicht, ob sein Vater sie beobachtete. Aus der Truhe im Schuppen wühlte er den Helm hervor. Sie überquerten den Hof. Er setzte den Helm probehalber auf, dann schlenkerte er mit ihm herum.

»Hör auf mit dem Scheiß«, fauchte der Bursche. Er ging dicht hinter ihm.

Etwas weiter die Straße hoch stand ein Abschleppwagen.

»Du fährst.«

»Wohin?«

»Zur Zugspitzbahn.«

»Du willst mit mir da rauf?«

»Du zeigst mir, wie es passiert ist.«

»Bist du narrisch? Das schaff ich nicht. Den Jubiläumsgrat?«

»Hör auf zu winseln. Mir wurscht. Falls nicht, hast du Pech gehabt, wie mein Vater, oder?«

Ben startete den Wagen. Keine Chance, den Grat zu überstehen. Schon die Gondelfahrt auf den Wank war die Hölle gewesen. Er musste ihn von diesem Wahnsinnsplan abbringen – irgendwie. Er würde es nicht überleben.

Aber vielleicht war das genau Steffs Absicht. Seine schweißnassen Hände umklammerten das Lenkrad.

»Fahr schneller!«, fuhr ihn der Junge an.

Genauso gut konnte er stehen bleiben und sich erschießen lassen. Er hatte es in Steffs Augen gesehen, diese Entschlossenheit, bis zum Letzten zu gehen. Sein Leben würde zerstört sein, und Ben trüge die Schuld. Wie kamen sie beide da raus?

»Hör zu, du musst mir das glauben. Ich hab deinen Vater nicht gestoßen. Er war mein Freund.«

»Schöner Freund«, höhnte Steff. Er lachte auf. »Fahr einfach und lass dein Geschwätz.«

Der Bursch hatte bestimmt weder Seil noch Klettersteigausrüstung mit.

Bens Gedanken schossen ihm in Höchstgeschwindigkeit durch den Schädel. Nix Brauchbares dabei. Aus dem Auto springen? Vollbremsung? Überwältigen? Träum weiter, James Bond! Ein Abzug war schnell gedrückt, und wenn's aus Reflex war. Himmelherrgott! Bald waren sie an der Bahn. Denk nach!

48

»Ich bin so wild nach deinem Erdbeermund, ich schrie mir schon die Lunge wund …«

Die alte In-Extremo-Nummer ließ in Laura Erinnerungen an zünftige, sündige Zeiten aufleben. Sie brüllte den Refrain schief, aber lautstark mit, während sie in Schrittgeschwindigkeit dahinrollte.

»… nach deinem weißen Leib, du Weib!«

Sie musste sich noch dreißig Kilometer mit dem Verkehr herumplagen, dann hätte sie Garmisch-Partenkirchen wieder in seinen weichen, warmen Schoß aufgenommen. Sie war Energie pur, trotz oder wegen der kurzen Nacht. Bens WhatsApp-Nachricht hatte ihr eine Idee ins Hirn gepflanzt, der sie unbedingt nachgehen musste. Sie hätte es gern mit ihm besprochen, aber sein Handy war mausetot gewesen. Ben war nicht der Typ, der in Gebieten ohne Handyempfang herumstrolchte, eher lag er nach durchzechter Nacht in der Falle und ließ es sich gut gehen. Sie ärgerte sich über ihn, es waren, verdammt noch mal, seine Probleme, deren Lösung sie hinterherhechelte wie ein Jagdhund dem angeschossenen Rehbock. Ja, sie hatte Blut geleckt.

Sie ließ In Extremo ausklingen und rief über die Freisprechanlage bei Frau Fuchs an.

Die Ungeduld ließ sie gleich zur Sache kommen.

»Servus, Füchsin, sag amal, du hast mir doch das Bild mit der Katrin gezeigt. Da waren der Paolo und der junge Schimmelpfennig drauf, wer waren denn die anderen von der Bagage?«

»Guten Morgen, Laura. Warum interessiert dich das?«

»Lange Geschichte.«

Sie holte Luft und erzählte der Fuchs, wie sie sich vom Ferstl hatte breitschlagen lassen, die Unschuld seines Attila zu beweisen, und mittlerweile beim Verdacht gegen Lissy Wiesegger angelangt war.

»Wie wenn du in einen Zug einsteigst, verstehst du? Ich sitz drin, und der fährt mit mir immer weiter, wohin er mag, und ich denk, irgendwann wird schon die Endhaltestelle kommen.«

Frau Fuchs schwieg. Vielleicht hatte Laura sie mit ihrem Zug überrollt. Sie hörte nur Schnaufen am anderen Ende. Es verging eine stille Minute, bevor sie antwortete.

»Ich hab früher die alten Miss-Marple-Filme gesehen«, sagte sie.

»Netter Vergleich. Noch brauch ich keinen Gehstock.«

»Also schön – aber reit dich nicht in was rein, Madl. In jedem Zug gibt's eine Notbremse. Und wir brauchen dich. Wer hört einer scheintoten Schachtel denn sonst bei den ganzen Geschichten von der Sennerei zu und merkt sich das? Für die meisten ist das Zeitverschwendung.«

Sie wollte der Fuchs nicht beichten, dass ihr Rat einen Hauch zu spät kam.

»Wart, ich schau.«

Laura hörte eine Minute lang Kratzen, Schaben, Gepolter und Husten, dann war die Füchsin wieder präsent.

»Der Eberhart Strasser, der ist weg aus Garmisch. Den Eberhart hat es zu einer Vogelstation in die Oberpfalz verschlagen – ökologisches Jahr, die Katrin weiß da mehr. Wenn du willst, frag ich sie.«

»Und der fünfte?«

»Ach, das ist ja der Lehner Paul, das ist tragisch. Da ist es ihm noch gut gegangen, da lacht er. Der ist schon ein paar Monate in Haar, in der Psychiatrie. Die Katrin besucht ihn regelmäßig und kümmert sich um ihn. Der hat irgendwelche Drogen genommen und ist jetzt psychotisch. Ganz arg schlimm.«

»Oh verdammt!«, rief Laura. »Ich glaube, es könnte Franz-Ferdinand gewesen sein!«

49

Ben wusste nicht, wie er die Fahrt auf die Zugspitze überstanden hatte. Steffs grimmige Miene, die glänzend eingecremten Gesichter der Tourengeher, allesamt entschlossen und voller Vorfreude, die gedämpften Stimmen, die Wipfel der Fichten unter ihnen, all das war in seinem Kopf herumgewirbelt, schneller und schneller.

Regungslos hatte er in der Bahn verharrt. Sein Hirn hinkte der Realität hinterher, konnte immer noch nicht begreifen, was gerade passierte. Wie ein Schlafwandler war er ausgestiegen, Steff nahe bei ihm, die Hand in der Tasche.

Jetzt stand er auf festem Boden.

»Hopp, geh!«, zischte ihn Steff an.

Seine Füße setzten sich in Bewegung. Er durfte nicht mehr an den Jungen und die Pistole denken. Er musste sich darauf konzentrieren, den nächsten Schritt zu setzen. Wenn er nicht vierhundert Meter tiefer zerschellen wollte, galt es, alle Gedanken an einen Sturz auszublenden. Die Angst durfte sich nicht durchsetzen! Jeder seiner Muskeln sollte sich erinnern. Er hatte es gekonnt. Er war geschickt und trittsicher gewesen – einstmals. Vor dem Blick in die Tiefe hatte er sich nicht gefürchtet. Sie war kein wildes Viech gewesen, das ihn verschlingen wollte. Und zu dem durfte er sie auch jetzt nicht werden lassen!

Seine Zehen schmerzten in den zu engen Schuhen. Rinnsale von Schweiß liefen über seinen Rücken. Er stolperte, griff mit beiden Händen an den rauen Fels.

»Los, weiter.«

Die erste ausgesetzte Stelle. Schau nur auf den Meter vor dir. Ihm wurde schwindlig. Vorsichtig setzte er seine Schritte, tapsend, als hätte er gerade das Gehen gelernt. Denk an die Touren, die du gemacht hast, leichtfüßig wie eine Gämse, mit einem Lächeln im Gesicht.

»Ich weiß, wo es war«, vernahm er Steffs Stimme. Er klang nicht angestrengt. Für ihn war es keine besondere Schwierigkeit. »Bei der Biwakschachtel habt ihr gestritten. Und dann …« Bis dorthin würde es Ben niemals schaffen. Allein die Chance, heil bis zur inneren Höllentalspitze zu kommen, war gering. Und sollte er durchhalten, würde sich von dort aus die Quälerei vervielfältigen. Es war die Hölle. Jede Rinne, jede Scharte konnte für ihn die letzte sein. Seine Knie zitterten. Er schnaufte jetzt schon wie ein Zehntausendmeterläufer im Ziel.

»Und was, wenn wir da sind?«, keuchte er.

»Dann zeigst du mir, wie du es gemacht hast.«

Ben schüttelte den Kopf. Verbissen stieg er weiter. Die Sonne zeigte sich. Das herrliche Wetter erschien ihm wie blanker Hohn. Klare Sicht, die ihn schaudern ließ. In seiner Geschwindigkeit bräuchten sie sechs oder sieben Stunden bis zur Biwakschachtel. So lange würde er auf dem Grat nicht durchhalten. Da müsste Steff ihn erschießen. Irgendwann würde er einfach zu Boden sinken oder fallen.

Eigentlich wollten sie die Tour damals zu viert unternehmen. Richie hatte sich am Tag zuvor als Außenstürmer des TSV Farchant den Knöchel maltätieren lassen, und Steck, der sich aufgedrängt hatte, war nicht rechtzeitig erschienen. Er wusste nicht, ob Toni darüber froh gewesen war, nur mit ihm unterwegs zu sein. Bei der Rast am Biwak hatte er ihm die Bilder unter die Nase gehalten. Vielleicht wollte er Ben in die Tiefe stürzen, wer konnte es wissen.

Ben rutschte auf losem Geröll weg, machte einen Ausfallschritt und fing sich wieder.

»Pass besser auf«, brummte Steff.

Laura hatte noch eine Viertelstunde Zeit, bis der Gottesdienst in der St.-Johannes-der-Täufer-Kirche zu Ende wäre. Von Frau Lehner wusste sie, dass sie eine fleißige Kirchgängerin war. Genug Spielraum, um ihre Theorie zu unterfüttern. Poschinger konnte sie damit nicht kommen, der war auf die Wieseggers fixiert. Sie musste sich nur beeilen.

Sie trieb den Subaru an Garmisch vorbei Richtung Grainau, bis sie den Feldweg zum Lehnerhof erreichte. Bald kamen die ersten Gebäude in Sicht.

Alles war ruhig. Keine Menschenseele war zu erblicken. Laura sprang aus dem Auto und rannte zu den Ställen. Sie wusste, dass Lehner die Türen tagsüber nie verschloss. Noch zehn Minuten. Wenn alles glattlief, reichte die Zeit.

Drinnen eilte sie, ohne einen Blick nach links oder rechts zu werfen, an den Fressgittern vorbei, bis sie bei Franz-Ferdinand angelangt war. Ein Prachtbulle. Gewaltige Muskeln, glänzendes Fell. Neugierig kam er näher und streckte ihr seinen Schädel entgegen.

Sie zog eine Schere aus der Tasche.

»Lass dir brav die Haare schneiden, mein Junge«, sagte sie. »Tut auch nicht weh.«

Ihr Smartphone meldete eine Nachricht.

Verdammt, ausgerechnet jetzt. Hannah verkündete einen Treffer, achtundneunzig Prozent Wahrscheinlichkeit. Wie sollte es auch anders sein? Glückwunsch, Ben, wenigstens das hatte er hinbekommen. Laura leitete die Botschaft, ob freudig oder nicht, an Richie weiter.

Noch ehe sie ihr Smartphone ausschalten konnte, ertönte ihr Wolfsgeheul-Klingelton.

Einige Rindviecher stimmten durch lautes Muhen mit ein.

Die Nummer der Wiesegger-Pension. Bestimmt Ben. Laura ging ran.

»Hallo, Ben, ich glaub, ich weiß es!«

»Hier ist die Lissy.« Sie schien aufgeregt. »Ben ist …«

Franz-Ferdinand stieß ein Gebrüll aus. Es übertönte, was Lissy ihr kundtun wollte.

»Was machst du da?«, knurrte sie eine Stimme an.

Laura fuhr herum.

»Ruf sofort Richie an!«, beschwor sie Lissy.

»Steck das Handy weg!«, donnerte Lehner und stapfte auf sie zu.

Laura schob das Smartphone ein.

»Ich wollt noch mal nach deinem maladen Ochsen schauen, Lehner. Der Franz-Ferdinand ist wirklich ein Prachtbulle.«

»Ja, das ist er. Ein Preisträger.« Der Mann kam dicht heran. Hatte der Pfarrer heute keine Lust auf eine Predigt gehabt? Dabei hätte die allen gutgetan. Vergebung der Sünden.

»Der braucht keine neue Frisur«, meinte Lehner.

Sie hatte immer noch die Schere in der Hand.

Beide sahen sie an. Laura schwieg.

Er nickte. »Wieso wolltest du Haare von ihm? Vergleichen oder so? Meinst du, du kannst mich für dumm verkaufen, Frau Schmerlinger?«

Er nahm seinen Hut ab und wischte sich den Schweiß von der Stirn. Heftig sog er die Luft ein. »So, was machen wir jetzt, wir zwei?«

Sie sagte noch immer nichts. An ihm vorbeizukommen war ausgeschlossen. Reden war das beste Mittel. Er kam ihr zuvor.

»Ja, ich war karteln im Wilden Hirschen an dem Abend. Am Morgen hab ich in den Stall geschaut, und da ist der gelegen, tot, einfach so, beim Franz-Ferdinand. Der war die Ruhe selbst. Aber überall war Blut, zefix. Ich wusst ja nicht, wie der Kerl da hingekommen ist. Und da hab ich ihn aufgeladen und zum Ferstl auf die Weide geschafft.«

»Schöne Geschichte«, sagte Laura. »Du hättest es ja sagen können, dir wär doch nix passiert, spätestens als sie die Lissy Wiesegger verdächtigt haben.«

»Ja schon. Vielleicht war es ja die Lissy. Vielleicht ist sie ja mit dem Kerl hierher, um ihn umzubringen. Die Polizei wird schon einen Grund haben, wenn sie das denkt.«

Laura starrte ihm ins Gesicht.

»Wir wissen beide, dass es nicht so war, Lehner.« Sie machte einen Schritt auf ihn zu. »Und jetzt möcht ich gern gehen«, sagte sie mit fester Stimme.

Er schüttelte den Kopf.

»Wenn's meiner Frau nicht schlecht geworden wär während

der Messe, hättest du verschwinden können. Wer weiß, wofür es gut war.« Er schluckte. »Ich hab gedacht, sie war an dem Abend beim Landfrauentreffen. Aber als mich dann die Marlies beim Bäcker angesprochen hat, ob es ihr schon wieder besser ging, und ihr gute Besserung gewünscht hat …«

»Da war dir klar, dass dich deine Frau belogen hat.«

»Ja, und warum sollt sie das tun? Ich kann dich nicht gehen lassen, Frau Schmerlinger. Warum steckst du auch deine Nase da rein? Was geht's dich an?«

Da könnte er recht haben.

»Weißt du, Lehner …«, begann sie.

Wamp! Der Tritt traf ihn unvorbereitet. Er presste die Hände aufs Gemächt und sank auf die Knie. Laura wand sich an ihm vorbei. Er griff nach ihrem Bein und brachte sie zum Stolpern. Sie schaffte es bis zur Stalltür. Die beiden Spitzen einer Forke kamen ihr entgegen. Mitten in der Bewegung stoppte sie ab. Beinahe hätten die Zinken sie aufgespießt wie einen Heuballen. Scheiße! Das Herz schlug ihr bis zum Hals.

Der Forkenstiel lag in Frau Lehners erfahrenen Händen. Kein Zittern. Sie war vertraut mit dem Werkzeug. Ihr Blick war entschlossen. Sie trug noch das Dirndl vom Kirchgang, aber Gummistiefel.

Laura wich Schritt um Schritt zurück und hob die Hände.

»Willst du das, Lehnerin?«, keuchte sie. »Leut umbringen?«

Der Bauer kam mühsam wieder auf die Beine. Er schnaufte schwer. Der Tritt machte ihm zu schaffen. Er lehnte sich an die Wand. Sein Gesicht war blass und schweißnass.

»Der Paul«, sagte Frau Lehner und kam mit der Forke langsam, aber stetig näher, »weißt du, warum der in der Psychiatrie in Haar liegt? Der ist doch kein Junkie, der hat einmal was ausprobiert von dem Gift, und jetzt ist der Verstand kaputt, sagen die. Übergeschnappt, verstehst du? Dabei wollt er Arzt werden. Das darf's doch nicht geben!«

»Nein«, hauchte Laura.

»Und wie ich ihn letzte Woche besuchen komm, ist grad die

Katrin da und erzählt mir, dass jemand von den Drogentandlern bei uns umherschleicht und Höfe sucht, damit sie das Dreckszeug herstellen können. Das kann doch nicht immer und immer so weitergehen.«

»Und du hast dich mit ihm getroffen.«

»Ja, das war einfach. Er war ja interessiert, der Dreckhammel. Der ist gern gekommen, um sich alles anzuschauen. Und wie er vor dem Franz-Ferdinand gestanden ist, hab ich ihm bloß einen Schubs gegeben, damit er gegen den Pfosten rammelt. Belämmert war er, und ich hab die Box aufgemacht und ihn reingestoßen, den Rest kannst du dir denken. Sein Handy hab ich später in die Loisach geschmissen.«

»Und der Wiesegger Lissy hast du so gern geholfen, damit du erfährst, was los ist.«

»Am Anfang ja«, sagte die Frau, »aber die hat mir ja leidgetan, die Lissy. Ich wollt ihr schon helfen, aber was hätte ich denn tun können?«

Laura starrte auf die Zinken vor ihr. Frau Lehner bewegte sich vorwärts, und sie musste zurückweichen, Schritt um Schritt.

»Und was machen wir jetzt?«, fragte Laura, obwohl sie die Antwort ahnte.

»Ich hab mich ins Bett gelegt«, redete Frau Lehner weiter, wie zu sich selbst, »und mir gedacht, sollen sie mich doch abholen kommen. Aber es ist keiner gekommen. Und er«, sie deutete auf ihren Mann, »hat mich überzeugt, dass mich der Paul braucht. Ich kann jetzt nicht einfach ins Gefängnis gehen, das begreifst du doch? Was würd der Bub denn ohne mich machen? In drei Wochen haben sie gemeint, dürfte er vielleicht für ein Wochenende nach Hause. Ich muss für ihn da sein. Nur das ist wichtig.«

Laura wich weiter zurück. Frau Lehners Gesicht wirkte starr wie eine Maske. Sie würde nicht zögern. Bald wäre sie am Ende des Stalls angelangt.

Dort wartete Franz-Ferdinand. Was zum Teufel könnte sie tun?

50

Wie lange waren sie geklettert und marschiert? Er hatte sich an Drähten entlanggehangelt, Zentimeter um Zentimeter nach oben geschoben, die Hände ins Gestein gekrallt, bis kein Blut mehr durch die tauben Finger floss. Seine Oberarme kamen ihm morsch und steif vor, wie die Holzlatten der alten Scheune. Minuten, Stunden? Ihm versagten die Schenkel, er knickte einfach ein. Kein Funken Wille mehr. Er fiel mit zittrigen Händen auf die Knie.

»Nicht mehr weiter«, stöhnte er. Er warf sich auf den nackten Fels.

»Steh auf!«, rief Steff, »na los!«

Nadelstiche piesackten jeden Muskel. Einfach über den Grat rollen, dann wäre die Qual vorbei.

Das Rattern eines Helikopters war zu hören. Er schien über ihnen in der Luft zu stehen.

Steff machte wilde Armbewegungen. »Verschwinde!«, schrie er. »Hau ab!«

Ben kauerte auf dem Boden, unfähig, sich zu rühren oder zu rufen.

»Steff!«, hörte er eine Mädchenstimme über Megafon.

Er legte den Kopf in den Nacken, blickte nach oben.

Der Heli ging tiefer.

»Melli?«, schrie Steff gegen den Motorenlärm an.

Ben wusste, dass sie ihn nicht hören konnte. Er rollte sich auf den Rücken und richtete den starren Blick auf den Bauch des Helikopters.

»Ben ist dein Vater«, schrie die Megafonstimme. »Glaub mir bitte!«

Ben schloss die Augen. Halleluja! Vielleicht lag er im Sterben, und sein Hirn sammelte die letzten Krümel auf. Delirium. Oder war er bereits tot?

»Schwachsinn!«, brüllte Steff. Er fuchtelte mit der Pistole herum.

»Es stimmt!«, plärrte das Mädchen durchs Megafon. »Du musst mir das glauben! Vertrau mir doch!«

Ben sah eine schwebende Gestalt über sich. Ein Engel? Der Mann hing am Seil. Die Stelle war ausgesetzt, der Heli schien keine Probleme zu haben. Sie hatten Routine darin, Leichtsinnige vom Berg zu pflücken wie Edelweiß. Eine Böe käme ungelegen, aber der Wind beschloss, ein Nickerchen zu halten. Bens Gedanken wateten durch zähen Brei, bis sie feststeckten.

Steff kniete neben ihm auf dem Boden. Die Waffe hatte er beiseitegeworfen und schlug mit den Fäusten gegen den nackten Fels.

Der Engel war gelandet.

»Kannst du aufstehen?«

Ben rollte sich über die Pistole und schob sie unter seinem Bauch in den Hosenbund, während der Bergretter nach oben sah und am Gurt fummelte. Dann kam Ben langsam auf die Knie. Er stellte sich breitbeinig vor seinem Schutzengel auf und zeigte mit den Daumen nach oben. Er war bereit. Nur weg vom Grat.

Festgeschnallt an seinen Schutzengel entschwebte er. Er hing am Seil wie ein Kartoffelsack. So fühlte er sich auch. Steff blieb zurück.

Sie flogen gen Himmel.

Ben saß zusammengesunken im Helikopter. Der Bergwachtler nuschelte über Helmfunk vor sich hin. Näher war er dem Himmel noch nie gekommen – und es war nah genug. Er hob den Kopf und starrte Melli an. Sie zitterte am ganzen Leib, die Haare verstrubbelt, das Gesicht tränennass.

»Guter Trick«, krächzte er. »Hat ihn durcheinandergebracht.«

Sie schüttelte schluchzend den Kopf. »Das ist die reine Wahrheit, sagt Richie. Ich würde Steff nie belügen, das weiß er.«

»Der wird bloß Vater, oder was? Entbindet seine Frau grad

jetzt? Wer von euch wollt sich umbringen?«, rief ihnen der Bergwachtler zu.

»Ich«, stöhnte Ben, »um ein Haar hätte es geklappt.«

Am Landeplatz warteten Veit und die Mayer.

»Richie ist auf die Zugspitze hochgefahren und steigt zu Steff auf«, erklärte ihm Veit, kaum war Ben dem Helikopter entstiegen. Auf eigenen Füßen, was er sich gegen den Bergretter erkämpfen musste. Der hätte ihn gerne mit der Trage wegschaffen lassen.

Turbulent ging es zu. Ben verharrte regungslos inmitten des Trubels, ihm war, als wäre er Zuschauer eines Films, dessen Handlungssträngen er nicht folgen konnte.

Bergwachtler eilten hin und her, Material wurde ausgeladen, Sätze drangen an sein Ohr, deren Sinn er nicht erfassen konnte. Er stand einfach da, krumm und mit zitternden Oberschenkeln, und ließ alles auf sich einprasseln. Er hatte den Grat und den Flug überlebt, was sollte da noch kommen?

»Was erzählt Richie für Geschichten?«, fragte er Veit.

»Geht's dir gut?«, wollte die Mayer in dessen Schlepptau wissen.

»War schon lebendiger.«

»Ein Sorgenkind weniger«, meinte sie und erzählte ihm, dass sie Laura vermissten.

Ben plumpste mit dem Hintern auf eine Metallbox. Schlaf, er brauchte Schlaf! Alles wäre gut, wenn er sich in sein Bett legen könnte. Nichts mehr denken, nichts mehr tun, vollkommene Sonntagsruhe.

»Dass du überhaupt den Grat machen wolltest, Bruder Leichtsinn«, pflaumte ihn der Bergwachtler an und baute sich vor ihm auf. »Das ist was für erfahrene, sportliche Leut! Kruzifix, jeden Tag pflücken wir solche aufgeblasenen Würstchen wie dich aus der Wand, die sich für Wunder wen halten.«

Das aufgeblasene Würstchen nahm es schweigend hin. Wo der Mann recht hatte …

»Was hat die Laura gesagt?«, wollte er von der Mayer wissen. Sie setzte ihm auseinander, dass Lissy sie angewiesen hatte, sie solle Richie anrufen, wegen ihm. Sonst nix, sie sei plötzlich weg gewesen. Im Hintergrund seien Kühe zu hören gewesen, und jemand hätte gebrüllt: »Handy weg.«

»Kühe? Ein Stall?«

»Ich hab den Hendrich überredet, am heiligen Sonntag ihre Fensterscheibe zu reparieren«, mischte sich Veit ein, »und dann steht er vor verschlossener Tür. Das hätt die Laura nie vergessen. Mit dem Bruder vom Hendrich bin ich nämlich ...«

»Schon gut!« Ben überlegte fieberhaft.

»Richie war klar, dass der Steff mit dir auf den Jubiläumsgrat geht. Lissy hat ihm gesagt, dass du mit einem finsteren Burschen samt Helm und Berggewand losgezogen bist. Dein Vater hat euch beobachtet«, sprudelte es aus der Mayer hervor. »Es ist ihm komisch vorgekommen, dass ausgerechnet du ...«

»Jaja!«, plärrte Ben. »Lasst mich nachdenken, zefix!«

Was hatte Laura geritten? Mit wem hatte sie gesprochen? Seine WhatsApp über Frau Fuchs kam ihm in den Sinn.

»Veit, die Nummer von der Fuchs!«

Der Mann zog schneller als sein Schatten das Handy aus dem Holster, und seine Finger steppten auf dem Display. Er warf es Ben zu. Beidhändig umfasste er es mit klammen Fingern.

»Frau Fuchs?«

»Ja, wer spricht denn?«

»Ben Wiesegger. Sie erinnern sich?«

»Ja, der Sohn vom ...«

»Hat die Laura Schmerlinger heut mit Ihnen gesprochen?«

»Ja, die hat mich angerufen.«

»Über was haben Sie gesprochen?«

»Wart amal. Da muss ich überlegen.«

»Bitte – schnell. Es ist wichtig!«

Die Fuchs gab das Gespräch mit Laura wieder. Ben griff sich an die Stirn. Begriffsstutziger Narr! Hätte er die Zeichen lesen können? Gesprächsfetzen mit Frau Lehner waberten ihm durchs

Hirn. Er war zu sehr auf zwielichtige Lumpen fixiert gewesen, um aufzuhorchen!

»Und?«, wollten Veit und die Mayer unisono wissen.

»Wer ist Franz-Ferdinand?«

»Erzherzog von Österreich oder Zuchtbulle vom Lehnerhof«, kam es von der Mayer wie aus der Pistole geschossen.

»Könnt ihr mich fliegen?«, flehte Ben die Flugretter an.

»So schaust du aus. Nicht einmal, wenn du ein russischer Oligarch wärst. Liest du da irgendwo Lufttaxi?«, knurrte der Pilot.

»Es geht ums Überleben. Dafür seid ihr doch unterwegs? Die Tierärztin, die Schmerlinger, die ist in Todesgefahr!«

Der Pilot nahm den Helm ab. Markantes Gesicht, braun gebrannt, nebst kantigem Kinn und strahlend blauen Augen. Ein Schädel wie modelliert für einen Trekkingmode-Prospekt.

»Die Laura?« Die Glupscher tellerweit aufgerissen, stieß er die Luft aus. »Was ist mit ihr?«

»Die Laura ist bald mausetot. Fliegst du jetzt oder nicht?«

Veit und die Mayer nickten bestätigend und hoben die gefalteten Hände fürbittend vor die Brust. Richies Tochter klimperte mit verklebten Wimpern. Tränen zogen Spuren durchs Wangenrouge. Sie hatte Steff im Kopf. Beeindruckende Darbietung.

»Jetzt steig schon ein«, rief der Pilot.

»Spinnst du völlig, Chrissy!«, plärrte ihn sein Kollege an und zeigte ihm den händischen Scheibenwischer.

»Gib's einfach durch, ich flieg«, meinte der und erkletterte den Heli.

»Also, wohin?«, sagte sein Begleiter resignierend und stieg zu ihm in die Kanzel.

Veit nannte ihnen die Adresse.

»Schau«, raunte er Ben mit einem Blick auf den Piloten zu, »jetzt zahlt sich's aus, dass die Laura nix anbrennen lässt.«

Ben hielt die Augen geschlossen. So musste es sein, auf dem Rücken einer Stubenfliege zu reiten. Sein Magen focht mit ihm einen stillen Kampf aus. Wozu hatte er den Marsch auf dem Grat ausgestanden, wenn er jetzt schlappmachte? Reiß dich zusammen! Die Übelkeit musste sich hinten anstellen. Sein Leib hatte genug Macken auf Lager. Für den Heli war es nach Grainau nur ein Katzensprung. Kaum waren sie losgeflogen, waren sie am Ziel.

»Auf der Weide hinterm Hof setz ich dich ab«, hörte er die fokussierte Stimme des Piloten über den Helmkopfhörer. »Wir müssen fix zu einem Einsatz nach Murnau zurück. Die Polizei ist informiert und rückt an, ich setz nicht auf, zu weich und matschig. Schaffst du das?«

Ben riss die Augen auf. Er zwang sich, einen Blick nach unten zu werfen. Das musste Lehners Hof sein. Spielzeuggebäude mit winzigen Maschinen und Fahrzeugen darum herum. Er glaubte, Lauras Subaru zu erkennen.

»Pass mir ja gut auf die Laura auf!«, schärfte der Pilot ihm ein.

Der Helikopter flog einen Bogen und ging tiefer.

»Jetzt!«, schrie Ben ins Mikro. »Ich muss raus!«

Er riss sich den Helm vom Kopf und kauerte sich in die offene Tür. Noch ein knapper Meter bis zum Boden. Der Hubschrauber schwebte auf der Stelle wie ein Kolibri bei der Blüte. Phänomenaler Pilot! Ben presste den Atem aus, machte einen Buckel und stieß sich ab.

Staub und Strohhalme prasselten ihm ins Gesicht. Er kniff die Augen zusammen. Los, Ben, stemm dich gegen den Orkan! Der Boden flog auf und kreiste um ihn.

Der Hubschrauber gewann an Höhe.

Für Sekundenbruchteile stand er gebückt, dann riss ihn der Schwung nach vorn. Der Länge nach streckte es ihn nieder. Abrollen gab es nur im Kino. Das reale Leben warf ihn mit der Visage mitten in den Matsch. Er spuckte Grashalme aus und rappelte sich hoch. Auf den Knien schätzte er die Entfernung zu den Gebäuden. Fünfzig Meter Sprint. Das musste er schaffen. Beim Aufspringen schoss ihm der Schmerz ein. Irgendwas im Bein war kaputt gegangen. Sein Schrei wurde vom Rotorenlärm übertönt. Aah, verdammt! Er musste durchhalten. Die Bergschuhe gruben sich in den von Rinderhufen zerstampften Boden.

Er stolperte durch Kuhfladen und Dreck voran. Auf allen vieren krabbelte er unter der Einzäunung hindurch. Jetzt noch einen Lagerpavillon umrunden. Zwischen aufgeschichteten Holzlatten humpelte er hindurch. Nicht denken, einfach immer weiter! Vor den Stallgebäuden war Schluss. Er musste verschnaufen. Breitbeinig, mit vornübergebeugtem Oberkörper, schnappte er nach Luft. Sein Tank war leer, der Schmerz überall. Er biss die Zähne zusammen.

Ein Bär von einem Mann im Trachtenanzug kam ihm aus dem Stall entgegengelaufen. Den Kopf in den Nacken gelegt, starrte er entgeistert dem Helikopter nach, der just die Dächer der Stallungen überflog.

Ben richtete sich auf und riss sich Steffs Pistole aus dem Hosenbund.

»Wo steckt sie?«, keuchte er. Er hob den Arm und zielte wacklig in Richtung der Gestalt. »Wo?«

»Hier bin nur ich!«, beschied ihm der Trachtler. Das musste Bauer Lehner sein. Er warf einen Blick hinter sich. Schlechter Lügner.

Ohne ihn aus den Augen zu lassen, schleppte sich Ben zur offenen Stalltür.

»Laura?«, brüllte er.

Ein vielstimmiges Muhen antwortete ihm.

Rinder, wohin er sah. Überall Schädel, Beine und Leiber, eine schier endlose Reihe. Gebrüll und Gedränge hinter den Fressgittern. Ein Wiesn-Festzelt war ein Dreck dagegen. Er brauchte einen Moment, um seine Sinne zu sortieren. Ganz am Ende des Mittelganges verharrte Frau Lehner.

Ben humpelte an Reihen glotzender Rindviecher entlang auf die Bäuerin zu. Die Frau starrte ihn mit offenem Mund an. Ihre erhobene Hand umfasste einen Ochsenziemer, in der anderen hielt sie eine Heugabel mit zwei Zinken gepackt.

»Hier!«

War das Lauras Stimme? Er schob sich an die Bäuerin heran. Da entdeckte er sie.

Laura kauerte in der Ecke einer abgetrennten Stallbox, die ein gewaltiges weiß-braunes Rind beinahe ausfüllte.

Ben fuchtelte mit der Pistole herum, richtete sie auf das Tier. »Nicht schießen!«, bettelte Frau Lehner und ließ den Ochsenziemer fallen, »Franz-Ferdinand kann ja nichts dafür!«

»Wenn er mit dem Schwanz zuckt, ist er Gulasch!«, krächzte Ben und rieb sich den Schweiß aus den Augen. Sein Blick blieb verschwommen. Jetzt nicht wegtreten! Seine Schenkel waren Strohhalme. Ein Windhauch, und er wäre umgeblasen.

»Schieß nicht, Ben«, keuchte Laura.

Ben wandte sich um. Der Bauer lehnte neben der Stalltür. Er hatte den Kopf auf seinen erhobenen Unterarm gebettet. Das Zittern seiner Schultern harmonierte mit den Klagelauten seiner Frau.

»Mach auf und lass sie raus!«, befahl Ben der Bäuerin. Er würde das Magazin leerschießen, todsicher, bevor er umfiel. Es war der eine Gedanke, an dem er sich festklammern konnte.

Die Frau schmiss die Gabel ins Heu. Ihre Bewegung war voller Abscheu. So, als könnte sie nicht begreifen, was das Werkzeug in ihren Händen zu suchen hatte. Schluchzend entriegelte sie die Metalltür. Laura torkelte heraus, schweißüberströmt, die Augen weit aufgerissen. Sie schien unverletzt zu sein. Hinter sich zog sie die Verriegelung zu und gab dem Stier einen Klaps zwischen die Hörner. Der Bulle stieß ein Muhen aus. Es klang nicht unfreundlich.

Laura strich sich die nassen Haare aus dem Gesicht und nickte Ben zu. »Howdy, Cowboy! Doch was Vernünftiges gelernt in Texas«, brachte sie hervor.

Sah er da etwa Tränen? Ihren Anflug eines Lächelns konnte er nicht erwidern. Wenn er den Kiefer lockerte, würde am Schluss der ganze Kerl auseinanderfallen.

Er plumpste auf einen Heuballen, ließ die Pistole sinken und versuchte, das schmerzende Bein auszustrecken. Keine Chance.

»Was hast du überhaupt an? Warst du wandern?«, hörte er Lauras Stimme wie von weit her.

»Madre mia!«, stöhnte er. »Ich brauch heut nix mehr.«
Er hörte Sirenen näher kommen. Mehrere Wagen schossen auf den Hof. Männerstimmen. Der Stall bevölkerte sich. Ein bärtiges Gesicht samt Polizeimütze tauchte vor seinem auf.

Ben rutschte vom Heuballen, und alles wurde dunkel.

51

»Ah, der Superheld ist wach«, bemerkte Laura.

Ben schlug die Augen auf und sah um sich.

»So sieht es also in deinem Schlafzimmer aus?«

»Schau dich gut um, die Gelegenheit ist singulär. Sie wollten dich ins Krankenhaus bringen, aber ich hab gemeint, du bräuchtest bloß Ruhe. Sicherheitsmaßnahme, damit du dich nicht verquatschst, vollgepumpt mit Tranquilizern. Du hast eine Bänderdehnung – halb so dramatisch.«

»Diagnose vom Viechdoktor, na bestens«, brachte er heraus.

»Doktorin«, verbesserte sie ihn. »Deine Haxen sind nicht komplexer als welche vom Rindviech. Und Glückwunsch zur Vaterschaft.«

Sie hätte nicht gedacht, dass er noch blasser werden könnte.

»After all, wir waren nicht schlecht, Dr. Watson«, wisperte er.

»Exzellent. Und Watson bleibst du. Du treibst dich fröhlich auf der Zugspitze rum, während ich den Fall gerockt hab.«

»Ich hätt gern Poschingers Gesicht gesehen.«

»Hab ich dir erzählt, dass er mit seiner Josefa nach Florida fliegen wird? Und die Füchsin sollte einen Anteil von unserem ergaunerten Restgeld bekommen. Hat sie verdient, oder?«

»Unbedingt.«

»Vor der Tür steht der Steff, soll er reinkommen?«

»Nur, wenn er Blumen dabeihat.«

»Hey, und dankschön.«

»Für was?«

Laura verließ den Raum. Sie nickte Steff zu, der die Luft aus den Backen blies und das Schlafzimmer betrat.

»Ich sag dir«, hörte sie Veits Stimme an die Mayer gerichtet, »der Richie war sicher, die sind zum Jubiläumsgrat, und es bräuchte sofort einen Heli. Alle schauen mich fragend an. Und als ich sag, wo soll ich den bittschön herbringen, glotzen sie wie der Aff, wenn's blitzt. Als wär ich der Moses und käm grad mit den Tafeln vom Berg.«

»Bloß weil ich beim Kaffeekränzchen mit der …«

»Ich wollt dich halt nicht stören bei der Torte. Das ist dir doch heilig. Und Richie hatte ja die Eingebung. Er hat den Bergrettern erzählt, der Steff will sich vom Grat stürzen, er hätte einen Abschiedsbrief hinterlassen. Seine Freundin wär die Einzige, die ihn abhalten könnte. Deswegen sind sie mit der Melli geflogen, weil wenn der Steff wem glaubt, dann ihr.«

»Aber du hättest mich trotzdem früher …«

Laura schloss die Haustür von draußen und ging durch den Garten. Eine Amsel rupfte sich Vogelbeeren vom Strauch, der Postbote fuhr mit dem E-Bike vorbei.

Sie griff nach ihrem Smartphone. Eine Nachricht von Chrissy. »Falls du wieder einmal mit mir abheben willst, jederzeit.«

»Ist das deine WhatsApp-Gruppe?«, schrieb sie mit einem Lächeln zurück.

Die Handymelodie brachte sie ins Jetzt zurück. Ziegenbock in Kalamitäten.

»In einer Viertelstunde bin ich da«, versprach sie.

Ben wusste nicht recht, was er sagen sollte.

Steff kam ihm zuvor. »Ich möchte, dass wir das für uns behalten«, sagte er, »erst mal.«

»Versteh ich.«

»Die Leut sagen, du wärst ein Krimineller und ein lausiger Journalist. Ein lausiger Vater bist du sowieso, aber könntest du mir helfen, die Mama zu finden?«

Ben nickte schweigend. Er fühlte sich gar nicht so lausig, als Dr. Watson. Es käme auf einen Versuch an.

»Auf dem Grat hatte ich so eine Wut. Wenn du runtergefallen wärst …«

Ben klopfte sich auf den Bauch. »Schau mich an, ich hör ständig, ich sollte mich mehr bewegen.«

»Bis später«, meinte Steff und winkte ihm zu, als Bens Handy »Ace of Spades« spielte.

Es war Lissy. Sie bestand darauf, ihn abzuholen. Und der Vater hätte gemeint, er bräuchte einen gescheiten Helm, der alte hätte wie ein verbeulter Nachttopf ausgesehen.

»Ich möcht ein größeres Zimmer«, verkündete er ihr. »Das ist nix in dem Kabuff – auf Dauer.«

Die Nachricht von Vogel erreichte ihn im Halbschlaf.

»Los, schreiben Sie, Wiesegger! Ich will das alles morgen lesen!«

Roland Krause
EIN ABGEZOCKTER SAUHUND
Broschur, 256 Seiten
ISBN 978-3-7408-0947-8

Der Münchner Kleinkriminelle Samson ist ganz unten, dort, wo ihm die Käfer ins Gesicht spucken. Ein Job von Halbweltgröße Stani kommt ihm daher wie gerufen. Er soll für ihn einen alten Kumpel aufspüren. Doch der schwimmt am Isarufer in seinem Blut, und Samson steckt bald mitten in der gnadenlosen Jagd nach dessen letzter Diebesbeute. Nur wer gerissen und ohne Skrupel ist, hat die Chance auf den Jackpot. Samson kämpft ohne Regeln – und riskiert dabei nicht nur das eigene Leben.

www.emons-verlag.de